さらば武蔵

稲葉 稔

角川文庫
24329

目次

独行道《どっこうどう》

一、世々の道をそむく事なし
一、身にたのしみをたくまず
一、よろづに依怙《えこ》の心なし
一、身をあさく思、世をふかく思ふ
一、一生の間よくしんを思はず
一、我事におゐて後悔をせず
一、善悪に他をねたむ心なし
一、いづれの道にも、わかれをかなしまず
一、自他共にうらみかこつ心なし
一、れんぼの道に思ひよるこゝろなし

一、物毎《ものごと》にすきこのむ事なし

一、私宅におゐてのぞむ心なし

一、身ひとつに美食をこのまず

一、末々代物《すえずえしろもの》なる古き道具所持せず

一、わが身にいたり物いみする事なし

一、兵具は各別《かくべつ》、よの道具たしなまず

一、道におゐては、死をいとはず思ふ

一、老身に財宝所領もちゆる心なし

一、仏神は貴し、仏神をたのまず

一、身を捨てても名利《みょうり》はすてず

一、常に兵法の道をはなれず

島原の乱

一

「あれが、そうか」

鎧兜《よろいかぶと》に陣羽織、大薙刀《おおなぎなた》で一方を指した武士は、真っ青に晴れわたった空の下にある古城を見て馬を止めた。

その武士の名は宮本武蔵《みやもとむさし》——。

背後には十九人の供侍を従えている。さらにその後方には、中津《なかつ》藩主小笠原信濃《おがさわらしなの》守《かみ》長次《ながつぐ》の軍勢二千五百人がつづいていた。

また藩主長次隊の西方には、小笠原左近将監忠真《さこんのしょうげんただざね》率いる軍勢六千人が展開していた。小笠原忠真は長次の叔父である。

「あれに見えまするのが、まさしく原城《はらじょう》でございまする」

足下の徒侍《かちざむらい》が目を光らせて武蔵に答えた。

　武蔵はこんもりした森の先に見える原城を凝視した。城につづく野路のところどころにある梅が、白い花を咲かせている。原城は廃城であるが、石垣や城門、櫓《やぐら》などは残されており、石垣の上は船板や伐《き》り出した大木を利用して防御されていた。城門は固く閉ざされたままだ。

　この城は戦国大名有馬貴純《ありまたかずみ》が築城したが、その後、松倉重政《まつくらしげまさ》の居城となった。しかし、重政が島原城《しまばらじょう》を築城したので、以降廃城となっていた。

　原城は静かである。

　櫓の近くや石垣の上には白や青、あるいは赤い旗や筵旗《むしろばた》が海風にはためいている。城の上では鳶《とび》が笛のような声を降らしながら悠々と旋回していた。

　籠城《ろうじょう》しているのは、島原藩と唐津《からつ》藩の圧政に耐えかねた領民たちであった。その数、三万人を超えていると推量されていた。籠城しているのは百姓や漁師、町人だけでなく、島原の領主だった有馬晴信《はるのぶ》、天草《あまくさ》の領主だった小西行長《こにしゆきなが》に仕えていた浪人らに加え、女子供たちも含まれていた。

　武蔵は雲の間に隠れた日を仰ぎ見、後続の軍勢を振り返った。

「いかがされます？」

　馬上の武蔵に問うのは、武蔵の弟子でいまや忠僕となっている増田惣兵衛《ますだそうべえ》だった。

「もう少し近づこう」

武蔵は馬腹を軽く蹴《け》って先に進めた。

寛永《かんえい》十五（一六三八）年二月十二日のことであった。

この反乱は、昨年十月二十五日に有馬村の切支丹《キリシタン》信徒を中心にした農民たちが圧政改善を懇願するために代官所に赴き、代官林兵左衛門《はやしへいざえもん》と談判をしたが訴えは斥《しりぞ》けられた。これに憤慨した農民たちは、代官の林を殺害するという暴挙に出た。

このことがきっかけとなり、騒ぎは日増しに大きくなり、反乱軍は天草で蜂起《ほうき》した天草四郎時貞《しろうときさだ》を総大将として、鎮圧にかかった島原藩の討伐軍と激しい戦いを繰り広げ、ついに原城に立て籠《こ》もり抵抗をつづけていた。

十二月になると、幕府上使となった板倉重昌《いたくらしげまさ》が現地に入り、島原藩主松倉勝家《かついえ》の討伐軍と合流し、二度の総攻撃をかけるも失敗に終わっていた。

九州《きゅうしゅう》の諸藩大名家はこの反乱を知ってはいたが、腰を上げることはなかった。なぜなら「武家諸法度」という幕府の基本法を破ることができないからだった。

その条文のひとつにこうある。

――江戸ナラビニ何国《いずれのくに》ニ於《お》テタトへ何篇ノ事コレ有ルトイヘドモ、在国ノ輩《やから》ハソノ処《ところ》ヲ守リ、下知《げち》相待《あいま》ツベキ事。

江戸や他藩で騒擾《そうじょう》があったとしても、国許《くにもと》にいる者はそこを守り、幕府の命令を待たなければならないということである。

さような掟《おきて》があるので、九州諸藩は動かなかった。

事態が悪化したのは、年が明けた元日のことだった。

参陣した板倉重昌が功を焦ったのか、総攻撃をかけて失敗し、四千人の死傷者を出したうえ、本人も戦死するという不運があった。

これを知った幕府は新たに老中松平信綱《まつだいらのぶつな》を上使として、副使に戸田氏鉄《とだうじかね》を指名し島原に送り込んだ。九州一円の大名家に出陣命令が出たのはこのときであった。

九州の諸藩は討伐軍となりぞくぞくと島原を目指して移動し、原城を包囲した。

松平信綱は即座に参陣した諸将らと軍議を開き、兵糧攻めにする作戦を立てた。

武蔵が中津藩小笠原勢の軍監となり島原入りをしたのは、それから約一月後のことだった。軍監とは戦闘において掟を破る者はいないかと目を光らせ、軍功を記録してのちの論功行賞に投影させる役目である。軍奉行の配下になるが、権限は同等だった。

しかし、武蔵は小笠原家に仕官しているわけではない。しかも、藩主長次の叔父忠真の客分で、普段は小倉《こくら》藩の子弟の剣術指南役である。それなのに、軍監として討伐軍に加えられているのは、武蔵が関ヶ原《せきがはら》の戦いや大坂《おおさか》夏の陣に参戦していたからだった。兵法はもとより、戦い方の知識もある。

「長次は戦も知らぬし、家来衆を率いる力もまだ足りぬ。武蔵、そなたの知恵と力を貸してもらえぬか」

忠真は、二十四歳という未熟な甥《おい》長次に頼りなさを感じていたらしく、武蔵に助を頼んだ。

武蔵は断れない。小倉に来る前の明石《あかし》藩時代から忠真には世話になっているし、養子の伊織《いおり》は忠真に召し上げられ家老職に就いている。

「及ばずながら老体ではありまするが……」

武蔵はそうして引き受けた。

「止まれ」

原城がはっきり視界に広がったとき、武蔵は静かな声で言って、馬の手綱を絞った。後続の兵らもそのことで一斉に足を止めた。城門まで三町（約三二七メートル）という距離だった。武蔵は馬首をめぐらすと、そのまま引き返して長次のそばへ行った。

「殿、城のまわりを検分したく存じまするが、いかがいたしましょう」

聞かれた長次は短く思案し、

「そちにまかせよう」

と、応じた。

武蔵は再び馬を返して先頭へ出ると、

「惣兵衛、九左衛門《きゅうざえもん》、ついてまいれ」

と、長年連れ添っている二人の弟子に命じた。

二

武蔵が城まで一町（約一〇九メートル）というところに来たときだった。突如、パーンという乾いた音が空にこだました。それは二度三度とつづき、武蔵の近くの空気を切り裂き、すぐそばにあった木の枝が小さな衝撃音を発して折れた。

「先生、鉄砲です」

供をしている岡部《おかべ》九左衛門が慌てた声を発した。言われるまでもなく武蔵はひらりと馬を下り、腰を屈《かが》めて木の陰に身を隠した。九左衛門は尾張《おわり》から、かれこれ十数年行動を共にしている弟子だ。苦労性で痩《や》せている小柄な男だが、身のまわりの世話をよくやってくれる。

「籠城しているのは切支丹百姓だと聞いているが、鉄砲を持っておるとは……」

武蔵は原城をにらむように見た。城壁の上にいくつもの人影があり、鉄砲を構えている。城の虎口《こぐち》には容易に門を破られないように竹柵《ちくさく》や木柵が拵《こしら》えてある。おそらく門内にも同じような拵えがあるに違いない。

「いかがされます？」

九左衛門がかたい顔で聞いてくる。

「ここは用心だ。惣兵衛、馬を引け」

武蔵は命じると、城から距離を取って見廻《みまわ》ることにした。敵を落とすには敵のことを知らなければならない。一対一の勝負においても、一対多数の勝負においても、それは同じである。

武蔵は狙撃《そげき》されない距離を保ちながら、約半刻《はんとき》（約一時間）をかけて城の周囲を検分した。原城は平城であるが、三方を海に囲まれている。しかも断崖《だんがい》である。表門からは陸につづくが、城のそばは沼田《ぬた》となっていて足場が悪い。

武蔵は歩測と目測で、城の大きさに見当をつけた。南北に十余町、東西に二町ほどだろうか。周囲は二十八町ほどだ。

「そろそろ陣場ができている頃であろう。戻ろう」

武蔵は陽光にきらめく穏やかな有明《ありあけ》の海を眺め、それから西の山に目を向けた。晴れわたった空に噴煙が昇っている。普賢岳《ふげんだけ》である。

城の北から長次の陣場に向かう。近くには幔幕《まんまく》を張った諸将たちの陣があり、毛《け》槍《やり》といっしょに何本もの幟《のぼり》が翻っている。幟は軍事拠点を示すと同時に、階層やこの家中であるかをあきらかにしている。

城を背にして右側には、板倉重昌の副使石谷貞清《いしがいさだきよ》と板倉重矩《しげのり》の陣があった。重矩は父重昌の供をしてきたが、重昌が正月の攻撃で討ち死にしたので、代わって指揮を執っていた。板倉陣と石谷陣の隣には上使の松平信綱が陣取っていた。

中央前線には備後《びんご》福山《ふくやま》から駆けつけてきた水野勝成《みずのかつなり》の軍、その後方に佐賀藩の鍋《なべ》島元茂《しまもとしげ》の陣地が作られていた。

城の左手最前線には、秋月《あきづき》藩の黒田《くろだ》長興《ながおき》と唐津藩の寺沢堅高《てらさわかたたか》が陣取り、その後方には黒田長興の弟高政《たかまさ》が控えていた。

武蔵が仕えている小笠原勢はさらにその後方にあり、すでに陣場を整えていた。

「いかがであった?」

陣場に戻ると、長次が真っ先に聞いてきた。

「容易ではありませぬ。籠城しているのは百姓だと伺っていましたが、鉄砲を持っています」

「聞いておる。先ほど知らせがまいった」

武蔵はにきび面の長次を眺める。

「有馬村には八百二十七の百姓家がある。その身内を入れた総勢は五千七十二。加えて周辺の村からも百姓浪人ら一万が、一揆《いっき》勢としてあの城に籠もっているそうな」

武蔵は黙したまま原城を振り返り、すぐ長次に視線を戻した。

「それに加えて天草からやってきた一揆方が一万余はいるらしい」

「……籠城しているのは二万五千……」

つぶやきを漏らす武蔵は、兵糧攻めは功を奏すると考えた。原城は二万五千人を収容するには狭すぎる。糧食はすぐに尽きるだろう。辛抱を要する長丁場になるだろうが、時間をかければ鎮圧できると思った。

「さらに新たな調べでわかったことがある」

武蔵は顔を上げて長次にひたと視線を注ぐ。

「一揆勢は藩の米蔵を破り米二万八千俵の他に、大豆四千俵、雑穀五千余石、鉄砲五百三十挺《ちょう》を奪っている」

「年貢米五千石も奪われています」

長次の近習頭《きんじゅうがしら》が付け加えた。

「鉄砲の弾薬《たまぐすり》はいかほど都合しているのでありましょうか？」

武蔵は長次と近習頭に目を注いだ。

「一千箱は盗まれているとのことです」

近習頭が答えた。

武蔵はうなるように黙り込んだ。強襲は慎むべきであろうと考える。鉄砲の威力を侮ってはならぬ。関ヶ原でも大坂の陣でも鉄砲のはたらきは凄《すさ》まじかった。無用に踏み込めば多数の怪我人と死人を出すだろう。

武蔵は枯れた木々を眺めた。真っ青な空を背景に、いまだ新芽をつけていない細い枝が不規則に張り出している。

「これだけの軍勢が揃っているのだ。一気に攻め立てれば城は落ちるであろう。小さな城だ。それに籠もっているのは百姓がほとんど」

床几《しょうぎ》に腰を下ろした長次がつぶやく。そばに仕えている側近らが、同意するようにうなずき、ごもっともでございまするると呼応している。

武蔵は聞こえぬふりをして、原城に視線を注ぐ。

(殿は若い)

と、胸中でつぶやきながら、忠真が自分を長次の軍監に名指しした本意を汲《く》み取った。

長次は豊前《ぶぜん》中津の藩主ではあるが、経験に乏しく、知恵も若い。手綱を締める役目が必要である。おのれはそのためにいるのだろうと、武蔵は独り合点する。

日が傾き、原城が翳《かげ》りはじめ、普賢岳の上に浮かぶ雲が赤くにじんでいた。

武蔵はそんな景色を陣幕の外で眺めていた。

「父上」

夕暮れたとき、具足姿で供侍を従えた一人の男が声をかけてきた。

武蔵はゆっくり床几から立ち上がった。

「伊織」

三

「耶蘇《やそ》教とは怖ろしいものです」

隣の床几に腰を下ろした伊織はそんなことを言った。

武蔵は黙ってその横顔を眺める。伊織は武蔵の二番目の養子で、齢《よわい》十五のときに明石藩主小笠原忠真（当時は忠政）の近習として仕え、二十歳で家老（執政職）になっていた。此度《こたび》の乱には侍大将と惣軍《そうぐん》奉行を兼ねている。

「信仰心の強さが、あの城籠もりにつながっているのです」

「切支丹の宗徒がこの反乱を起こしたのは、信仰心の厚さだけではないはずだ」

「いかにもさようです。もとはと言えば島原松倉家が領民らからひどい年貢を取り立てるようになったからです。それは長門《ながと》殿のお父上があの城を捨てて、新城築城にかかった費えを補うためでございました。かてて加えて……」

伊織はぎりっと悔しそうに奥歯を嚙《か》み、膝《ひざ》に置いた手をにぎり締めた。長門殿とは、島原藩主の松倉勝家のことである。

「ここはかつて耶蘇教が布教にあたった中心の地だったと申します。それ故に信徒が多いのはうなずけます。むろん、耶蘇教は異教であり、厳しく禁じられています。そのために長門殿と、その父豊後守《ぶんごのかみ》殿はむごい切支丹狩りを行《ご》っています。捕縛した切支丹に情け容赦ない拷問を加えているのです。顔に焼き鏝《ごて》を押しつけ、蓑笠《みのかさ》を着せたうえで火をつけて焼き殺し、熱湯を浴びせるなど……それも女子供分け隔てなく……むごい、むごすぎる」

伊織はむなしそうに首を振ってつづける。

「昨年は長雨とひどい野分（台風）によって、田や畑からの収穫はほとんどなかったそうでございます。よって年貢を納められなかった百姓らは藩に直訴したのですが、聞き入れてもらえなかったのです」

「まるでおぬしはあの城の味方のような物言いをする」

武蔵は苦笑を浮かべて伊織を見る。

「父上だから言えることです」

「わざわざ訪ねてきたのはそういうことであったか」

伊織は答えなかった。

「一揆勢のことをどうやって調べた？」

「帰伏する者は助命すると、矢文を放ち、使者を送り込んでおります。いまの話は使者から聞き知ったことです」

「帰伏する者は？」

伊織は首を振った。

「あの城を落とすには、どうしたらよいか？」

伊織は少し考えて答えた。

「櫓を組み、その上から鉄砲と弓で攻め、敵のひるんだ隙に仕寄《しより》を持って城に迫り、一気呵成《かせい》に攻め込むのがよいと思いまする」

「櫓はどこに組む？」

伊織は原城に目を向けた。すでに夕靄《ゆうもや》が漂い、城は黒くなっている。原城には日暮城という別の名もあった。

「城には南から大江口、本丸口、江尻口、田尻口とあります。正面から攻め込むなら、やはり本丸口でしょうから、その前にひとつ、そして大江口にもひとつ……」

この辺は小倉藩の家老職にある伊織らしい考えだろう。長次とは違うところだ。

「どの虎口前にも堀がある。その手前はぬかるんでいる沼地だ。楼を組むのはよい考えだろうが、足場が悪すぎる」

「容易には組めぬと……」

伊織が顔を向けてくる。

「容易《たやす》くはいかぬ」

武蔵に言われた伊織は、短く思案顔をして立ち上がった。

「難しかろうがやるしかないでしょう。されど、兵糧攻めが一番ということでしょうか」

「敵が弱るのを待つ。打って出るのはそのときだ。城内に入ることができたら、逆らう雑兵を蹴散らし、一目散に敵の総大将天草四郎を討つ」

「心得ましてございます」

伊織は深くうなずいて、話の聞かれない場所で待たせていた供を呼びそのまま自分の陣場に戻っていった。

(あやつ……)

武蔵は黒い影となって遠ざかる伊織を見送りながら胸中でつぶやいた。伊織を養子に迎えたあと、播州《ばんしゅう》明石において藩主忠真の近習として召し抱えてもらったが、まさか家老職まで昇るとは、あのときは思いもしなかった。それが忠真といっしょに小倉に移ってきてからさらに成長をし、藩政を司《つかさど》る忠真の右腕となっている。剣術の腕は武蔵の思いどおりにはならなかったが、明敏な知恵巧者で世渡りがうまい。伊織は自分にないものを持っている。武蔵は我が子ながらも伊織に頼もしさを感じた。

「先生、飯を……」

増田惣兵衛がそばにやってきて、竹皮で包んだにぎり飯を差しだした。明石からついてきた弟子で、付き合いは九左衛門より古い。齢三十代半ばになるがどこへ身を移しても、そばから離れない男だった。大柄で太っているが剣術の腕はそれなりに上げている。ときに、新しい門弟の指南をするようになってもいた。

「兵糧攻めはいつまでつづくのでしょう」

惣兵衛が竹筒の水を注いだ湯呑《ゆの》みを手わたしながら聞く。

「半月は持たぬだろう」

武蔵は短く答えてからにぎり飯を口に運んだ。切支丹の一揆勢が籠城してすでに三月《みつき》以上がたっている。その間、糧食は入手できていないはずだ。籠城者の数を考えれば、すでに糧秣《りょうまつ》は尽きているかもしれない。

「あと半月でございますか……。しぶといやつらですね」

惣兵衛は闇のなかにひときわ黒い塊となって見える原城に目を注いだ。武蔵はその横顔を眺めた。

「しぶとい相手には、しぶとく接するのみだ」

武蔵はまたにぎり飯を頬張った。

原城を取り囲む陣場には篝火《かがりび》が焚《た》かれ、風に流される煙が月明かりに浮かんでいた。

包囲網はすでに整っている。討伐軍の総勢は十二万に及んでいた。

（半月もつか……いや、もたぬであろう）

胸中でつぶやく武蔵は、願わくは一揆勢が帰伏してくれないものかと思った。

膠着《こうちゃく》状態はつづいた。

翌日も、さらにその翌日も……。

城の近くにはいくつもの井楼が組まれていた。いずれも虎口の近くで、大手門にあたる本丸口近くには四つの井楼が組まれた。すべてを合わせると、その数は十二になった。

組まれた井楼には見張りが立ち、いざ攻撃となればそこへ鉄砲隊と弓隊が上って場内へ威嚇を兼ねた攻撃を仕掛ける算段になっていた。

双方に新たな動きがない間、武蔵は陣場を離れ、幾度となく原城のまわりを見て歩いた。海側は断崖絶壁で、海には鍋島勝茂《かつしげ》、黒田忠之《ただゆき》、細川忠利《ほそかわただとし》らが手配りをしている船が城をにらんでいた。一揆勢が海に逃げるのは無理だ。かといって陸側に逃げることもできない。

「切支丹らはどういう腹づもりなのだ」

籠城勢にはすでに勝ち目はないとわかっているはずだ。それなのに誰一人として投降してこない。そのことが武蔵には不可解であった。

さらに、見廻りの途中で気づいたことがあった。諸将に従っている者たちのなかに浪人たちがいることだ。仕官を願ってのことか、あるいは論功行賞をめあてにしているのかわからない。おそらく両方であろうが、大坂の陣でも同じような浪人たちがいた。

武蔵自身も大坂夏の陣で、水野美作守《みまさかのかみ》勝重《かつしげ》に従って参陣していた。勝重は、備後福山藩主水野家初代勝成の嫡男である。武蔵のめあては手柄を挙げての有利な仕官であったが、目立つはたらきができぬまま思いは叶《かな》わなかった。

その戦いにも食い扶持《ぶち》を得られない浪人たちが参陣していた。しかも腰の曲がった者や髪に霜を散らした痩せ浪人たちであった。

そんな浪人たちと同じような者が、

（ここにも……）

いるのだった。

弟子の惣兵衛と九左衛門を従えて原城の周囲を見廻る武蔵は、

「徳川《とくがわ》の世になって、これがほんとうに最後の戦かもしれぬ」

と、立ち止まってつぶやいた。

春の日差しがその歳老いたしわ深い顔にあたっていた。目の下の皮膚《ひふ》はたるみ、顎《あご》の無精髭《ぶしょうひげ》には白いものが交じっている。鋭い双眸《そうぼう》は光の加減で鳶色に輝く。総髪は薄くなり、さらに霜が散っている。

幾たびも死地をくぐり抜け、六十余度の勝負において負けを知らなかった往年の活力も衰えがちだ。

「戦になるでしょうか？　拙者はさようなことにはならない気がいたします」

惣兵衛が思慮深い顔をして言う。

「切支丹らが帰伏すると思っておるのか？」

「あの者らが生きのびるためには、それしかないと思います」

九左衛門だった。

ふむと、うなった武蔵は春の日差しに包まれている原城を眺め、

「生きのびようと思っているだろうか……」

と、つぶやいた。

四

それは二月二十一日の子《ね》の刻（午前零時）を過ぎた頃であった。

月は低く垂れた雲に隠れ、星も見えない夜更けのことだ。

三町ほど離れた前方の陣場から騒ぐ声が聞こえてきた。薄い夜具に横になっていた武蔵はぴくりと目を覚まし、半身を起こして耳を澄ました。

「何事だ……」

そばにいた惣兵衛も騒ぎの声に気づいたらしく、むくりと立ち上がった。九左衛門も立ち上がって声の聞こえてくるほうに目を凝らした。

「先生、戦いがはじまったようです」

九左衛門が心許ない顔を向けてきた。そばには小さな篝火が焚かれていて、その灯《あか》りを受けた九左衛門の顔がこわばっていた。

武蔵はゆっくり起きあがって、具足を身につけはじめた。騒ぎの声が高くなっている。

「誰か、誰か様子を見てまいれ！」

長次の陣場に控えている側近の声がした。すぐに数人の家来が駆けていったが、あっという間に黒い闇に溶け込んで見えなくなった。

騒ぎは原城に最も近い場所に控えている、福岡藩の黒田忠之と唐津藩の寺沢堅高の陣場のほうで起きていた。

ときどき喚声《かんせい》とも悲鳴とも取れる声が聞こえてきて、松明《たいまつ》の火の粉が風に流されるのが見えた。さらにひときわあかるい炎があたりに広がりもした。

「大変でございまする！　大変でございまする！」

騒ぎを見に行った家臣が慌てふためいて戻ってきた。

陣幕の外に出た長次のそばへ行って跪《ひざまず》くと、

「申しあげます。黒田筑前守《ちくぜんのかみ》様と寺沢兵庫頭《ひょうごのかみ》様の陣場が、籠城勢の奇襲を受けています」

「なにッ」

片眉《かたまゆ》を大きく動かした長次は、さっと武蔵に顔を向けてきた。

「殿、躊躇《ちゅうちょ》はなりませぬ。加勢に駆けるべきです」

武蔵の言葉を受けた長次は大きくうなずくと、即座に「出陣せよ」と、声を張った。

いきおい周囲は慌ただしくなったが、濃い闇夜である。それに田や畑を縫う道は起伏があり、木立が行く手を遮っている。急ぎ具足をつけた者たちは、黒田家と寺沢家の陣場へ駆けたが、夜襲をかけてきた一揆勢はすでに城に戻っていた。

襲われた陣場には各藩の家来衆が集まったが、加勢をすることはできなかった。地には胸や腹を槍で突かれたり抉《えぐ》られたりして息絶えている屍《しかばね》が無数に転がっていた。

夜が明けて、被害の全貌《ぜんぼう》があきらかになった。

一揆勢は討伐軍の見張りの目をくぐり抜け、寺沢家と黒田家に奇襲をかけ、そのまま鍋島勝茂・元茂親子の陣場をも襲っていた。

陣場には火をつけられ、三百数人の死傷者が出ていた。

これに各藩の諸将はきりきりと奥歯を嚙み、原城に憎悪の目を向けた。その日は死傷者の始末や手当て、そして荒らされた陣場を整え直すことに費やされた。

一揆勢の奇襲から三日後の二十四日に討伐軍の諸将は、松平信綱の陣中に集まり軍議を開いた。


「ここは一気に打って出るべきではござらぬか。敵の兵糧が尽きているのはわかっておるのです」

鼻息が荒いのは水野日向守《ひゅうがのかみ》勝成であった。

「なぜ、そのことが……？」

問うのは熊本藩の細川忠利だった。忠利は反乱が起きたとき江戸にいたが、老中松平信綱の命を受け、急ぎ帰国し、島原に駆けつけていた。着陣したのは一月二十六日のことだった。

「伊豆《いず》殿が原城内に忍びを送り込んで調べたことでござる」

答えたのは副使として派遣されている戸田氏鉄だった。伊豆殿とは総大将を務めている松平信綱のことだ。

「いかにも城の兵糧は尽きている」

信綱はそう言って言葉をついだ。

「攻めるならいまかもしれぬ。敵の大将天草四郎を懐柔させるために、四郎の母親と妹に帰伏を勧めるよう文を書かせて送ったが、敵は応じてこぬ。かくなるうえはもう一度、蘭国の軍艦を頼む手もある」

「それはなりませぬ」

ぴしりと遮ったのは細川忠利だった。

鋭く信綱をにらみ、厳しい顔のまま言葉を足した。

「異国の手を借りるのは幕府の恥。徳川の威信にかけてでも、鎮圧するのが筋ではございませぬか。それに先の攻撃での手際はいかがでございましたか……」

信綱は苦虫を嚙みつぶしたような顔をする。一月六日、信綱は島原に着陣するなり長崎奉行を介して阿蘭陀《オランダ》軍艦を原城の近くに呼び寄せて砲撃させていた。だが、その効果はなきに等しいものだった。

「ならばいかがする？」

信綱は諸将を眺めた。

「攻めの一手であろう。兵糧攻めはこれまで十分にやっておるのだ。それに城内の兵糧が尽きているのもわかっておる。敵は弱っている。いたずらに時を費やすのは考えものだ」

水野勝成はあくまでも総攻撃を主張する。

この陣中にあって七十五歳と、もっとも老練な武将である。小牧《こまき》・長久手《ながくて》、関ヶ原、大坂の陣などと数々の戦場を渡り歩いてきた男で、「鬼日向」という異名があった。

しかし、意見は二つに分かれ、なかなかまとまらなかった。業を煮やしたように決断を下したのは、信綱だった。

「この乱を鎮めるためにすでに三月が過ぎている。敵の兵糧も尽きている。さらに幕府の威信もある。討伐にあたる我らの軍勢を、いたずらに遊ばせておくのもこれまでであろう」

諸将は黙り込んで信綱のつぎの言葉を待った。

「明日の早朝、一斉に攻め立て城を落とす」

誰も異を唱えなかった。それからの軍議は、城攻めにあたっての各陣場をどこに置き、どこから攻め込むかということであった。

話がまとまると、集まった諸将は各自の持ち場に戻り、原城により近い場所に陣場を移した。すべての配備が整ったのはその日の夕刻であった。

しかし、天気が崩れ、夜半から強い雨が島原に降り注いだ。翌日も雨の勢いは衰えず、あちこちに水溜《みずた》まりができ、足場が悪くなったので閉ざされた門を仕寄で破るのも難しい。

攻撃は天候の回復を待たなければならなかった。

雨が小降りになり、雲の間に青空がのぞくようになったのは、二十六日のことだった。信綱は地面が乾くのを待つために、二十八日を総攻撃の日と決めた。

だが、功を焦ったのかその前日に、一揆勢に夜襲をかけられ悲憤慷慨《こうがい》していた鍋島勝茂が抜け駆けをして攻撃を仕掛けた。

五

突然、原城の二の丸下で鬨《とき》の声が上がり、井楼から鉄砲と矢が放たれ、仕寄を持った者たちが江尻口に突撃していったのだ。ぬかるむ沼田を駆ける者たちが泥飛沫《しぶき》を散らしながら、槍や刀を振り上げて江尻口に殺到している。

「うわー！」

という喚声が空に広がっていた。

「誰だ！　どこの陣が動いているのだ？」

陣場の幔幕を押し広げて出てきた長次が目をみはって前方に目を凝らした。乾いた鉄砲の音が連続し、小さな硝煙が風に流されていた。

「動いたのは鍋島信濃守様の陣でございまする」

近くの高台で遠眼鏡をのぞいていた側近が、長次に報告した。

さっと長次は武蔵を見た。

「いかがする？」

こういったとき、若い長次には瞬時の判断がつかないのだ。武蔵はすぐには答えずに、高台に足を運び、江尻口に殺到している黒い集団を見た。

海を背にした原城の正面には、右から大江口・本丸口・江尻口と三つの虎口がある。さらに城の北にもうひとつ田尻口があった。

討伐軍は、右から黒田忠之・寺沢堅高・鍋島勝茂・有馬豊氏《とようじ》・松倉勝家・立花宗《たちばなむね》

茂《しげ》・細川忠利らが攻め口の陣形で並んでいる。これらは真っ先に敵陣に攻め入る先《せん》鋒隊《ぽうたい》で、その背後に守りの堅い中軍が控え、その後方に諸藩の本陣があった。

武蔵は兜の緒を締め直して、虎口に向かっている先鋒隊に目を凝らした。動いているのは鍋島勢だけではなかった。寺沢勢も黒田勢も、遅れを取ってはならぬという勢いで動きはじめていた。

「武蔵殿ッ！」

焦った声を長次が飛ばしてきた。

「殿、出陣でございまする」

武蔵はさっと顔を振り向けて長次に答えた。

「みなの者ッ、これより攻め入る！　ぬかるなッ！」

長次が大音声で叫ぶと、法螺貝《ほらがい》が吹かれた。

槍を持った徒侍が前進し、仕寄組がそれに従う。それに騎馬武者と徒侍の一隊がつづいた。すでに原城の各虎口には諸藩の兵らが群がって、一揆勢が拵えた櫓や前進を阻む柵囲いを壊しはじめていた。城壁の上からは鉄砲が放たれ、弓矢が雨のように飛んでくる。

パンパンと乾いた音が原城の空に繰り返しひびいている。討伐軍の鉄砲隊と、一揆勢の鉄砲の音だった。その音に怒号と喚声、そして突撃を命じ、兵を指揮する法螺貝の音。

原城の各虎口には餌にたかる蟻のごとく、先鋒隊が群がっている。

鎧兜に槍を持った武蔵は馬上から前方の様子を眺め、西のほうに目を向けた。小笠原忠真の陣には、侍大将となっている伊織がいる。その一軍も動いている。空に突き出された旗指物で前進しているのがわかった。

武蔵の属する長次の軍勢は、城の前面に広がる沼田を越えると、一気に虎口に向かって駆けた。怒声と喚声がさらに高まる。向かう虎口は城の表門となっている本丸口であった。門の前に積み重ねられた船板や丸太を取り除く者たちがいる。閉ざされている門を仕寄でもって、打ち破ろうとする者たちがいる。

城壁から鉄砲が放たれ、雨あられのような矢といっしょに、礫《つぶて》や人の頭ほどの石が落とされてくる。一揆勢の抵抗は凄まじく、虎口に殺到している先鋒隊は鉄砲によって倒され、放たれた矢を胸に受けて負傷し、あるいは飛んでくる石をまともに食らって悲鳴を上げている。

門を破ろうとするが容易くはいかない。一揆勢が門内に石積みの構築物を作り、二重三重の防御をしているからだった。討伐軍は弓矢や鉄砲で応戦するが、城壁の上からの一揆勢の攻撃に往生している。

「破れ！　打ち破るのだ！」

腕を振り上げ、つばを飛ばして先鋒隊を鼓舞する者がいるが、門はなかなか破ることができない。門外の遮蔽物《しゃへいぶつ》を取り除く作業も遅々として進まず、その間に死傷者が増えてゆく。

武蔵は城門の近くまで来て、城壁の上から応戦している一揆勢を眺めた。百姓や女子供に交じった侍の姿も多数ある。

城に乗り込むことができれば、あきらかに討伐軍が有利だが、一揆勢はそれをなかなか許さない。

長次の先鋒隊が虎口に行って、先駆けをした他の藩兵といっしょになって門をこじ開けにかかっている。

（忌々しいことだ）

馬上の武蔵は兜の陰になっている双眸を光らせ、奥歯をぎりりと嚙んで城の弱点はないかと見てまわった。しかし、城に群がるように押し寄せている討伐軍が邪魔で、思いどおりの動きはできない。

あきらめて長次の本陣に戻ると、ひらりと馬を下りて刀を抜き払い、そのまま門をこじ開けようとしている先鋒隊に近づいていった。若き頃の闘争心が、武蔵の胸底からわき上がっているのだった。

「先生、先生、危のうございます」

九左衛門が慌てて武蔵の袖《そで》をつかんだ。

「ええい、放せ、もはやじっとはしておれぬ」

「お待ちを。虎口はまだ破られていません。城に入ることはできぬのです」

「わかっておる。下がっていろ！」

一喝された九左衛門は、つかんでいた袖を放した。

武蔵はそのまま城に近づいていった。城壁の上から礫が飛んでくる。ビュン、ビュンと耳のそばを放たれた矢が掠《かす》めていく。

鉄砲隊と弓隊が虎口近くから攻撃をしているが、一揆勢の抵抗は激しく、いっこうに衰えることを知らない。

「ひゃあー」

情けなくも頭を抱えて逃げてくる者がいた。

武蔵はその侍を見て舌打ちをした。みっともないにもほどがあると、小さな怒りを覚え、

「逃げるでないッ！」

と、叱咤《しった》した。だが、逃げてきた侍は「ひゃあ、ひゃあ」と、情けない悲鳴を漏らしながら遁走《とんそう》していった。

武蔵は目を吊《つ》り上げて、さらに前進した。城壁からの攻撃を十分に注意し、荒れた地面を踏みしめていく。

討伐軍の死体があちこちにあった。怪我をしてうめいている者、胸や背に矢を受けて倒れている者、怪我をした者を庇《かば》いながら後退している者……。

雨あられのごとく礫が飛んでくる。それに矢や鉄砲の弾が風を切って不気味な音を立てている。

ときどき大きな石が城壁から放たれる。梃子《てこ》を利用して飛ばしているのだ。

武蔵はさらに前進した。かつて幾度となく味わった敵を倒すという気概がわき上がっていた。だが、そのときになってこの攻撃に落ち度があることに気づいた。軍の統制が取れていないのだ。諸将の軍はいたずらに城を攻めているに過ぎない。

城攻めは鉄砲と弓で相手を威嚇しながら防御し、抵抗がゆるんだときに虎口を破らなければならない。だが、いまはばらばらである。諸藩の兵は功を焦るように我先にと、虎口に殺到しているだけである。

「あッ」

突然、右足に衝撃があった。武蔵はそのままつんのめって、両手をついた。近くには一揆勢の放った石や矢が散らばっていた。右足を襲ったのは、一揆勢の放った大きな石だった。

武蔵の脛《すね》に鋭い痛みが走り、すぐには立てなかった。骨は折れていないだろうが、ひどい打撲である。歯を食いしばり、刀を杖《つえ》代わりに半身を起こしたとき、

「先生、先生」

と、九左衛門と惣兵衛が駆け寄ってきた。二人は武蔵の両脇を抱えるようにして立たせると、そのまま長次の本隊へ後退した。

「大丈夫でございまするか？」

九左衛門がさも心配そうに見てくる。

「先生、無理はいけませぬ。足を見せてください」

惣兵衛が痛めた足をさわった。右脛は赤黒く腫《は》れていたが、折れてはいなかった。

「うっ」

武蔵がうめくと、

「まずは水で冷やしましょう」

惣兵衛はそう言うなり水を取りに行った。

「不覚を取った」

武蔵は足の痛みを堪《こら》えながら唇を噛んだ。

六

その日の攻撃は、日暮れ前に中止となった。

討伐軍は原城の虎口を破ることができなかったばかりか、多数の死傷者を出していた。

しかし、

「虎口はもう少しで破ることができる。明日は夜明け前に攻め入り、必ずやこの乱を平定させる」

討伐軍の総大将松平信綱は、その夜、自陣に集まった諸将にそう通達した。むろん、誰もがその気になっていた。

「先生、明日は夜明け前から攻めることになったようでございます」

惣兵衛が長次の陣屋から戻ってきて、横になって休んでいる武蔵に告げた。

「足の具合はいかがでございまするか？」

「腫れはあるが痛みは引いた。明日には立って歩けるであろう。懸念は捨てよ」

武蔵は星の散らばった夜空を見上げ、それから黒く塗り込まれた原城に目を注いだ。城の表門前面には、討伐軍の松明の灯りがあちこちに広がっている。見張りをやっている人の動く影もある。

だが、城は不気味なほど静かである。その城の上に白い餅《もち》のような月が浮かんでいた。

湿りを帯びた生ぬるい潮風が、無精髭を生やした武蔵の頬を撫《な》でていく。

「明日は一斉に仕掛けるのだな」

「そのように聞いております。どうぞ水を……」

惣兵衛が竹筒をわたしてくれた。

「おそらく虎口は弱くなっている。もう一息で破ることができるはずだ。明日の攻めは破竹の勢いでやらなければならぬ。一揆勢に余裕を与えず、討ち入らなければならぬ」

武蔵は誰に言うともなくつぶやく。

その目は月明かりに浮かぶ黒い原城に注がれていた。

（それにしても……こんな不覚を取るとは、わしもやはり歳か……）

苦渋の顔で胸中でつぶやき、痛めた足をゆっくりさすった。

鳥がさえずり、東の空がみかん色に滲《にじ》みはじめたとき、討伐軍は前進をはじめた。

昨日は鍋島勝茂の抜け駆けがあり、攻撃に混乱を来したが、その朝は十分な作戦のもと、大筒が脆弱《ぜいじゃく》になっている虎口に放たれた。

ズドンという砲音を空にひびかせる大筒が火を噴き、虎口に襲いかかった。木片や破砕された石片が飛び散り煙が上がった。それは幾度となくつづけられたが、城からの反撃は少なかった。

鬨の声が明けはじめた空にひびき、法螺貝が吹かれた。旗指物を背負った兵が虎口に向かって突き進む。

井楼から城内に向かって鉄砲が撃たれ、矢が放たれる。

武蔵は足を引きずりながらそれらを遠くで眺め、そして少しずつ前進していった。

（これでは軍監の役目を果たすことができぬ）

と、苦い思いが胸のうちにあった。

その朝早く長次が怪我の様子を聞きに来たとき、

「殿、拙者のことはおかまいなく。他家に遅れてはなりませぬ。一気呵成に攻め込んで下されませ」

と、進言していた。

「むろん、そのつもりである」

長次はまばたきもせずにうなずいて答えた。

城門まで近づいたとき、ひときわ大きな喚声が上がった。先鋒隊が本丸口を破ったのだ。槍や刀を高くかざし持った兵たちが、門内になだれ込んでいった。それから刻をおかず、大江口も江尻口も破られた。

武蔵は一揆勢の抵抗が少ないことに眉宇《びう》をひそめたが、すぐに気づいた。一揆勢は昨日の戦いで持てる弾薬と弓矢を使い切っているのだと。おそらく残りはわずかであろう。その証拠に、一揆勢は櫓の屋根瓦《がわら》を剝《は》ぎ、それを投げていた。鎮圧は時間の問題となっていた。

虎口を破った討伐軍は、ぞくぞくと原城内に姿を消している。怒号や喚声が聞こえてくるが、一揆勢の反抗はなきに等しいものだった。

武蔵は喚声と怒号ひしめく城内に、足を引きずりながら歩を進めた。本丸口に入り、石段をゆっくり上る。日は高く昇り、地上での戦いをよそに鳶が優雅に舞いながら笛のような声を落としてくる。

武蔵の従えている家来たちは、惣兵衛と九左衛門をのぞき、すべて城内に入っていた。

「先生、お気をつけて」

ときどき九左衛門が転ばないように武蔵の腕を支え持った。

武蔵は無言のまま石段を上り、本丸下まで行って足を止めた。そこは修羅場と化していた。一揆勢の抵抗は微小である。刃向から者は槍で突かれ、刀で斬られていた。怒号は討伐軍のもので、あとは抵抗できぬ一揆勢の悲鳴であった。そこかしこに死体が転がっている。女も子供も皆殺しにされていた。

武蔵は眉宇をひそめた。一揆勢のほとんどは切支丹信徒だ。殺されるとわかっていながら、命乞《ご》いもせずに突かれたり斬られたりしている。刀を振り上げられても、運を天にまかすように胸の前で十字を切り、両手を合わせている。その顔には微笑さえ浮かんでいた。

（なんということ……）

武蔵は凝然と目をみはるしかなかった。

「うひゃひゃひゃ……」

奇異な笑いを漏らして生首を掲げている者がいる。その者は具足姿ではあるが、討伐軍に馳《は》せ参じた浪人の体で、白髪頭の老人であった。恩賞めあての参陣か、具足もつけず、鬢髪《びんぱつ》を逆立てて抵抗しない女子供を斬り殺している若い浪人もいた。

武芸の嗜《たしな》みなどない非力な者たちが、つぎつぎと殺されている。討伐軍は容赦なかった。全身返り血を浴びながら突いては殺し、斬っては殺しまくっている。

首を持ち帰ることを禁じられているので、討伐の侍らは一揆勢の鼻を削《そ》ぎ、首を刎《は》ね斬っていた。

「どうじゃ！　よく見おれ！　ギャハハハ……」

狂ったような笑いを漏らして、生首を下げた者が仲間に、手柄をあげたという証人になるように雄叫《おたけ》びを上げている。

「よくぞやった。しかと見届けたぞ！」

証人になる者が答えている。

「敵の大将を討ち取ったり！　天草四郎を討ち取ったり！」

本丸下の石垣の上で叫んでいる者がいた。

のちにわかったことだが、この男は細川家の家臣陣佐左衛門《じんすけざえもん》という足軽だった。彼は天草四郎の生首を片手に掲げ、誇らしげに喚《わめ》いていた。

原城内はまさに地獄絵図であった。そんななかに立ち尽くす武蔵の胸には、むなしくも冷たい風が吹き流れていた。

（おのれは、喜んで殺され死んでいく百姓や女子供たちに負けたのではないか……）

天下一の武芸者だと自負して生きてきたおのれは、いったいなんだったのだ。

足許に累々と横たわる屍は切支丹宗徒である。その者たちは目に見えぬ〝神〟を信じて生き、心をひとつにして絶対的権力の前に立ちはだかり、恐れずに死を受け入れて果てたのだ。

その敵におのれは負けてしまった。武蔵は気を抜かれていた。血腥《ちなまぐさ》い臭いを運ぶ風のなかに立ち尽くしていた。

その日のうちに戦いはやんだ。

二万数千人の一揆勢は皆殺しにされたが、討伐軍も千数百人の死者を出し、一万人あまりの負傷者を出していた。

武蔵は折り重なるようにして横たわっている屍を眺めながら、おのれの生き方をあらためて考えるときが来たのではないかと、心の隅で思った。

武蔵の影

一

寛永十七（一六四〇）年三月――。

清《きよ》はこの季節が好きだった。花を散らせた桜は新葉を茂らせているが、庭の躑躅《つつじ》が見事である。小さな庭園ではあるけれど、手入れはよく行き届いていた。

花の蜜《みつ》を吸うために飛んでいる数匹の蝶《ちょう》たちが楽しげに舞っていた。たおやかに流れる風は涼しすぎず、また暑からずである。

縁側の拭《ふ》き掃除の手を止めてしばし庭を眺めていたが、清はまた自分の仕事に戻った。床掃除をすませたならば台所に行って夕餉《ゆうげ》の支度をしなければならない。女中は他にもいるが、清が一番歳上なので料理の指図もしなければならないし、風呂《ふろ》の湯加減も見なければならない。

怠れば殿様にいやな顔をされるのは目に見えている。もっとも当主の浅山修理亮《あさやましゅりのすけ》は小さなことに拘《こだわ》らない鷹揚《おうよう》な人であった。熊本藩細川家の主《あるじ》忠利の重臣であり、人足奉行を務めている。

忠利が熊本に入ったのは寛永九（一六三二）年十二月九日のことであった。前藩主の加藤忠広《かとうただひろ》が、同年五月に参府の途上で改易を申し渡されて以降、熊本城は空城となっていた。その城に細川忠利が入って新しい治世がはじめられて久しい。

加藤家の時代は清にとっていい思い出がない。自害しようと真剣に考えたこともあった。すんでのところで思いとどまったのだが、いまになって思えば死ななくてよかった、である。

清は熊本城の西方にある谷尾崎《たにおざき》村の百姓の娘だった。村では器量のよい娘という評判で、百姓の娘にしては色が白く、目鼻立ちがはっきりしていた。

十五で城下の米屋に嫁いだが、亭主は客に接するときと違って女房の清に接するときは掌《てのひら》を返したような態度を取った。一度たりとも思いやりのある言葉をかけられたこともなければ、やさしくしてもらったこともなかった。

そんな亭主は酒を飲めば乱暴になり、清の心を傷つける言葉を平気で投げつけた。唇を噛《か》んで耐えるしかなかったが、まさにそれは地獄の日々であった。

だが、その亭主が馬に蹴《け》られて白川《しらかわ》に落ちて死んでしまった。予想だにできない突然の死だったが、その事故を知らされたとき、清は内心で安堵《あんど》の吐息をつかずにはおれなかった。

店は夫の兄弟に取られ、行き場をなくした清は城下の茶《ちゃ》汲み女になった。一度は嫁いでいる女だったが、まだ十七の娘。それに器量よしだ。茶屋ではたらく清の評判は、加藤家の家臣らの知るところになり、橋谷《はしたに》利右衛《え》門《もん》という加藤家重臣の屋敷女中に雇われることになった。

清を知る者たちは、思いがけない出世だ、いずれはお姫様になれるかもしれないなどとおだてあげた。清も立派なお武家に奉公できることに胸を弾ませていた。

ところが主の利右衛門のめあては、若い清の体であった。無理矢理手込めにされ、屋敷では側室扱いになった。

大切にされる側室ならそれもしかたない、これが自分の運命なのかもしれないと清は思った。ところが、利右衛門に重宝がられはしても、正室は黙っていなかった。ことあるごとに意地の悪い言葉を投げつけてき、すれ違いざまに腕や太股《ふともも》をつねる。清がその痛みに悲鳴をあげれば、

「これ、屋敷内ではしたない声をあげるではない」

と、目を吊《つ》りあげてにらまれた。

正室の嫉妬《しっと》だというのは重々承知しているので、清は耐えるしかなかったが、かてて加えて女中たちの誹謗《ひぼう》中傷が絶えなかった。それも正室の指図だとわかっていたけれど、清にはどうすることもできない。

ところが突然、藩主加藤忠広が改易になった。

当然、家臣である橋谷利右衛門の運命も暗転した。清は屋敷から放逐され、城下の茶屋ではたらくことになったが長くはつづかなかった。

それからは料理屋の仲居、古着問屋の女中、材木問屋の飯炊き女などと仕事を転々とした。どれも長くはつづかなかった。暗い過去が清の内面に影を落としているせいか、表情が乏しく、とくに客商売には向かなかった。

それは自分でもわかっていた。下ばたらきとして商家に雇われても、店の者と親しくはなれなかった。粗相をすればどんな仕打ちを受けるだろうかと、そのことが気が気でなく、ただ黙々とはたらくだけだった。

ときに馴《な》れ馴《な》れしく声をかけてくる男もいたが、警戒心が勝り愛想なく対応した。結果、相手の気分を害することになり、わざと足をかけられ転ばされたり、肥汲みを押しつけられたりなどと意地の悪い仕打ちを受けることになった。

それでも清は言いつけられたことを、粗相しないようにやりつづけた。明るい将来などなかった。このまま恵まれることのない、不幸な女のまま死んでいくのだと思った。どうせなら早く死にたいと思ってさえいた。

そんなときに、細川家の重臣浅山修理亮の屋敷女中に雇われることになった。声をかけてきたのは修理亮の家来で、是が非でも屋敷に来てもらいたいと強引だった。橋谷家で苦い経験のある清は、自分には務まらないし自信もないと固辞した。しかし、熱心な口説きに負けて、しぶしぶながら受け入れたのだった。

ところが、内心にあった警戒心は杞憂《きゆう》だというのがわかった。浅山家での仕事は純粋な女中仕事であって、間違っても当主の部屋に呼ばれるようなこともなく、正室にはねぎらいの言葉さえかけられることもあった。

清はようやく安住の地を得られたという思いがあった。それ故に、浅山家では粗相はできない、落ち度のないはたらきをしなければならないと、それまで以上に自分を戒めていた。他の若い女中とも気が合い、下男もやさしく接してくれた。

米屋の女房だったときの辛《つら》い思い出や、橋谷家でひどい仕打ちを受けたことを忘れたわけではないが、それはみな来し方のことだと記憶の遠くに追いやることができた。

「お清、ちょいと……」

掃除を終えて台所に戻るときだった。

声をかけてきたのは修理亮の妻だったので、清はすぐさま跪《ひざまず》いた。

「はい」

「先ほどお城から使いの者が来て、殿様は夕餉をお食べにならないそうです。その分食事を減らしてもらえませぬか」

「承知いたしました」

そのまま去ろうとしたが、修理亮の妻はお待ちと引き止めた。清はあげかけた尻《しり》を下ろして、また両手をついて頭を下げた。

「そなたは一度嫁に行ったと伺いましたが、子はいかがされました？」

涼やかな目で見つめられた。

「子はできませんでした」

短い沈黙があり、小さな吐息が頭上にあった。

「さようでございましたか。いやなことを聞いてしまいましたわね。悪気で聞いたのではありませぬから、気を悪くされませぬように」

「いえ、どうかお気になさらないでくださいまし」

「よくはたらいてくれるので、助かります。では頼みましたよ」

「はい」

清はそのまま台所に向かった。昔のことを聞かれて、一瞬ドキッとしたが、ほっと胸を撫《な》で下ろした。

二

武蔵は小倉城三の丸から出てきたところだった。そばには弟子の増田惣兵衛と岡部九左衛門がいつものように付き従っている。

武蔵は三の丸広場において、小笠原家の家臣らに剣術の稽古《けいこ》をつけてきたところだった。

城内の木々は新緑に満ちている。見事な枝振りの梅は若葉を茂らせ、躑躅《つつじ》は見事な花を咲かせていた。庭園では鶯《うぐいす》が清らかな声でさえずっている。

武蔵が小笠原家の客分になって久しい。かれこれ六年になろうか。養子伊織を頼ってのことであったが、伊織もそれを望んでいた。しかしながら武蔵は藩主忠真に召し抱えられることは望まなかった。老齢に達しているということもあるが、若い頃の野望は消え失《う》せていた。

武芸者として旺盛《おうせい》な活力のあった青年時代には、大藩に破格の禄《ろく》をもって召し抱えられたいという思いがあった。実際、姫路《ひめじ》城下《じょうか》に仮寓《かぐう》している折には、姫路新田《しんでん》藩主の本多《ほんだ》忠刻《ただとき》から召し抱えたいという要請を受けた。

だが、断った。ひとつは提案された禄高に不満があったことだ。それより、養子にしていた造酒之助《みきのすけ》の将来を先に考えた。

「おそれながらお願いがございまする。拙者をお預かりいただきたいというお言葉、まことにありがたくもったいのうございます。拙者は諸国を浪々と旅してきた一介の武芸者以外のなにものでもありませぬ。願わくは、将来ある我が子をお預かり願えませぬでしょうか」

武蔵の意は叶《かな》い十四歳の造酒之助は忠刻の小姓として召し抱えられた。しかし、このとき忠刻が一万石で召し抱えると言ったならば、武蔵は喜んで受けるつもりであった。されども、思いの禄高には達しなかった。

その後、尾張徳川家からも剣術指南役で三千石で召し抱えたいという話があった。むろん、武蔵は受けなかった。その心底には、我が兵法はさほど安からずという強い自負があったからである。

だが、いまになって武蔵は思うのであった。幾たびかの誘いを断ったのは、柳生《やぎゅう》宗矩《むねのり》への憧憬《しょうけい》と嫉妬があったからだと。

宗矩は武蔵よりひとまわりほど歳上であるが、その名声を武蔵は知っていたし、一度は立ち合いたいと思っていた武芸者だった。実際、試合を申し込んだが、受けてもらえなかったという悔しい思いがある。それだけに、宗矩を意識していたのだ。

宗矩は家康《いえやす》に仕え、時を経ずして三千石の大身旗本になり、その後幕府惣目付《そうめつけ》を授かり、いまや大和《やまと》国柳生藩の当主になってもいる。

こうなっては、いくら武蔵が武芸者としての名を天下に轟《とどろ》かせていたとしても太刀打ちできない。憧憬から嫉妬、そしておのれに対する落胆があり、いまや諦念《ていねん》の境地であった。

剣術指南を終えた武蔵が向かうのは、伊織の屋敷であった。それは本丸の北隣にある二の丸にあった。そこは重臣らの居住区になっていた。

石垣を曲がった先には眼下に紫川《むらさきがわ》を望める場所がある。紫川は関門《かんもん》海峡に注ぎ、海峡の先は長門国萩《はぎ》藩だ。武蔵はときどきその石垣の上に立ち、偲《しの》ぶように来し方に思いを馳《は》せることがある。

櫓《やぐら》をのせた石垣をまわろうとしたとき、前から二人の小姓を従えてきた男がいた。武蔵同様に小笠原家で槍術《そうじゅつ》指南をやっている高田《たかだ》又兵衛《またべえ》だった。

「これは武蔵殿」

又兵衛は少し驚き顔をして立ち止まった。その面貌《めんぼう》には武蔵を畏怖《いふ》し臆《おく》する色がまじっていた。

「久しい出会いである。達者そうで何よりだ。稽古のあとであろうか」

武蔵は襷掛《たすきが》けに尻端折《しりはしよ》りをして、槍《やり》を持っている又兵衛を眺めた。

「いかにもさようです。武蔵殿も稽古をつけていらっしゃったのではございませぬか」

「いま終えたところだ。それにしても近くにいながらなかなか顔を合わせぬな」

「たしかに奇異なことであります。原城攻略の折には会えると思っておりましたが、武蔵殿は長次様のご陣にいらっしゃったのでしたね。その後、お怪我の具合はいかがでございましょうぞ」

又兵衛は武蔵の足を見た。

「怪我はとうに治った。こうやって立っておるではないか」

武蔵は口辺に笑みを浮かべたが、島原にて怪我をした足は後を引いていた。ときどき痺《しび》れが走り、冬場には疼《うず》くことさえある。

「それは何よりでございます。また近々お目に掛かりたく存じます」

る。

「うむ、いつでも会いにまいるがよい」

武蔵はそのまま歩き出した。又兵衛は立ち止まったまま辞儀をして見送ってくれ

(あれもよくぞ出世したものだ)

武蔵は歩きながら胸中でつぶやく。

又兵衛は宝蔵院流《ほうぞういんりゅう》槍術の名人で、藩主忠真が明石にいる頃、禄二百石で召し抱えられ、槍術指南の労を認められて百石加増されていた。さらに島原の乱での武功により三百石の加増を受けた。合わせて六百石取りになっていた。

又兵衛が武蔵を畏怖するのは、島原の乱が勃発《ぼっぱつ》した翌年に試合をしたことによる。

それは正月のめでたい祝賀の席で、忠真が何を思ったのか、

「武蔵と又兵衛を立ち合わせたら面白かろう」

と、言ったのがきっかけだった。

広間末席に控えていた武蔵は、「何をおたわむれを」と思ったが、ご酒が入り機嫌をよくしていた忠真は本気になって、直ちに立ち合いの支度を命じた。

気乗りしない武蔵であったが、世話になっている手前むげに断ることができない。

しばらくして呼び出しを受けた又兵衛が、広間前の庭にあらわれた。

使うのは稽古槍である。対する武蔵は木刀を一本だけ持って庭に下りた。

忠真以下重臣らの見守るなか、二人はゆっくり対峙《たいじ》すると互いに礼をして構えに入った。

又兵衛は稽古槍をしごいて、まっすぐ武蔵の喉元《のどもと》に穂先を向ける。武蔵は右手に木刀をだらりと下げたまま静かに間合いを詰めた。

このとき武蔵は五十四歳であった。対する又兵衛は六つほど若い四十代。若くもあり槍名人と名をあげている男だけに威勢がよかった。

しかし、武蔵が間合いを詰めると、又兵衛はじりじりと下がる。まだ槍と木刀は一度も交わっていないのに、又兵衛の額には粟《あわ》のような汗が浮かんでいた。

若い頃の武蔵なら、そのとき大音声の気合いを発しただろうが、黙したまま詰めていった。武蔵の隙を見出《みいだ》せない又兵衛が、たまりかねて槍を繰り出してきた。

カンと、武蔵は軽くいなす。又兵衛はさっと引きつけた槍をすぐさま突き出してきた。武蔵はすり落とすようにかわす。かわされた又兵衛はにじり下がる。武蔵は不気味なほどの静けさを保って風のように詰める。

「やっ！」

又兵衛が槍を突いてきた。

カン！

武蔵は槍をたたきつけると、さっと右足を踏み込んだ。その瞬間、又兵衛は逃げるように大きく下がるなり、手にしていた槍を放り投げ、

「まいりましてございまする」

と、武蔵に頭を下げ、ついで忠真にも深く叩頭《こうとう》した。

「又兵衛、何故槍を放った？」

忠真は納得いかぬ顔で問うた。

「はは、槍は木刀より長うございます。それだけの利がありまするが、武蔵殿の隙を見出せませぬ。それがしは三度槍を繰り出しましたが、軽くあしらわれました。それだけで勝負はあきらか、それがしの負けでございます」

あの一戦以来、又兵衛は武蔵を畏怖するようになっている。しかし、いまもう一度立ち合えば勝負はどうなるかわからぬ。わしは老いた。足腰も弱ったと自覚している。

（負けるやもしれぬな）

武蔵は遠くの空を見て小さく嘆息した。

「下屋敷に行ったのか……」

伊織の屋敷玄関で、小姓に告げられた武蔵は、そのまま城内にある伊織の屋敷をあとにした。追うように惣兵衛と九左衛門がついてくる。

小倉城は東側を流れる紫川から引き込んだ堀が、城内に張りめぐらされている。よって城を出るにはいくつかの橋を渡ることになる。

虎口を出た武蔵は二つの橋を渡り、城の北側にある伊織の下屋敷に向かった。その屋敷は紫川の河口に架かる大橋の近くにあった。

屋敷まで近づいたとき、武蔵はふと城を振り返った。南蛮造りの天守が西に傾きはじめた日に赤く染まろうとしていた。間もなく日が暮れる。この頃、翳《かげ》りゆく城の姿を眺めるたびに、長居をしすぎていると思う。

小倉に来て早六年の歳月が流れようとしている。諸国を渡り歩いてきた武蔵にとって、それは長すぎる逗留《とうりゅう》であった。そういうおのれのことを顧みて、

(いつまでここにいるのだ)

という思いが胸のうちからわき上がってくる。

それには伊織に対する遠慮も少なからずあった。小倉に来た当初は、城下東側の町屋に住んだが、それも束の間のことで伊織の屋敷がある二の丸に移った。

しかし、伊織が気を遣ってくれ、大橋の近くに設けた下屋敷に住まうようになった。当時、伊織はまだ平家老だったが、島原の乱のはたらきによって千五百石を加増され、いまや筆頭家老にのし上がっていた。

「先生……」

九左衛門が遠慮がちに声をかけてきた。

「ご家老がお待ちでございますよ」

「うむ」

武蔵は九左衛門にうながされる形で下屋敷に入った。

玄関で迎えてくれた中間《ちゅうげん》が、

「ご家老はお出かけになりましたが、すぐにお戻りになります」

と告げた。

「いずこへまいったのだ？」

人を呼び出しておいて無礼なやつだと、肚《はら》のなかで思いながら問うた。

「魚を買いに行くとおっしゃっていました」

大橋の向こう、城の東側には賽《さい》の目状に町屋が広がっており、いろんな商家があった。伊織は町人らが多く住まう町屋を好む癖がある。そして、町の者たちと気さくにやり取りをしながらの買い物を楽しむ。小笠原家の筆頭家老がである。たびたび側近らに窘《たしな》められるが、伊織は一顧だにしない。

「下々の声を聞くためである」

それがひいては藩政につながるのだと言うが、そのじつ町人らとの会話が楽しいのだと武蔵にはわかっていた。

武蔵が着替えをして座敷でくつろいでいるときに、伊織が楽な着流し姿で戻ってきた。

「父上、うまそうな魚を仕入れてまいりました。鰹《かつお》ですよ」

満面に笑みをたたえて伊織は目の前に座った。

間もなく三十路《みそじ》を迎えようとする男ではあるが、眉目《びもく》秀麗さが二つ三つ伊織を若く見せる。しかし、武蔵にはまだ十四、五の子供にしか映らない。

「鰹であるか。それは楽しみだが、豆腐でなくて何より」

「父上、それは言わないでください」

伊織は照れ臭そうに顔をしかめた。伊織の豆腐好きは有名であった。好物の料理は他にあるのだが、伊織は相手の懐具合を慮《おもんぱか》って、豆腐さえあれば満足だと喜んで食す。

これは藩の重役だからといって贅沢《ぜいたく》をしておれば、下の者たちへの示しがつかないという思いでのことだった。

他家へ招かれてもあの家老には、豆腐のひとつも出しておくなら満足されると思い込ませておけば、余計な気遣いをさせなくてすむという配慮だ。藩主以下の家中一統が贅沢を好めば、藩が疲弊するので倹約の気風を養うためだった。

「ところでわしに用があったのではないか」

「そうでした。信濃様から文を頂戴《ちょうだい》したのです」

伊織は真顔になって膝《ひざ》を進めてきた。

信濃とは豊前中津藩の当主長次のことである。

「殿から文を……」

「父上次第ではございますが、信濃様の許《もと》で兵法指南役をやる気持ちはございませぬか」

「これまでも中津には折々通うているではないか」

「存じております。信濃様は父上をお抱えになりたいご様子。おそらく父上のご老体を案じてのことだと思いまする」

武蔵は静かに顔をそむけ、庭に目を向けた。中津まで馬なら半日の距離である。

長次の子弟に稽古をつけるのは、月に二、三度であったが、それは気晴らしの短い旅にもなっていた。しかし、島原で怪我をして以来、足腰が弱った。長く馬に乗るのも辛くなっている。

「わしを召し抱えたいとおっしゃっておるのか……」

「さようです。これが届いた文です」

伊織は懐から一通の文を取り出した。武蔵はちらりと見ただけで、

「断る。わしはこのままでよい。よいが、考えていることもある」

と、伊織をまっすぐ見た。

「考えていることとは……」

「そろそろおぬしの世話を受けるのも、終わりにしなければならぬということだ」

伊織はくいっと太い眉《まゆ》を上げた。

「殿にも言い尽くせぬほどの世話を受けた。されど、いつまでも甘えているわけにはいかぬ。わしは老い先長くはなかろう。これからはもう少しゆるりと過ごすほうがよいのではないかと考えておる。信濃様のお心遣いはありがたいが、わしは中津に行く気はない」

「さようですか」

伊織は残念そうな顔をして、文を懐にしまった。

「しかれど、終わりにしなければならないというのはどういうことでしょう……」

伊織はきらきらと光る瞳《ひとみ》を向けてくる。

「申したばかりだ。世話になることだ。これから先、わしはおのれが歩んできた道を振り返りつつ、ゆっくりした余生を送りたい。その場所を探そうかと、さように考えている。近いうちにおぬしに話そうと思っていたことだ」

「場所を探す……。あてはあるのでございますか？」

武蔵は首を振った。

「いずれにせよ信濃様の思いに応《こた》えることはできぬ。その旨の返事をしておいてくれ。決して殿様のご情宜を無にすることではない」

「承知いたしました。父上がそうおっしゃるのなら、わたしが口説きにかかっても無理でございましょう」

「こやつ、わしを口説くつもりであったか……」

武蔵が口辺に笑みを浮かべると、伊織は悪戯《いたずら》を見つけられた少年のように苦笑した。

「では、そのことは忘れてください。すぐに鰹をさばきまする」

伊織はさっと立ちあがると、そのまま台所へ消えた。

ひとりになった武蔵はふうと、短く嘆息をして築山《つきやま》を拵《こしら》えてある庭を眺めた。

（さて、この先どこへ行くべきか……）

傾いた日の光が枝振りのよい松の影を池に映していた。

どこかで鶯が鳴いている。

（伊織め……）

胸中でつぶやく武蔵の脳裏に、遠い過去の記憶が甦《よみがえ》った。それは伊織のことではなく、造酒之助のことであった。

三

武蔵はこれまでの人生において二人を養子にしている。ひとりが伊織であるが、その前に養子にしたのは造酒之助であった。

造酒之助との出会いは、大坂夏の陣が終わった二、三年後のことだ。たしかな年代を思い出せないのは、武蔵の老いによるものであろうか。

武蔵との縁ができたのは、大坂夏の陣に水野勝重の軍勢で参陣した折、武者奉行中川志摩之助《なかがわしまのすけ》と知りあったのがきっかけだった。武蔵自身は大きなはたらきもできずに大坂城攻めを終えたのだが、造酒之助を養子にもらいたいと父親の志摩之助に相談を持ちかけると、あっさり快諾された。

造酒之助が家督相続のできない三男であったから、話はすぐにまとまったのだ。武蔵は三十代半ばで、旺盛な活力があり、出世欲も強かった。いずれは造酒之助を一廉《ひとかど》の男にしようと訓育し、養子にして数年後に姫路新田藩主の本多忠刻の小姓として推挙した。

このとき造酒之助は十四歳で、初々しい紅顔の美少年であった。藩主忠刻はそばに控える造酒之助を可愛がり、よくよく面倒をみてくれた。また造酒之助も忠刻の恩に報いようと敬愛の念を強くしていった。

その当時、武蔵にはある計算があった。忠刻は家康の血を引いており、正室には家康の孫千姫《せんひめ》を迎えていた。徳川の血が強く流れている家柄であり、三代将軍家光《いえみつ》の義兄となった忠刻はいずれ幕閣の重臣になれる人物だった。よって、そのそばに仕えていれば造酒之助の将来にも大いなる期待が持てた。

実際、造酒之助は忠刻の側近中の側近として扱われ、小姓頭に出世し、知行七百石取りにもなった。ところが、忠刻の造酒之助への寵愛《ちょうあい》が強く、千姫に激しく嫉妬されるようになった。

造酒之助はこのままでは役儀を務めることができぬと考え、忠刻に暇《いとま》を願い出て姫路を去り、武蔵の勧めで江戸に出て剣術修行に励むことになった。

寛永二（一六二五）年のことだ。

翌年の五月、大坂船場《せんば》で剣術指南をしていた武蔵のもとに、思いもよらぬ訃報《ふほう》が飛び込んできた。それは忠刻病死の知らせだった。

武蔵は造酒之助が自分を訪ねてくるだろうと予測した。案の定、忠刻の死を知った造酒之助は十日もたたぬうちに、武蔵のもとに駆けつけてきた。

「父上、殿が亡くなられました」

造酒之助は悲愴《ひそう》な顔をしていた。

「知っておる。だが、おぬしは城には入れぬぞ。殿の亡骸《なきがら》を拝むこともできぬ。殿の魂はもはや兜率天《とそつてん》にある」

「承知しております」

造酒之助は唇を噛んでうつむいた。養子にした頃に比べ、体も大きくなり大人の仲間入りをした逞《たくま》しさもあった。だが、悄然《しょうぜん》とうなだれるその姿は見ていても胸が苦しくなった。

「造酒之助、献杯をして殿の死を悼もう」

「はい」

その夜、武蔵は船場の仮宅で造酒之助と酒を酌み交わした。武蔵は好んで酒を飲む男ではないが、悲しみに暮れ鯨飲する造酒之助に付き合った。

「殿にもお世話になりましたが、父上にも言葉で言い尽くせぬほどのご恩がございます」

酔いがまわり、呂律《ろれつ》のあやしくなった造酒之助が目に涙を溜《た》めてそう言ったとき、武蔵はハッとなった。こやつ死ぬ気でいるととっさに理解した。

「追い腹はならぬぞ」

武蔵は釘を刺した。

だが、造酒之助は聞き入れなかった。

二人で酒を酌み交わしてから五日後に、造酒之助は本多家の菩提寺《ぼだいじ》である書写山《しょしゃざん》円教寺《えんきょうじ》を訪ね、忠刻が葬られている廟《びょう》の前で腹を切った。造酒之助、二十三のときであった。

武蔵が我に返ったのは、庭で高さえずりをはじめた目白の声によってだった。

造酒之助への思いは無念としか言いようがないが、やはり自分を訪ねてきたときにしっかり説得しておけば自害を思いとどまったかもしれぬ。いまさら悔いても過去には戻ることができぬとわかっていながらも、造酒之助への憐憫《れんびん》の念は消えない。

「惣兵衛、九左衛門、これへこれへ」

伊織の弾んだ声が聞こえ、ほどなく鰹のたたきを盛った大皿を九左衛門が運んできた。

「父上、脂が乗っております。存分にお召しあがりください」

どっかと腰を下ろした惣兵衛は頬を綻《ほころ》ばせている。

四人は鰹のたたきに箸《はし》を伸ばし、そして盃《さかずき》を傾けた。座敷に差していた日の光が消え、表がゆるゆると暗くなってきた。

燭台《しょくだい》を点《とも》し、行灯《あんどん》をつけ、小さな宴《うたげ》はつづく。

武蔵は大酒飲みではないので、盃をゆっくり口に運ぶ。

「父上、先ほどのことでございますが……」

愚にもつかぬことを話していた伊織が、突然、思い出したように武蔵を見てつづけた。

「ゆるりと余生を送りたいとおっしゃいましたが、あてはあるのでございましょう

「おぼろに考えていることはあるが、まだまとまりがつかぬ。また、兵法書を書いてみようと思う」

「兵法書ならすでにお書きになっているではありませんか」

伊織が言うように武蔵は二十代の頃『兵道鏡《へいどうかがみ》』と題する剣術書を著していた。

それは吉岡《よしおか》一門との決闘の一年後に書いたもので、さらに五十歳を迎えたとき「兵法至極を得た」という思いに駆られ、『円明《えんみょう》三十五ヶ条』をまとめた。

しかし、いま読み返すと、不足しているところがある。『兵道鏡』を基に『円明三十五ヶ条』に昇華させたが、あくまでも剣の道における術理論であった。

いまになって思えば、それは稚拙で粗削りであった。

「あれには満足しておらぬのだ。まだまとまりはつかぬが、一言で申せば、兵法とは剣術のみではないということであろう。兵法には諸芸諸能の道に通じるものがある。ひとつの道を究めることも肝要であろうが、剣術一本槍では剣術そのものを会得することはできぬ。政《まつりごと》も然《しか》りであろう」

普段は寡黙な武蔵であるが、おのれの信念や思案を語るときにはいきおい饒舌《じょうぜつ》になる。


「や」

「天下には法がある。諸国にはその国なりの掟《おきて》やしきたりがある。その国の掟やしきたりを抜きに治世はかなわぬはず。天下の理非をわきまえ、善悪をよくよく知らなければならぬ。兵法もかくのごとしであろう」

「父上がおっしゃるのは、兵法は剣術のみにあらず、天下治世に通じなければならぬということでありましょうか」

「それだけではないだろうが、あれこれ思案しておるところだ」

武蔵はゆるりと酒を口に運んだ。

(単なる剣術書であってはならぬ)

いまの武蔵にはそんな思いがある。

それは気宇壮大で後世に残る兵法書で、万事に通用するものに仕立てあげなければならぬと、常々考えていた。

「兵法と剣術は異なるものだとお考えなのですね」

「そうでなければならぬ。だから一言では言えぬのだ」

「ときどき父上の頭の中をのぞいてみたいと思うことがあります」

伊織はそう言って楽しげに笑ったあとで、また真顔になった。

「それはそうと、無理をして小倉を離れることはないでしょう」

「うむ」

武蔵はそのまま黙り込んだ。

短い沈黙があり、また伊織が口を開いた。

「どうやら父上は小倉に居座る気はないようだ。また旅に出られるお考えかもしれぬが、そなたらはそのときにはいかがいたす」

伊織は惣兵衛と九左衛門を見た。

「わたしは先生についてまいります」

惣兵衛がさように言えば、

「先生とは一蓮托生《いちれんたくしょう》です」

と、九左衛門も答えた。

「なにやら淋《さみ》しい話になってしまった」

伊織は小さく嘆息して、

「わたしはここに留《とど》まっていただきとうございまする」

と、武蔵をまっすぐ見た。

四

武蔵のつぎなる行き場は決まっていなかった。ただ漠然と、このまま伊織のもとに居座るわけにはいかぬという思いが日々募るだけである。その気になれば、どこへでも行ける武蔵ではあるが、ここだと決められる場所は見出せないままだった。

梅雨の時季も過ぎ、小倉には夏の雲が浮かぶようになった。そんなある朝、武蔵はひとりで遠出をした。行くあてはなかったが、いつしか海峡沿いに北へつづく長崎街道を歩いていた。島原で痛めた足はすっかりよくなっており、その日はとくに調子がよかった。

日差しはさほど強くもなく、松林を抜ける海風も心地よい。

小倉城下から二里ほど行ったところに小さな茶屋があった。武蔵は床几《しょうぎ》に座り茶を飲んだのだが、松林の隙間から見える海の先に霞《かす》んでいる島を見た。とたん、武蔵の形相がこわばった。

（あれは……）

心中のつぶやきは、忘れもしない巌流小次郎《がんりゅうこじろう》と戦った舟島《ふなしま》だったからだ。それは二十八年前のことであるが、記憶は鮮明に甦ってきた。

小次郎に試合をけしかけたのは武蔵であった。当時、小次郎は天下一の兵法こそ巌流であると喧伝《けんでん》し、門司《もじ》界隈《かいわい》で多数の門弟を擁していた。

このとき武蔵は二十九歳。気力も闘争心もさらに体力も横溢《おういつ》しており、おのれの剣こそ天下無双だという自負があった。

巌流小次郎の噂を耳にした武蔵は、相手に不足はない、いかにして試合を組んだらよいかと考え、まずは小次郎の弟子の前で、

「小次郎と戦ったところで、蛙《かえる》の頭をひねるがごとくたたき伏せるだけだ」

と、豪語した。

さらに、小倉藩細川家の重臣・長岡《ながおか》佐渡守《さどのかみ》興長《おきなが》に仲介を頼んだ。興長は、武蔵の父無二斎《むにさい》に師事していたことがあり、その縁で知己があった。

武蔵の暴言は時を置かず小次郎の耳に入った。傲岸不遜《ごうがんふそん》にも侮蔑《ぶべつ》された小次郎が無礼千万だと憤ったのは想像するまでもなかった。さらに興長の仲立ちもあり、試合の日取りと場所が決まった。

その場所がいま武蔵が松林越しに見ている舟島であった。

（あのとき……）

武蔵は胸中でつぶやき、湯呑《ゆの》みを持つ手に力を込めた。

小次郎が物干し竿《ざお》と呼ばれるほどの長刀を使い、燕返《つばめがえ》しなる技を持っていることを知った武蔵は、二刀を使わず、小次郎の長刀と同等の木剣で立ち合おうと考えた。

そこで、舟の櫂《かい》を削って即席の木剣を作り、それを携えてわざと遅れて舟島に赴いた。案の定、小次郎は約束の刻限に遅れたことに腹を立てていた。平生の落ち着きを忘れた相手に、武蔵は内心でほくそ笑んだ。

波打ち際に立つ小次郎は、猩々緋《しょうじょうひ》の袖《そで》なし羽織に染革の裁着袴《たっつけばかま》。腰には噂通り刃渡り三尺はありそうな刀。遅れた武蔵を憤怒《ふんぬ》の形相でにらんでいる。

武蔵は下関《しものせき》から乗ってきた船中で、羽織ってきた綿入れを脱ぐと、絹の小袖を高くからげ、柿色の手拭《てぬぐ》いを鉢巻きにし、お手製の木刀をつかみ素足で浜辺に降り立った。

引いては寄せる波が足許の真砂《まさご》を洗い、空を舞う鳶《とび》が笛のような声を落としていた。

「宮本武蔵、約束の刻限に遅参するとは勘弁ならぬ。それでも武士であるか」

小次郎の白い顔が怒りで紅潮していた。武蔵は言葉を返さず、そのまま波打ち際を進んだ。

「もしや、臆して遅れたか」

武蔵は水際を辿《たど》るように歩きながら口辺に笑みを浮かべた。

「ええいッ」

小次郎は苛立《いらだ》ちを隠さずに吐き捨てると、霜刃を抜き払い、鞘《さや》をその場に捨てた。

それを見た武蔵は即座に口を開いた。

「小次郎、敗れたり！」

「何を小癪《こしやく》なッ！」

小次郎は怒りを爆発させると、そのまま砂を蹴散らす勢いで間合いを詰めてきた。刀を上段に振りあげ、武蔵の眉間《みけん》を狙って打ち込んできた。

武蔵は間合いを外して、木剣を青眼に構え直すと、

「勝ちを得るものは、おのれの鞘は捨てぬもの」

と、言葉を重ねた。

小次郎は憤怒の形相で口を真一文字に引き結び、そのまま長刀を右斜め上方へ斬りあげ、即座に引きつけるなり左上方へ斬りあげてきた。目にもとまらぬ素早い水車の技だ。

かわした武蔵は木剣を下からすくいあげるように打ち込む。小次郎はかわすなり、

武蔵の面を割るように上段から刀を振り下ろす。

武蔵はかわして木剣を右八相に構え直した。とたん、小次郎の長刀が伸びてきた。武蔵が下がってかわすと、長刀は弧を描くように上方に持ちあがり、日の光を弾《はじ》きながらまさに燕のごとく風を切って襲いかかってきた。

刹那《せつな》、武蔵は左の首のあたりに身の毛のよだつような衝撃を覚えた。だが、それよりわずかに早く、武蔵の木剣が小次郎の脇腹を強打していた。

小次郎の動きが止まった。武蔵は間髪を容れず跳躍すると、木剣を小次郎の頭蓋《ずがい》にたたきつけ、水際に着地した。

信じられないように目をみはった小次郎の眉間を、額から溢《あふ》れ出た血が流れていた。そのまま小次郎は、尻餅《しりもち》をつくように倒れ動かなくなった。

(あのときだ)

胸中でつぶやく武蔵は現実に立ち返った。あのとき、武蔵の左首を小次郎の刀が掠《かす》めていたのだ。あの一撃は武蔵の鉢巻きの一端を撥《は》ね切っていた。

紙一重の差で命を落とすことはなかったが、小次郎は噂に違《たが》わぬ剣の遣い手だった。そして、小次郎は息絶えてはいなかった。武蔵がやってきた舟に戻ったとき、倒れていた小次郎に駆けつける者たちがいた。

この試合の観覧は厳しく禁止され、検使と警固の者のみが立ち会うことになっていた。よって双方の門弟は近くにいないはずだった。

武蔵も倒れた小次郎の手当てをするために検使と警固の者が駆け寄ったと思った。現に小次郎は自力で起きあがろうとしていたのだ。

ところが武蔵は我が目を疑った。駆け寄った者たちが刀を抜き払うなり、立ちあがろうとしている小次郎に止《とど》めを刺すように斬りつけたのだ。

(やめろ！　やめぬか！)

あまりにも予期せぬことに、武蔵は心中で叫ぶだけで声には出せなかった。

蘇生《そせい》した小次郎に止めを刺したのは、隠れて試合を見に来ていた武蔵の弟子たちだったのだ。

(……あってはならぬことだった)

武蔵は床几から立ちあがると、いやな想念を振り払うように茶屋をあとにした。塞《ふさ》ぎ込みそうになるおのれの気持ちとは裏腹に、一方に見える風師山《かざしやま》の深緑がやけにまぶしかった。

五

熊本藩江戸上屋敷はこのところ慌ただしかった。とくに門長屋に住まう勤番侍たちは、そわそわと落ち着きがなく、江戸土産を買うのだと頻繁に外出をすれば、上役から突然の呼び出しを受けてあたふたと御殿に駆けつけなければならない。その他に長持《ながもち》や駕籠《かご》をしまってある蔵の整理や手入れなどもある。落ち着きが感じられないのは、一年の江戸詰めが終わり帰国の日が迫っているからだった。

藩主の忠利も帰国が近づくにつれ、正室の千代《ちよ》や光利《みつとし》（のちの光尚《みつなお》）以下の子供たちの住まう奥に足を運ぶことが多くなった。むろん藩主としての務めがあるので、江戸家老らを交えて帰国に際しての打ち合わせなどにも忙しい。

気晴らしは木刀を持ちだしての素振りや型稽古である。ひと汗流せば茶を喫する。屋敷は蟬の声に包まれており、庭の高木の向こうに広がる青空の隅には入道雲が聳《そび》えていた。

「えいッ！」

その日も表御殿の庭で最後の素振りを終えたところだった。諸肌《もろはだ》脱ぎの肩や胸には汗が光っていた。

忠利は柳生新陰流《しんかげ》や二階堂平法《にかいどう》を習得している剣の達人でもあり、柳生宗矩からは『兵法家伝書』を授けられてもいた。その影響もあり、国許では柳生新陰流が盛んであった。

藩には宗矩の高弟である氏井弥四郎《うじいやしろう》と、松山主水《まつやまもんど》という二階堂流の師範を招聘《しょうへい》してもいた。柳生宗矩は惣目付（初代大目付）を務めたのち大和柳生国の立藩を認められ、藩主に収まりながらも、幕閣に強い発言力を有している。

稽古を終えた忠利は、奥書院前の廊下に座し、扇子を使いながらしばし考えに耽《ふけ》った。気になることがあるのだ。

それは先日、登城した折に小笠原忠真と茶飲み話をしたときのことだった。小倉藩主である忠真の妹は、忠利の正室であるから両家の縁は深く、また忠真は歳上の忠利を慕ってもいた。

その忠真から面白い男がいると聞かされたのだ。

「当家の客分になってもらい剣術指南をまかせているのですが、ただ者ではありませぬ。武芸者としての才はさることながら、見識が広うございます」

「剣術指南と言えば、そなたの国家老を務めておる宮本伊織の父武蔵のことではあるまいか」

「ご推察の通りでございます」

「そなたが姫路にいた際には、町割りも行ったと聞いておる。何でも寺の庭も造った数寄者だとも耳にしている。そなたが感心いたすのは何であろうか？」

忠利も剣術においては耳が肥えている。武蔵の噂は以前より聞いているし、父三斎《さんさい》（忠興《ただおき》）が小倉を治めていたときには、舟島において巌流小次郎と立ち合い勝利したことも知っている。

「武蔵はただの武芸者ではないということです。自らを兵法者と称することが多くございますが、治世のツボをも心得ておるのです。そう申しますのは、子の伊織から進言される言葉の端々に、武蔵の教えが含まれているからです」

「伊織が武蔵の教えを受け、それをそなたに進言すると。さようなことであるか」

「むろん伊織の考えたこともありましょうが、ときに武蔵の影を感じることがございます」

「武蔵の影……」

「さよう。一度会われるといかような人物であるかわかると思いまする」

忠真との話を思い出していた忠利は、廊下の軒に飛んできた蟬がけたたましく鳴いたことで我に返った。

（一度会うてみるか……）

そう思うのには、宮本武蔵を忠利のそばに置いたほうが利があるといった忠真の、含みある言葉を汲み取っていたからだ。

忠利が舟島で巌流小次郎を敗った武蔵にさほどの興味を示さなかったのは、父三斎が扶持《ふち》を与えるほどの武芸者ではないと見、召し抱えなかったからである。しかし、忠真の言葉を受けて気持ちに変化が起きていた。さらに、召し抱えている柳生新陰流の剣術指南役である氏井弥四郎は、すでに還暦を過ぎている。

「誰か、おらぬか」

忠利が声を張ると、すぐに小姓がそばにやってきた。

「石寺頼之《いしでらよりゆき》を捜し、呼んでまいれ」

忠利は座敷に移って着衣を整えた。待つほどもなく石寺頼之がやってきた。

「その方、宮本武蔵を知っておるか？」

前振りもなく本題に入ると、頼之が面を上げた。彼の父甚助《じんすけ》は忠利の祖父幽斎、父三斎の二代に仕えた勇猛な家臣だった。頼之はその父親から薫陶を受けた神道流《しんとう》の手練《てだれ》であり、また情報通でもある。

「お目にかかったことはありませぬが、噂は聞いております。いまは小倉にて小笠原左近様がお預かりのはず」

「その左近から話を聞いたのだが、武蔵という男はただの武芸者ではないらしい。見識が広く治世にも通じているという」

「さようなことは存じあげませぬが、島原においては豊前中津の小笠原信濃様の下で軍監を務めていたはずです」

「長次の軍監をやっていたか。ま、それはよい。左近はなにやら、武蔵を予のそばに置けば利するところがあるとほのめかした。予は小倉にて領内をうまくまとめたと自負しておる。左近はそのあとで小倉に入ったゆえ、労は少なかったはずだ。どうやら左近はその恩を感じておる様子。間もなく帰国することになるが、領内の治世は十全とは言いがたい。武蔵がただの武芸者でなく、知恵のはたらく者ならしばらくそばに置いてもよいと考える」

「しからば、その手はずを整えることにいたしまするが、武蔵殿の待遇はいかようにされます？」

大事なことであるが、忠利には過分な待遇をするつもりはなかった。

「分相応でよかろう。そなたにまかせる」


頼之の行動は早かった。即座に国許の書院番頭岩間《いわま》六兵衛《ろくべえ》を使者に立て、武蔵に面会させたのである。しかし、武蔵は六兵衛の慫慂《しょうよう》には応えなかった。

代わりに取次役坂崎内膳《さかざきないぜん》宛てに書簡を送って寄越《よこ》した。その書簡が熊本から江戸にまわされ、忠利の許に届けられたのは約半月後のことだった。

届けられた書簡は武蔵の口上書であった。一読した忠利は、その内容をすぐさま理解することができなかった。

（いったい宮本武蔵とはいかなる人物や……）

口上書から顔をあげた忠利は、唯一武蔵と面識のある家老の長岡佐渡守興長を呼び寄せた。興長は、舟島で武蔵が巌流小次郎と試合をする直前まで面倒を見ている。

武蔵が二十九歳、興長が三十一歳のときだ。

「殿が武蔵殿をお抱えになりたいとおっしゃっておるのは、まことでございましたか」

興長は書院にやってくるなり口を開き、そばに控える石寺頼之にも目をやった。

「何はともあれ、これを読んでくれ」

忠利が武蔵の書簡を差し出すと、興長は丁寧に開いて読みはじめた。庭では蝉たちがかしましく鳴いている。表から吹き込んでくる風が、興長の持つ口上書の端を震わすように揺らしていた。

我等身上のこと、岩間六兵衛をもってお尋ねにつき、口上にては申し難うございますことから、書付によりお目にかけ申し候。

一、我身の上のこと　今まで奉公人として仕官したことは之無く候。年罷寄《まかりより》、その上近年病気がちになり候へば、何の望みも無く御座候。若し逗留するやう仰せつけ候はば御出馬のとき、供として見苦しくない程度の武具と、乗り換への馬一頭を引く程度の扶持でよく御座候。妻子も之無く、老体に相成り候へば、屋敷や家財等のことは思ひもよらず候。

一、若年より軍場《いくさば》出候こと、六度にて候。そのうち四度はその場に置いて拙者より先駆けせし者一人も無く之候。その段、あまねく何れも存ずることにて、その証拠も之あり候。とはいえその義で身上の申し立てに致さうとしているのでは之無く候。

一、武具の拵様《こしらえよう》、軍陣においてそれぞれに応じ便利成事。

一、時により国の治めやう。

このことは若年より心掛け、研究致し候はば、お尋ねあれば申し上げ候。

以上

宮本武蔵

坂崎内膳殿

忠利は口上書を読み終えた興長を静かに眺めた。

「いかがであるか?」

しばらく黙していた興長は、ゆっくり口を開いた。

「わたし同様に武蔵が歳をとっているのはよくわかります。わたしが知っている武蔵は、潑剌《はつらつ》とした若者でございました。ぎらぎらと目を光らせた野武士でありながら、その一方で思慮深さを併せ持っていました。この口上書からは歳をとった武蔵がより気高くなった感じを受けました」

「それは……」

「いまや何の望みもない。いざ出陣の時があらば、困ることのないように武具と馬一頭の用意をしてくれと……何と控えめで慎《つつ》ましやかなことでございましょう。さらにはおのれを高く売ろうという気持ちもないと……」

興長は武蔵の謙虚さに胸を打たれたのか、目を赤くしていた。口上書を丁寧に畳むと、静かに忠利に返した。

「要あらば国の治め方にもおのれの考えを述べるとも……」

忠利は畳まれた手許の口上書を眺めた。

「おそらく幾多の苦悩が武蔵を変えたのかもしれませぬ。かつては死に神にでも取り憑《つ》かれたような浪人剣士だったのに、いまや無欲の境地に達している感じがいたします」

「幾多の苦悩……」

忠利はつぶやいて宙の一点を凝視した。すると、頼之がひと膝進めて口を開いた。

「殿、ご家老、口上書には無欲であると書かれているかもしれませぬが、真に受けてはなりませぬぞ」

「何故だ？」

忠利は頼之を見た。

「武蔵が仕官を望んでいたのは聞き及んでいます。かつて尾張家にて五百石で召し抱える話を受けたのに、藩政に関わりたいと申したことがあると言います。おそらく武蔵は一介の剣術指南役ではなく、家老職をほしがったのでしょう。結句、尾張家は武蔵の望みを聞き入れてはおりませぬ。また、別の噂も耳にしております」

「申せ」

「武蔵は将軍家、あるいは御三家であるなら千石、大藩であるなら三千石の禄でなければ仕官しないと申していると聞きます。おそらく柳生家に倣いたいという野心があるからでございましょう」

「柳生家に倣う……」

鸚鵡《おうむ》返しにつぶやく忠利は、頼之の言わんとすることがわかる。かつて柳生石舟《せきしゅう》斎《さい》は家康に仕えるよう招かれたが、高齢を理由に断り五男の宗矩を仕官させた。そして、宗矩は将軍家の剣術指南役となり、家康の跡を襲った秀忠《ひでただ》の代で三千石の大身旗本となった。それに留まらず三代将軍家光の治世になると、老中・諸大名を監察する惣目付に抜擢《ばってき》され、ついには大和国柳生藩を立てた。

「殿もお気づきでしょうが、小倉小笠原家の筆頭家老は武蔵の養子伊織殿です。よしんば武蔵が石舟斎殿に倣うなら……」

　頼之は口をつぐんだ。

「伊織が左近の跡を継ぐとでも考えるか？　笑止。まかり間違っても伊織が小笠原家を継ぐことは断じてない」

「それに武蔵は齢《よわい》五十七。よもや若き頃の野心など持ってはいないでしょう」

　興長が言葉を添えると、頼之はうつむいて黙り込んだ。

「佐渡、そなたはどう考える？」

「それは殿次第でございまするが、小笠原左近様のお奨《すす》めがあるのでございましょう」

「左近ははっきりとは言わなかったが、損はないようなことを口にした」

「殿……」

　また頼之だった。

「よもや小笠原家は、武蔵を持て余しているのではないでしょうね」

「そんな男を左近が予に奨めると思うか」

　頼之はまたもや黙り込んだ。

　忠利は瞳を凝らして短く考えた。宮本武蔵は一介の剣術者。言わば浪人である。泰平の世になったいま、浪人から大きな出世など望める時代ではない。口上書を読むかぎり、武蔵の野心は感じられない。

（よし）

胸中でつぶやいた忠利は、扇子で自分の膝をぺしりとたたいた。

「武蔵を呼ぼう」

六

寛永十七（一六四〇）年六月十日、武蔵は弟子の増田惣兵衛と岡部九左衛門を連れて小倉を発《た》った。

「父上、無理はなさらずに。わたしはいつでも待っておりまする」

見送る伊織が声をかけてきたが、

「まずは先様にお目にかかり話を伺ってからだ。そうでなければ前には進めぬ」

と、武蔵は簡明に答えた。

先様というのは細川忠利のことである。その忠利は五月十八日に江戸を出立し、帰国の途にあった。

「いかにもさようでしょうが、どうか控えめに」

生意気なことを言うようになったと、武蔵は伊織を見て、口辺に小さな笑みを浮かべ、さっと背を向けた。

伊織の「控えめに」という一言を武蔵はよく解していた。むろん、そのつもりもない。二十年前であったら、遠慮なくおのれに見合うことを望んだであろう。

しかし、武勲を立て立身出世のできる戦乱の世は去っている。いかほどの腕があってもいかに勇猛果敢な武芸者であっても、いまや安易にほしがる大名家はない。せいぜいが剣術指南役であろうことは、武蔵も重々承知していた。

されど、いかほどの待遇をしてくれるかは気になるところだ。先に武蔵は忠利側近の坂崎内膳に書状を送っている。控えめで遠慮の勝った内容だった。無理な願望はしたためていないつもりだ。

その書状を読んだ藩主忠利が会いたいと言うのであるから、おそらくおのれの身を受け入れるつもりなのだろうと、武蔵は考えていた。

「先生、お疲れになったら馬を仕立てますので、すぐにおっしゃってください」

供をしている九左衛門が声をかけてきた。

「なにしろこの暑さです」

惣兵衛も言葉を添えて、照りつける日を恨めしそうに見あげる。

「懸念あるな」

武蔵は黙々と足を進める。

往還は蟬の声に包まれ、澄み切った青空の一角には大きな入道雲が聳えている。

(願望か……さようなものは、もはやない)

武蔵は胸中でつぶやく。歩きながら思うのは伊織のことである。よくぞここまで育ってくれたものだと感心さえする。いまや小笠原家の筆頭家老にまでなったのだ。

「まさかあの子が」と、思うことたびたびである。

伊織は武蔵の実家田原《たわら》家の子で、家督の継げぬ次男であった。ならばおれが引き取って武士に育てようと言ったことで、武蔵の養子となった。

その伊織を明石藩主だった忠真(当時は忠政)の小姓にしたのは、造酒之助が殉死した同じ年だった。当初、仕官の話は武蔵にあった。しかし、その誘いを断り、代わりに伊織を仕官させてくれないかと願い出たところ、忠真の一存で思いが叶った。伊織、十五のときだった。

武蔵は伊織には剣の手ほどきはさほどしていない。養子にして寝食を共にするうちに、伊織の賢さに気づいたからであった。

その明敏さは剣よりも処世に使うべきだと直感した。然《しか》るべき大名家に仕官させれば、生まれ持った能力でそこそこの出世ができるだろうと踏んだのだ。

ところが、その予想をよそに、伊織は順調におのれの道を切り拓《ひら》き、四千石を取る小笠原家の筆頭家老まで上り詰めた。

そばにいれば何不自由のない余生を送れるはずだが、武蔵はそれを嫌った。伊織を頼りにすれば、おのれの信念が死ぬと考えたのだ。武蔵はあくまでも武芸一辺倒の男である。生まれながらにしてその運命にあると思っている。

徳川の治世になり世の中は変わってしまったが、武蔵には意地があった。武芸者として生き抜くのだという意地が。

しかし、もはや老境に達している。いまおのれにできるのは、これまで自分が経験し培ってきた剣術を後世に伝えることではないかと考えるようになった。そのための安住の地を見つけたかった。

小倉にいては伊織だけでなく、藩主忠真にも遠慮がはたらく。武蔵は忠真が播磨《はりま》明石にいた頃、城下の町割りを行い、城内の庭も造っている。庭には池と築山はもちろんのこと、茶室や花圃《かほ》、鞠場《まりば》などを拵えた。

使う樹木は明石の山々から選び、石は安房《あわ》・讃岐《さぬき》・小豆島《しょうどしま》から運び入れた。忠真はその出来映えを大いに気に入り、武蔵の別の一面を見て感服している。

また、政について忠真に乞《こ》われれば、武蔵は的確な助言もしている。一例を挙げるなら、農村の保護である。

戦乱の世が去ったいまは、作物の穫《と》れる土地を重要視するとともにそこではたらく百姓たちに、それに見合った恩恵を与えるべきであるといったことだ。忠真が小倉に移ってから真っ先にはじめたのが、農村へのてこ入れだった。新領主となった忠真はそのことで領民たちの信頼を得ることができた。

武蔵はさような経緯《いきさつ》があるからといって忠真に恩を売ったつもりはない。されど、忠真が客分としての自分を重宝するのは、多少なりともさような背景があるからではないかと、穿《うが》ったとらえ方をする。

そうなると、自然息苦しさを覚えるし、長居はできぬという思いも起こる。それ故に、小倉を離れなければならぬと考えていた。

細川家からの打診があったのは、そんな矢先のことだっただけに、慎重を期するものはあれど、むげに断るべきではなかった。

小倉を離れた武蔵の心は、小さな痼《しこ》りを取り払ったあとのように幾分軽くなっていた。

「そろそろ休みましょうか」

大きな荷を背負っている九左衛門が声をかけてくる。

「まだ、二里も歩いておらぬ。さてはおぬしがきつくなったか」

武蔵は苦労性で神経細やかな九左衛門を見る。

「わたしはこれしきのことではへこたれませぬ」

「急ぐ旅ではないのだ。わしが熊本に入るからと言って、細川家が逃げるわけでもない」

武蔵がめずらしく小さく笑えば、

「そうだよ九左衛門。向こうの招きがあってのことなのだ」

と、惣兵衛が言葉を添える。

「ゆっくりまいろう」

武蔵は往還の先に視線を戻した。さて、肥後《ひご》熊本とはどんなところであろうかと、新天地へ思いを馳せた。

七

庭の柿の木に止まっている蟬がけたたましく鳴いていた。

浅山修理亮の屋敷に奉公している清は、深緑の青葉を茂らせた柿の葉越しに晴れわたっている空を眺め、「ふう」とひとつ息を吐き、頭に被《かぶ》せている手拭いを剝《は》ぎ取り、額と首筋の汗をぬぐった。

竹竿に干したばかりの洗濯物が緩やかな風に揺れていた。

清はもう一度手拭いを頭に被り直すと、母屋に戻った。土間に入って台所へ行くと、裏庭で薪《まき》割りを終えた下僕の喜助《きすけ》が入ってきた。

「喜助さん、薪は竈《かまど》の前に置いてください。わたしがあとで焚《た》きますから」

清が言うと、喜助は締まりのない黒い顔を向けてきた。

「風呂ならおれがやるけん。お清さんは他のことばしなっせ」

「いいの。わたしがやることになっているから」

「ほなら、おれは……」

喜助は汚れた手を股引にこすりつけて困り顔をする。

「井戸の水汲みをしてください。お風呂に水を張らないとならないから」

「あ、そうか」

喜助はそのまま勝手口を出て、井戸端に向かった。

清は南瓜《カボチャ》を茹《ゆ》でるために、竈にのせた釜《かま》に水を入れる作業に移った。

ここ数日、藩主一行が江戸参府から戻ってきたので、主の浅山修理亮は早朝に登城し、夕刻に戻ってくるという日がつづいていた。

　主が城でどんな役目をこなしているのか見当のつかない清であるが、浅山家に奉公できたことは本当によかったと思っている。なにより居心地がよいのだ。

　主の修理亮は厳しい人ではあるが、仕えている奉公人に対して細かいことは言わないし、頭ごなしの指図もしない。

　しかし、暗い過去を持つ清は浅山家に入った当初、いつどんな仕打ちが待ち受けているのだろうかと戦々恐々としていた。

「何をおどおどしているのです？」

　そんな清の挙動に気づいた修理亮の妻が、不思議そうな顔をして声をかけてきた。

　清はうつむいて黙り込むしかなかった。武家奉公で死にたいほどいやな思いをしたことなど、口に出して言えるものではなかった。

「何か怖い目にあったのですか？」

　清は下を向いたままかぶりを振った。

「ならば大きく息を吸って吐きなさい。さ、やってごらんなさい」

　黙っていると、奥様はもう一度やってごらんとおっしゃった。清は息を吸って吐いた。

「ほら、少しは気が楽になったでしょう。硬くならずに肩の力を抜きなさいな」

清がめずらしいものでも見るように、奥様を見ると、にっこり微笑まれた。それは清の警戒心をほどく笑みであった。

その瞬間、清はこのお屋敷なら安全なのかもしれないと、少しだけ安堵した。

主の修理亮も厳しい顔つきながら、穏やかな眼差《まなざ》しを向けてくるだけで、清を呼びつけたり、無理難題を押しつけたりすることもなかった。

そのうち新たにひとりの女中が雇われ、清はその女中の面倒を見るように言われた。人に指図などしたことがなかったので、清は率先してはたらき、いつしかあとから来た女中の手本となっていた。

月日は過ぎ、気がつけば浅山家に仕えて一年半がたっていた。

あるとき、清は修理亮に恐る恐る訊《たず》ねたことがあった。

「なぜわたしをお雇いになったのでしょうか？」

修理亮は醒《さ》めた顔で、

「そなたの噂を聞いたからだ。清なら間違いないとな。ならば、是非にと思ったまでのことだ。蓋《ふた》を開けてみれば、その評判はたしかであった」

と、満足そうな笑みを浮かべた。

清はその評判を誰に聞いたのだと問うた。

「熊本を離れずに留まっている加藤家の家臣がいる。その者は新たに細川家の家来になっておる。その者に相談をし、そなたのことを知ったまでだ。郷に入っては郷に従えであろう」

清は小さな笑いを残して立ち去る修理亮を、半ば呆然《ぼうぜん》と眺めていた。

改易になった前藩主加藤忠広の家臣のほとんどは散り散りになったが、そのまま熊本に残り新藩主の細川忠利の家来になった者もいる。

修理亮はその家来から自分のことを聞いたと言ったが、それは悪い評判ではなかったはずだ。清は橋谷家で人に言えない苦しい思いをしたが、献身的な奉公をしていた。

おそらく傍目《はため》には、気が利いてまめにはたらく女中だと思われていた。おぞましい扱いから逃れるための術《すべ》だったが、そのことが功を奏したようだ。

来し方に思いを馳せていた清だったが、ぐつぐつと煮え立った釜の湯を見て、

「あ」

と、慌てた声を漏らして、柄杓《ひしゃく》で水を足し、いけないいけない、と心のうちで自分を戒めた。

「お清さん、お殿様がお呼びです」

おたにという若い女中に告げられたのは、主の修理亮が城から帰宅してすぐのことだった。

「え、何かしら……？」

「さあ、何でしょう。奥の座敷でお待ちですよ」

おたには首をかしげて答えた。台所仕事をしていた清は、前垂れと被っていた手拭いを取って修理亮の待つ座敷に向かった。

呼び出しを受けることはめったにないので、清は何か自分が粗相をしたかもしれないと、いつになく緊張した。しかし、粗相をした覚えはない。それでも、心の臓がドキドキと脈打っていた。

修理亮のいる奥座敷の障子は開け放たれていた。清は廊下に跪いて声をかけた。

「入れ」

命じられて恐る恐る座敷に入ったすぐのところで正座すると、もそっとそばへと言われた。いつになく修理亮の表情が硬いのが気になった。自然、清の顔もこわばってしまう。

膝を摺《す》って近づき、座り直すと、修理亮がまじまじと見てきた。夕暮れの明かりを背に受けているので、修理亮の顔は翳っていた。

「今日、お城にてご家老の長岡佐渡様より相談を受けてな」

清は心のなかで「は？」と、つぶやく。長岡佐渡と言われても、会ったこともないご家老であるからぴんと来ない。

「近々、宮本武蔵という武芸者が熊本に来ることになっておる。殿はその宮本殿を召し抱えられたいらしい」

宮本武蔵……武芸者……。突然のことに、清の頭はこんがらがる。黙したまま修理亮のつぎの言葉を待つしかない。

「もし、宮本殿が熊本に留まるようなことになれば、屋敷にて世話をする女手がいる。ご家老は気の利いた女がよいとおっしゃる。当家にはそなたと、おたにがいる。ご家老はそのことをご存じで、宮本殿が熊本に腰を据えることになったら、ひとりを分けてくれとおっしゃるのだ。考えた末に、その節にはお清に行ってもらおうと思う。まだはっきりはせぬが、突然、行けと言うのでは、そなたも困るであろうから承知してもらいたい」

修理亮は、話はそれだけだと言わんばかりに、帯に差していた扇子を出して開いた。

「あ、あの……」

「なんだね」

「その宮本様とおっしゃる人は、どんな方なんでしょう？」

「幾多の戦場ではたらいてみえた、めっぽう強い剣術家だ。さように伺っておる。ご家老が気を遣われるぐらいだから、一廉の人物でもあろう」

修理亮はそれだけを言うと、下がってよいと付け足した。

台所に引き返す清は不安になった。修理亮は、血で血を洗う戦場ではたらいてきた強い武芸者に仕えてくれと言っているのだ。いかにも怖そうな人ではないか。

いやだ、ここに置いてくださいと言えなかった自分が悔しくて情けなかった。しかし、殿様はまだはっきりはしていないとおっしゃった。つまり、宮本という武芸者は熊本に来ただけで、そのままいずこかへ去るのかもしれない。

（そうなってほしい）

清は我知らず、祈るように胸の前で手を合わせた。

熊本入り

一

六月十二日に、熊本に帰国した細川忠利には休む間がなかった。

江戸参府前から進めていた有明海の干拓、城下を流れる白川の洪水に対処するための堤防整備を三日かけて検分し、留守中に領内で起きた諸々《もろもろ》の報告を受けていた。

また、やらなければならぬことはいろいろあった。領内の検地、城の石垣普請、行き届いていない城下の整備等々である。

忠利の執務室である本丸御殿奥の間には下々の者から上がってくる書類が山積されていた。いずれも家老らの検閲を受けた文書であるのだが、その量は膨大である。

「ふう」

小さなため息を漏らした忠利は、眉間《みけん》を揉《も》み、しばし窓外に目を向けた。蟬の声がかしましい。深緑の青葉を茂らせた大銀杏《おおいちょう》の向こうに、青空を背景にした大天守と小天守が見える。

大天守は三層の千鳥破風、その上層に唐破風を備えている。各層の軒下部分だけ白壁であとは黒の下見板で囲われている。二層の小天守は、一階部分で大天守につながっている連立式である。

「お疲れでございましょうか」

大団扇《おおうちわ》で風を送りつづけている小姓が声をかけてきた。忠利は「うむ」と、応じただけで、また文机《ふづくえ》の文書に視線を落とした。

そのとき、廊下に控えている小姓から声がかかった。

「長岡佐渡様がお見えになりました」

忠利はさっと顔を上げると、通せと命じた。静かに襖《ふすま》が開かれ、長岡佐渡守興長が衣擦《きぬず》れの音をさせて入り平伏した。

「何用じゃ？」

忠利はそう言ってから、面を上げよと命じた。

「かねて話をしておりました宮本武蔵が城下に入りました」

「ほう」

忠利は片眉《かたまゆ》を動かして口をすぼめた。天下の兵法者を名乗る宮本武蔵との対面を心ひそかに待っていたからだ。一流の武芸者と話をするのは、繁忙なときの息抜きにもなる。

「殿のご都合次第でございましょうが、宮本武蔵をいつ呼び立てればよいかとお訊《たず》ねしたく存じます」

忠利は髪が薄くなり白髪の増えた興長を眺め、

「そなたも苦労性であるな。武蔵と相識があるとは言え取次に走っておるか」

と、小さく笑えば、興長が言葉を返した。

「何をおっしゃいます。殿こそ、武蔵の訪問を待ち望んでおいでだったではありませぬか」

「人の心を読む男め」

忠利は毒づいているのではない。軽い冗談である。興長は忠利にとって、なくてはならぬ家老。興長は忠利より四歳上で、幼少の頃より互いを知る仲である。

「意地の悪いことを……」

興長も冗談ぽい言葉を返す。

「承知いたした。明日にでも呼んでまいれ。雑事に追われる毎日、よい気晴らしになるであろう」

「して、殿はお抱えになるご意向でございましょうか？」

「会ってからの話だ」

とは言ったものの、忠利は過分なもてなしは考えてはいないが、召し抱える気持ちがあった。何より武蔵との対面を熱心に勧める興長の心の内を斟酌《しんしゃく》していた。

「では、さように手配りいたしましょう」

興長が下がると、忠利はまた表に目を向け、

（宮本武蔵か……）

と、心の内でつぶやいた。


城下の旅籠《はたご》に草鞋《わらじ》を脱いでいた武蔵の許《もと》に興長からの使いが来たのは、その日の夕刻であった。

書状ではなく口頭での伝言で、藩主細川越中守《えっちゅうのかみ》忠利から明日の昼過ぎに登城してもらいたいとのことであった。

その折に、取次の使者は、

「お城には三つの門がございますが、西大手門からお入りいただきとう存じます。門前には拙者が控えておりますゆえ、御城内へご案内つかまつりまする」

と、付け加えて去った。

小倉を発った武蔵は薩摩《さつま》街道（豊前《ぶぜん》街道）を使って熊本入りをし、城の北側にある京町《きょうまち》の旅籠に逗留《とうりゅう》していた。

「惣兵衛、九左衛門、城からの使いが来た。明日、越中守様にお目通りとなった」

武蔵は隣の客間に控えている弟子のところへ行くとそう伝えた。

「明日でございますね。それで、身共らはいかがすればよいのでしょうか？」

もっともな惣兵衛の問いであるが、藩主の待つ客間までの同行はさすがに許されまい。

「使いは西大手門から入れと申した。そこまでついてまいれ」

惣兵衛は九左衛門と顔を見合わせてうなずいた。

翌日、正午前に武蔵は二人の弟子を伴って熊本城のまわりを歩いた。城は茶臼山《ちゃうすやま》の高台にあり、東を坪井川《つぼいがわ》が、西を井芹川《いせりがわ》が自然の要害となって流れていた。

坪井川沿いには約百三十三間（約二四二メートル）の長塀があった。桟瓦《さんがわら》を載せた塀は、腰高の白壁と黒の下見板の調和がよい。その塀が切れた先にある下馬橋《げばばし》を渡り、緩やかな坂を上る。高石垣に長塀があり、随所に櫓《やぐら》が設けられている。

坂上に出ると左に折れ、櫓下を右へ進んで行くと城の正面にあたる西大手門があった。

「こちらでございまする」

先に待っていた昨日の取次役が声をかけてきた。肩衣半袴《かたぎぬはんばかま》だが、白足袋《しろたび》が真新しい。

取次役は他に二人の供を連れていた。その三人が武蔵の先導役になったが、惣兵衛と九左衛門は御門内にある腰掛けで待つことになった。

武蔵は城内に入って感動した。何と堅牢《けんろう》で広壮な城であろうか。遠くからその偉容は目にしていたが、いざ近くで見ると天守はおろか、石垣の随所に設けられた櫓にも多聞にも目をみはった。

本丸御殿への道は石段であるが、互い違いになっており、その幅もまちまちだ。それが歩む足の拍子を狂わせる。これでは攻め入る敵が難渋するであろうことは想像に難くなく、さらに櫓にも長塀にも銃眼と弓を射る際の狭間《さま》が拵《こしら》えられている。

蟬時雨《しぐれ》に包まれた城は荘重かつ堅牢で、石段を上るごとに畏怖《いふ》を抱かせる。

(何という城だ)

武蔵はこれほどまでの城に入ったことはない。

やがて大天守と小天守が眼前に迫った。遠くから見るよりはるかに気高く威圧感がある。その近くに藩主と家臣らが政務をする本丸御殿があった。その玄関に長岡佐渡守興長が待っていた。

「武蔵」

興長が懐かしそうな顔を向けてきた。

「ご無沙汰《ぶさた》をしております。その節は数々のお心遣い、まことに感謝の至りです」

武蔵が興長と顔を合わせるのは、巌流小次郎と決闘したとき以来だから、かれこれ二十八年ぶりということになる。小次郎との試合を周旋したのも、試合の前まで世話をしてくれたのも興長だった。

原城を攻める際にも興長が忠利の陣にいたのは知っていたが、顔を合わせることはなかった。

「積もる話はあるが、まずもっては殿の許へ……」

興長は表情を引き締めて武蔵をうながした。

二

本丸御殿の大広間は、五つに区切られている。年賀や祝い事のあるときはすべてを取り払うが、今日は宮本武蔵という武芸者との対面である。忠利は最奥にある昭《しょう》君之間《くん》に座して待っていた。

そこはもっとも格式の高い座敷で、違い棚や床の間が設けられた書院造りである。格天井《ごうてんじょう》には四季折々の草花が描かれ、壁と襖には中国前漢《ぜんかん》時代の美女王昭君《おうしょうくん》の悲劇を物語る絵が描かれていた。すべて金色《こんじき》を基調としているので目が眩《くら》みそうな絢爛《けんらん》さがある。

忠利は鉤上段《かぎじょうだん》に座し武蔵を待っているが、相手は賓客ではない。簡略な接見でよいと考えていたが、

「武蔵との対面に際しては、殿のご威光を示すべきです」

と、長岡佐渡守興長の進言を受け、それもそうであろうと考えた。一介の武芸者に安く見られてはならぬし、また敬意を払うことによって相手もへりくだるはずである。

ただし、家老ら重臣の同席は最小限にした。忠利の前には四人の小姓を控えさせ、隣の若松之間《わかまつ》に五人の重臣を侍《はべ》らせるに止《とど》めた。

「長岡佐渡様がお見えになりましてございます」

入側（廊下）に控える取次の者が声をかけた。ほどなくして興長が姿を見せ、一

礼ののちに若松之間に入って着座した。

「武蔵は……」

忠利は興長を見て問うた。

「ただいままいります」

忠利は「うむ」とうなずくと、控える面々を眺めた。興長以下、沢村大学《さわむらだいがく》、忠利の実弟である長岡式部《しきぶ》、米田監物《こめたけんもつ》、有吉頼母《ありよしたのも》の五人の家老だった。

忠利が入側に視線を戻したとき、のそりと大きな男があらわれ、そのまま平伏した。控える家臣は裃《かみしも》姿だが、その男は長袴に上布の小袖《こそで》、袖なしの紙子の胴肩衣であった。

「宮本武蔵玄信《げんしん》にてございまする。此度《こたび》はお招きにあずかり参上つかまつりました」

低くくぐもった声だが、力があった。

「面をあげよ」

武蔵がわずかに顔をあげた。

忠利はもそっと、と促した。命じられた武蔵がすうっと面をあげた。

(異相だ……)

忠利は瞬間に思った。月代《さかやき》を剃《そ》らぬ武蔵の総髪は赤茶けており白髪が交じっていた。鋭い目は鳶色《とびいろ》がかっており、目の下にはたるみがある。眉間《みけん》に深い縦じわが二本、頬骨が少し張っている。

異相ではあるが、なんとも言えぬ妖気《ようき》を醸し出している。物怖《ものお》じしない態度には、死をも厭《いと》わぬという意思が感じられる。

「そなたの噂はかねて耳にいたしていた。会うのが楽しみであった」

「恐悦至極に存じまする」

「幾度も戦場に出ているようであるな。原城攻めには小笠原家の軍監としてはたらいたと、さように聞き及んでおる」

「お目にかかることはありませんでしたが、殿様のご参陣は承知しておりました。細川家の先駆けは、まことに天晴《あっぱ》れでございました」

「あの戦は難渋した。して、そなたはかなりの腕前だと耳にしておる。舟島にて巌流小次郎と試合をしたのは、予の父のときであったな」

その当時、豊前豊後を統監していたのは、小倉に藩庁を置く忠利の父忠興（三斎）であった。

「あの折には何かとお世話をしていただきかたじけのうございます」

「これまで幾度の試合をやってまいった？」

「六十余度でございまする。一度たりと勝ちを譲ったことはありませぬ」

忠利は眉宇《びう》をひそめた。

「一度も負けたことはなかったと、さようなことであるか」

「いかにも」

「ほう。予も武芸には目がない。柳生新陰流を但馬守《たじまのかみ》に習い、『兵法家伝書』をもらっておる」

武蔵の目が一瞬くわっと見開かれ光った。但馬守とは柳生宗矩のことである。

「当家も但馬守の弟子を指南役として召し抱えておる」

武蔵は無表情だった。

「して、そなたの師は誰であろうか？　剣術は誰に教わった」

「師はおりませぬ。鍛錬を重ね自ら兵法を編み出し、いまに至りまする」

「その兵法とは？」

「円明流と称しています」

「円明流……二刀を使うそうであるな」

「いかにも」

「その極意は何であろうか？」

「生きとし生けるものすべての万物だと思いまする。鍛錬を積み重ねれば技を身につけることができまするが、技だけでは真の兵法を見出《みいだ》すことはできませぬ」

「真の兵法とはなんぞや？」

「身と、その身に棲《す》まう心だと思いまする。力業だけでは相手に勝つことはできませぬ。勝つには強くて素直な心が備わっていなければなりませぬ。拙者が勝負で勝ちを譲らなかったのは、たまたま運がよかったか、相手の技量が未熟だったのかもしれませぬ。決しておのれの才に溺《おぼ》れてはいかぬと、常々言い聞かせてまいりました。さりながら、師は万物だと気づきはじめたのは、三十路《みそじ》を過ぎた頃のことでございます」

「師は万物だと……」

「いかにもさように思いまする」

武蔵は確信ありげに答えた。面白い男だ、と忠利は思った。

（こやつ、手放すにはもったいない）

そう心中でつぶやきもした。

「三十を過ぎたときに、万物が師だと気づいたと申したが、極意を開いたのであろうか？」

「未《いま》だその域には達しておりませぬが、朧気《おぼろげ》ながら見えています。兵法の道理は天が教えてくれますが、それだけではございませぬ。木や花や米を育てる大地も、流れる水も、雲を運び林を揺らす風にも兵法に通じるものがあります」

「兵法の道理は万物の道理でもあると、さように申すか」

「いかにも」

「では、その道理というものを予に教えてくれぬか」

武蔵が真っ直ぐな目を向けてきた。

控えている家老たちも一斉に忠利に視線を注いだ。

「お望みとあらば」

三

その夜、武蔵は長岡佐渡守興長の下屋敷に招かれた。

しばらくはここに逗留するようにという興長の配慮だった。城下の旅籠ではあまりにももてなし不足と考えたのだろう。

興長の下屋敷は城の西方、二の丸の先にある段山《だにやま》に位置していた。城は茶臼山の高台にあるが、西大手門から二の丸、段山と行くにつれ低くなっている。

「それにしても、筆頭家老とは言え長岡様のお心遣いはありがたいことです」

座敷に落ち着いた惣兵衛が、足を崩してうまそうに茶を飲んだ。

縁側に蚊《か》遣《や》りが焚かれ、吊《つる》してある風鈴がちりんちりんと、思い出したように音を立てていた。

「先生、長岡様とは古いお付き合いなのでしょうか。ずいぶんと親切をなさいますが……」

旅籠から荷物を運び込んできた九左衛門が、惣兵衛の隣に腰を下ろした。

「あの方とは舟島で巌流小次郎と試合をして以来の知り合いだ。もとはわしの父、無二斎の門人であったのだ」

「さようでございましたか」

惣兵衛はふくよかな顔にある目をまるくする。

「すると、先生がまだ三十路に手が届かない頃からのお付き合いということですか……」

九左衛門は惣兵衛とは対照的に細面である。

「付き合いというほどのことではない。お目にかかるのは、舟島の試合以来なのだ。

されど、島原の役のときにも、大坂の陣でも近くにいらした方だ。しかしながら顔を合わせることはなかった」

原城攻めが終わったあとで、武蔵は興長から感状とも言える書簡をもらっていた。それには原城を陥落させたときの、伊織の目覚ましいはたらきぶりを褒め記してあった。過分な褒めだと思いはしたが、武蔵は返事を出している。

考えてみれば、興長との書簡のやり取りはそれが初めてだった。それにしても興長の気の遣いように武蔵は感謝もするが、訝《いぶか》しむ面もある。されど、思慮をはたらかせればその訝しさも薄れていた。

おそらく興長は、武蔵のことを遠くにありながら聞き及び、また恩義を感じているのかもしれない。恩義とは舟島での試合前のことだ。

武蔵は試合前に興長の世話を受けていたが、突如行方をくらました。それには理由があった。

当時、小倉を領していたのは忠利の父忠興であった。舟島での決闘には、小次郎はその忠興差しまわしの舟で向かい、武蔵は興長の舟で行くことになっていた。

よくよく考えてみれば、領主忠興と興長の決闘ととらえることもできる。もし、武蔵が勝てば、興長は主君に勝ったことになり、反逆と解釈されかねない。

さらに、小次郎が負ければ、小次郎の弟子たちは試合の段取りをつけた興長に憎しみを向けるかもしれぬ。そうなると興長の身が危なくなる。

武蔵はそのことに気づき、興長との関係を一旦《いったん》切る必要があると考えた。その後の興長の身が安泰なのは、機転を利かせた武蔵の行動が大きかったかもしれぬ。むろんそれだけではないだろうが、興長の気遣いの裏にはさようなことがある気がするのだ。

されど、いま武蔵の頭にあるのは、今日対面した忠利が自分を抱えてくれるかどうかということであった。

表の闇に目を向けると、どっしりと構えて段上に座る忠利の顔が脳裏に浮かんだ。やや顴骨《かんこつ》の張った細い顔にある明敏そうな額、人の心の奥底を窺《うかが》うような静かな眼差《まなざ》し。一介の武芸者に過ぎぬおのれを、表御殿に呼んでくれたのは破格の扱いではなかろうか。

だからといって召し抱えられるとはかぎらぬ。

もっとも武蔵も阿《おもね》るつもりなど端《はな》からないので、どう転がろうと動じるつもりはなかった。ただ、対面ののち城内を見てまわったが、熊本はよいところだと感じ入った。

「先生、飯の支度ができたそうです」

考えに耽《ふけ》っていると、居間のほうに行っていた九左衛門が戻ってきて告げた。

食事の世話は屋敷雇いの二人の下女がやってくれた。よく躾《しつ》けられているのか、無駄口をたたかないおとなしい女たちだった。

夕餉《ゆうげ》がすんで間もなくした頃、長岡佐渡守興長が訪ねてきた。上屋敷は近くの二の丸にあるので楽な着流し姿だった。

武蔵は心配りの礼を言って、興長と向かい合って座った。

「こうやって眺めると、懐かしさがにじみ出てくる。それにしても互いに歳をとったな」

興長は頬をゆるめて口を開いた。

「最後にお目にかかって長い歳月が過ぎておりますゆえ、しかたないことです。それにしてもお達者そうなご家老に、こうやって会えるのは嬉《うれ》しいかぎりです」

「そなたの噂は常々耳にしていたのだ。またこうやって会えて、わたしも嬉しい。積もる話は尽きぬはずだが、さて何から話せばよいかの」

口の端をゆるめて武蔵を眺める興長の髪はいつしか白くなっており、歳相応のしわが刻まれていた。しかしながら細川家の筆頭家老だけあり貫禄《かんろく》が備わっている。

何から話せばよいかわからぬと言った興長だったが、ここしばらくに起きた身のまわりのことを勝手に話した。取るに足りぬ世間話であったが、最後に武蔵が客分として小倉でどんな接遇を受けていたかを聞いてきた。

武蔵は包み隠さずありのままを話すしかない。伊織の世話になっていたことや、剣術指南役としてのはたらきなどであった。

「泰平の世になって久しいが、平穏なることは幸せなことよ。そなたも静かな余生を考えておられるのであろう」

「そのための安住の地を探しているところでございまする」

武蔵がそう答えると、興長の目がきらっと一瞬光った。

「殿はお気に召されたご様子。おそらくそなたを熊本に留められる腹づもりであろう。もし、さようになれば受けてもらえるであろうか」

「お許しをいただければ、嬉しく存じまする」

「ただ……」

興長は言葉を切った。武蔵は静かにつぎの言葉を待った。

「殿は藩政に一心であるが、今日の対面で話に出たように、剣術にも力を注いでおられる。ついてはそなたの腕を試したいとおっしゃった」

「殿自らでございましょうか……」

「なにか考えがおありのようだ。明日明後日《あさって》にも使いが来るので、受けてもらえるか?」

「承知いたしました」

「それで何か望むことがあれば、いまのうちにわしが聞いておくが、いかがであろう」

「もはや大きな望みも、深い欲もございませぬ。あるがままの境地で静かに生を全うしたいだけでございまする」

興長は感心したような顔でうなずいた。

「そなた、大きくなられた。わしの目は狂っておらなんだ。何か困ったことがあれば遠慮のう申すがよい」

「ありがとう存じまする。して、ひとつお伺いしたいことがあります」

「何であろう?」

「沼田《ぬまた》勘解由《かげゆ》様はお達者でございましょうか?」

武蔵が聞くのは沼田勘解由延元《のぶもと》のことである。忠利の祖父幽斎から仕える重臣であった。舟島の試合のあと、門司城の城代だった延元が武蔵の身を案じて匿《かくま》ったのち、当時豊後日出《ひじ》藩主木下延俊《きのしたのぶとし》の御伽衆《おとぎしゅう》を務めていた新免無二《しんめんむに》の許に送り届けてくれた人だった。

「勘解由様はとうの昔にお亡くなりになった。倅《せがれ》の延之《のぶゆき》は殿の近習《きんじゅう》を務めておる」

「さようでございましたか。ご健在なら一度お目にかかりたいと思っていたのですが、それは残念なことです」

「とにかく殿にはもう一度対面してもらうことになっておる。それまでゆるりと過ごされよ」

興長はそう言って腰をあげた。

四

忠利が武蔵を再度呼び出したのは、対面から二日後のことだった。

場所は城下の南にある花畑《はなばた》屋敷と呼ばれる御殿。この屋敷は熊本城を築いた、肥後熊本の領主だった加藤清正《きよまさ》が遊興を楽しむ庭園付きの別邸であった。

忠利は小倉から熊本に移ってしばらくは、本丸御殿を生活の場としていたが、甚だ不便を感じ、寛永十三（一六三六）年六月から、この花畑屋敷を常の御殿とし、公務や応接を行っている。

忠利は江戸参府から帰国した当初は、本丸御殿奥の間で政務をしていたが、大方の目鼻がついたところで、通常の公務をこの御殿に移したのだった。

約五町（約五ヘクタール）の敷地には、白川から水を引いた池泉と築山《つきやま》を設けた回遊式庭園があり、萱書院《かやしょいん》や板葺《いたぶ》きの三階書院と呼ばれる離れもあった。

屋敷には御広間・御書院・御座の間・御居間・兵法の間などがあるが、忠利は庭を見わたせる御居間にて武蔵を待っていた。

今日は武蔵の腕を試す日である。数々の試合をこなし、一度も負けたことがないと豪語した武蔵の腕のほどを見たい。

日は西にまわりはじめている。庭には赤とんぼが舞い、いつしか蜩《ひぐらし》が鳴きはじめている。そこへ足音がして、廊下に小姓が跪《ひざまず》いた。

「宮本武蔵様がお見えになりました」

忠利が「通せ」と、短く応じると、小姓はそのまま玄関のほうへ消えた。この日、忠利は側近や家老連を呼ばず、遠ざけていた。

「弥四郎、まいれ」

忠利は隣の間に控えている氏井弥四郎に声をかけた。襖がすうっと開き、弥四郎が入ってきた。

「武蔵がまいった」

「は」

短く返事をした弥四郎は、柳生新陰流を細川家に広く伝え、藩の指南役として抱えられている男だった。齢《よわい》六十三になっているが、その腕は柳生一門でも屈指である。

忠利は江戸在府中は柳生宗矩の指導を受けていたが、国許には柳生新陰流の遣い手はいなかった。そこで、宗矩に相談し弥四郎を紹介され、そのまま受け入れていた。ただし、弥四郎はあくまでも剣術指南役であり、仕官は固辞していた。

待つほどもなく武蔵が廊下にあらわれ、跪いて挨拶《あいさつ》をした。

「遠慮はいらぬ。入るがよい」

忠利に命じられた武蔵は、敷居を越えて膝行《しっこう》し、下座に控えた。武蔵は先日と変わらぬ身なりだった。

「佐渡の下屋敷は退屈ではなかろうな」

「さようなことはございませぬ。ご厄介になりかたじけなく思っておりまする」

「そなたは明石にて小笠原左近殿の庭を造ったことがあるそうだな」

「お恥ずかしいかぎりでございます」

「この庭はどうじゃ」

忠利は縁先に広がる庭園に目をやった。武蔵も面を上げて庭を眺めた。

池泉のまわりにある築山は見事に手入れされている。松も楓《かえで》も枝振りがよく、他の草花も周囲の樹木と調和が取れている。

武蔵は「ほう」と、感嘆の声を漏らし、

「見事な庭でございます」

と、感想を述べた。

「茶道役の小堀長左衛門《こぼりちょうざえもん》なる者に、この庭をまかせておる。そなたに一言あれば遠慮のう申してみよ」

「天下に比類なき庭には目を奪われるばかりで、一言など滅相もございませぬ」

忠利は口の端に笑みを浮かべて言葉をついだ。

「これにいるのは氏井弥四郎と申す者。当家の剣術指南役である」

「お初にお目にかかります」

武蔵はちらりと弥四郎を見ただけだった。弥四郎は猪首《いくび》の中肉中背で温厚な顔立ちをしているが、口を真一文字に引き結んだまま小さくうなずき、いつにない鋭い眼光を武蔵からそらさなかった。

「弥四郎は柳生新陰流の遣い手である。先だっても申したが、予は弥四郎の師でもある柳生但馬守殿に教えを乞《こ》うていた。そのほうが名乗る円明流がいかほどのものか、この目でたしかめたい。弥四郎と立ち合うてくれるか」

「お望みとあらば……」

武蔵には毫《ごう》も動じるものがない。

「ならば早速」

忠利はすっくと立ちあがると、廊下に出て「ついてまいれ」と、武蔵と弥四郎を促し、板張りの兵法の間に移った。この間は天井が高く、壁には薙刀《なぎなた》や木刀が掛けられていた。忠利が使う稽古《けいこ》場である。

「では支度を……」

忠利は上座に腰を下ろして言った。

弥四郎は股立《ももだ》ちを取り、襷《たすき》を掛けたが、武蔵は何もしなかった。忠利はそのことに眉をひそめたが、放っておいたまま、

「木刀を好きに取るがよい」

と、言った。

弥四郎が一本の木刀を手にすると、武蔵は一礼ののち立ちあがって、壁に掛かっている数ある木刀をひと眺めして一本を手にした。

「二本ではないのか？」

「一本でよいと思いまする」

武蔵はそう答えて、弥四郎に正対した。忠利がはじめよと声をかけると、弥四郎がゆっくり青眼の構えを取った。

武蔵は右に持った木刀をだらりと下げているだけだ。弥四郎が間合い二間から静かに近づいていく。武蔵は動かない。その立ち姿はごく自然で、体のどこにも力が入っていないように見える。

弥四郎はさらに詰めた。やはり武蔵は動かない。股立ちも取らず、襷も掛けず、構えも取らずに佇《たたず》んでいる。

しかし、双眸《そうぼう》は弥四郎の隙を見出そうとしているのか獣のように鋭い。

「ささッ」

弥四郎が低い声を漏らして誘った。さらに距離を詰めるが、間合い一間半ほどになったとき弥四郎の足が止まった。

武蔵が動いたのはそのときだった。すっと摺《す》り足で詰めたのだ。相変わらず木刀を構えないで、だらりと下げている。

つつっと、武蔵が詰めた。弥四郎はそれに合わせて下がる。さらに詰められると、弥四郎は左にまわった。合わせて武蔵の体が動く。

弥四郎の額に粟粒《あわつぶ》のような汗が浮かんだ。口を引き結んでいるが、攻める糸口を見つけられないのか、さらに後退する。弥四郎にはあきらかに焦りの色があった。

(どうしたのだ)

忠利は弥四郎を見て内心でつぶやいた。

そのとき、弥四郎が剣尖《けんせん》を持ちあげて打ち込みに行った。武蔵はその一撃を防ぐために初めて木刀を動かし、右上方に運んだ。弥四郎は受けられると思ったのか、すぐさま木刀を引きつけ、つぎの攻撃を仕掛けた。

だが、武蔵の動きが一瞬速かった。一歩踏み込むなり脳天目がけて木刀が振られたのだ。弥四郎は打ち払おうと中段から上段へ木刀を移したが、間に合わないと思ったのか、とっさに跳びしさり、中段に構えた。しかし、素早く間合いを詰めた武蔵の木刀が首筋にぴたりとつけられていた。

弥四郎は体勢を崩され、驚きに目をみはっていた。その口から悔しそうな声が漏れた。

「もう一番だ」

勝負を所望する弥四郎は、常に冷静沈着で鷹揚《おうよう》に人と接する男だが、あきらかに普段と違っていた。

「武蔵、二刀を使え」

忠利は命じた。武蔵の二刀流兵法を見たい思いもあったが、弥四郎に少しの余裕を与えるためでもあった。

武蔵がもう一本木刀を手にすると、弥四郎は即座に中段に構えて前に出た。一気に攻めるつもりのようだ。武蔵は両刀をさっきと同じようにだらりと下げ、詰めてくる弥四郎を醒《さ》めた目で見ていた。

弥四郎が上段に振りかぶり、左踵《かかと》をあげたとき、武蔵の持つ二本の木刀が面前で交叉《こうさ》した。打ち込めなくなった弥四郎は一旦木刀を下げ、脇構えで右にまわり込み、斜めから打ち込んでいった。

カン！

武蔵の左手の木刀が弥四郎の木刀を跳ね返した。同時に右手の木刀が、左こめかみにぴたりとつけられていた。弥四郎は顔色を失い、さらに怖《おじ》けたようにのけぞっていた。

「ま、参り申した」

弥四郎の口から呻《うめ》きに似た苦しそうな声が漏れた。

「うむ。武蔵、天晴れ」

忠利はそう言うなり羽織を脱いで立ち上がり、素早く襷を掛け、

「予の相手をせよ」

と、壁の木刀を取って武蔵に正対した。

武蔵は両手に木刀を下げたまま静かな眼差しを向けてきた。しかし、その瞳《ひとみ》には炎《ほむら》が立っているようにも見える。体が大きいのはわかっていたが、いざ向かい合うと、その体がさらにひとまわり大きく見える。

すっと前に出ると、武蔵は左足をゆるりと前に差し出し、左手に持った木刀を左足前に突き出し、横に構えた。もう一方の木刀は右上段に移り、二本の木刀は床と平行になっていた。剣尖は忠利に向けられず、横を向いている。

「むむッ……」

忠利はうなりながら間合いを詰め、打ち込もうとした。瞬間、武蔵の右手に持った木刀が後方に引かれた。打ち込めば左手の木刀で受けられ、右手の木刀で打たれそうである。

忠利は動けない。武蔵が静かに詰めてきた。その圧力はこれまでに感じたことがなかった。忠利は怖れて下がる。さらに武蔵が威嚇するように詰めてくる。

「む、むむッ……」

忠利はさらに下がった。冷や汗が背筋をつたっていた。完全に気圧《けお》されていた。こんな兵法者に出会ったのは、柳生宗矩と初めて対戦して以来のことだ。いや、宗矩以上の圧力を感じる。

打って出れば出端をつかまれそうだ。だが、武蔵には打って出てくる素振りはない。ただ圧倒しているだけである。忠利は勇を鼓して前に出ようとするが、足が床に吸いついたまま動かない。

（落ち着け）

と、忠利はおのれに言い聞かせて、木刀をにぎる手から力を抜き、つかみ直す。さして動いてもいないのに、喉《のど》に渇きを覚え、生つばを飲み込む。悟られぬように息を吐き、息を吸う。丹田に力を込め、口を引き結んで、木刀を中段から上段に動かそうとするができない。動かした瞬間に、武蔵の木刀が飛んできそうだ。

忠利は石のように固まってしまった。

庭から蜩の声とともに、風が吹き込んでくる。乱れている武蔵の後れ毛が震えるように動いている。

だが、武蔵の目はひたと忠利に向けられたままだ。隙はどこにもない。このままではいかぬ。打って出て、武蔵の出方を見るのも一策である。

（よし）

忠利は内心で気合いを発し、呪縛《じゅばく》から逃れるように前に出ながら正面から打ち込んでいった。刹那《せつな》、武蔵の体が動いた。

それは俊敏な動きには見えなかった。それなのに、忠利の打ち込んだ木刀は音も立てず、やわらかくからめ取られていた。

忠利はにじり退《しさ》ったが、危うく尻餅《しりもち》をつきそうになった。構えこそ解いていなかったが、もはや勝ち目がないのを悟った。

武蔵が一歩下がって、二本の木刀を下ろしたのはそのときだった。忠利もゆっくり構えを解き木刀を下ろした。得体の知れぬ物の怪《もののけ》から解放された心持ちで、我知らず安堵《あんど》の吐息が漏れた。

「二刀流、恐れ入った」

「拙者のほうこそ恐れ入りましてございます」

「何を申す。世辞などいらぬ」

「いえ、拙者は殿の機先を制しはしましたが、打ち込む隙を見出すことができませんでした」

「謙遜《けんそん》いたすな」

「何も遠慮はしておりませぬ。正直、隙を見つけられず、その隙ができるのを待っていただけでございました。されど、殿は最後まで隙を作られなかった。さすが但馬守様より印可を受けられた方だと感服いたしました」

「追従などいらぬ。だが、まあよい」

忠利は上座に戻って腰を下ろし、下座に控えた武蔵を静かに眺めた。

無理に打って出ていたなら、弥四郎と同じように無様な負けを喫しただろう。だが、武蔵はその前に剣を引いた。主君に恥をかかせぬという、深い思いやりを感じた。剣を通して人の心奥を読む武蔵に心を打たれてもいた。

「武蔵」

忠利は静かに声をかけた。

「はい」

「しばらく予のそばにいてもらう。熊本を離れてはならぬ」

武蔵は短い間を取って考えた。

先ほどまで針でつつけばはじけそうな緊張の空気があったが、いまは二人の身を穏やかな風が包んでいた。

ちゅんちゅんと、庭で鳴く雀の声がした。

「承知いたしました」

武蔵は両手をつき、深く頭を下げた。

五

二日後、武蔵は興長から熊本においての処遇を告げられた。

「殿からのお告げである」

その日、興長は下城してくるなり、武蔵を奥座敷に呼んで口を開いた。

武蔵は端座したまま興長を見つめる。その心境は俎《まないた》の鯉の如しであった。

「熊本に留まることに異論なかろうな」

「殿にさように申しておりますゆえ」

武蔵は静かに答えた。

表は暮れかかっており、どこからともなく蜩の声が聞こえてくる。

「気持ちに変わりはないと」

「ご家老、この武蔵は一度申したことをすぐに覆すような男ではありませぬ。そのことはご存じのはず」

「うむ。では、そなたを細川家の客分として迎えることにいたす。これは殿の言葉だと思うがよい」

「…………」

「七人扶持《ぶち》合力米三百俵を給する。また、客分ではあるが人持着座の格といたす」

武蔵は眉宇《びう》をひそめた。合力米三百俵は百五十石に相当する。武蔵に文句はなかった。

「伺います。人持着座の格とは……？」

「大組頭格ということだ」

武蔵はぴくりと眉宇を動かした。席次は家老職のつぎである。さらに言えば一千五百石以上の旗本格ということになる。

「殿は鷹《たか》狩《が》りもお許しになっておる」

興長は付け加えた。

「過分でございまする」

興長は驚いたように、短く目をみはった。おそらく注文をつけられると思っていたのだろう。しかし、この処遇は興長が忠利へ進言して決まったのだと、武蔵は推察した。だからそのまま平伏して、

「恐悦至極にございまする。ご家老のお心遣い痛み入りまする」

と、あらためて礼を述べた。

「武蔵……」

興長は首を横に振り、殿の心配りだ、と付け加え、口辺に笑みを浮かべ、さらに言葉をついだ。

「住まいも用意した。城のすぐ近くである。かつて千葉城《ちばじょう》のあった跡地に具合よく空き屋敷があった。庭も広いので武芸の稽古や指南にも不足はなかろう」

「何から何までありがたき幸せ。して、千葉城とは……？」

「わしもよく存じてはおらぬが、加藤清正公がこの地に入られる前にあった城跡らしい。そなたが住まうのは加藤家の家臣が住んでいた屋敷だ。使いの者が案内いたすが、いつ移る？」

「いつまでもご迷惑をかけるわけにはまいりませぬ。早速、明日にでもその屋敷に移りたく存じます」

「承知した」

武蔵はそのまま奥座敷を辞し、居候させてもらっている座敷に戻った。

惣兵衛と九左衛門がすぐに顔を向けてきて、

「何用でございましたか？」

と、惣兵衛が問うた。

武蔵はゆっくり腰を下ろすと、二人の弟子を見て答えた。

「客分としてこの地に留まることになった。ついてはおぬしらに相談だ」

「客分ならば、小倉と同じでございますか？」

九左衛門がまばたきしながら聞く。

「いや、そうではない。客分ではあるが大組頭格で迎えられた」

九左衛門は惣兵衛と顔を見合わせ、「ほう」と感心顔をした。

「仕官ではないのですね」

「あくまでも客分だ。わしに異存はない」

「扶持もいただけるので……」

九左衛門が痩《や》せた顔にある目を光らせる。

「七人扶持合力米三百俵」

九左衛門は惣兵衛と顔を見合わせた。意外だという顔だ。少ないと思ったのかもしれない。
じつは島原の乱のあと、武蔵に黒田家から禄三千石で召し抱えたいという話があ
った。そのとき惣兵衛と九左衛門は目の色を変えたが、武蔵は話半分にしか聞かず、
また仕官する気もなかった。
それゆえに二人は、武蔵は三千石以上の禄をもらわないと大名家に仕える気がな
いと思ったのだろう。
たしかに若いときには強い出世欲があり、仕官の口があれば三千石を欲した。さ
れどいまの武蔵にその欲はなかった。
「この身はひとつなのだ。十分であろう。わしは多くは望まぬ」
「ま、そうでしょうが……」
惣兵衛は口ごもった。
「屋敷も用意された」
惣兵衛と九左衛門はハッとした顔を武蔵に向ける。
「城の近くにあるらしい。明日その屋敷に移るが、おぬしらはいかがする？　なに
か考えがあれば遠慮なく申せ。引き止めはせぬから、行きたいところがあれば行っ

てもよい」

「何をおっしゃいます。拙者はずっと先生のそばにいたいのです」

惣兵衛が一膝《ひとひざ》進めて不満顔をした。

「そうです。拙者も先生のそばにいたいから、ずっと供をしているのです。これからもお世話させていただきたいのです」

九左衛門もめずらしくいきり立った顔をした。

武蔵はそんな二人を静かに眺めた。

「ならば明日、わしといっしょにご家老が用意してくださった屋敷に移る」

惣兵衛と九左衛門は、ほぼ同時にホッと安堵の吐息を漏らした。

「それにしてもおぬしらとの付き合いも長くなったな。さらにこの老いぼれたわしに付き合ってくれると言う。じつに健気《けなげ》なものよ」

武蔵はそのまま立ちあがると、縁側まで進んで夜空を仰いだ。下弦の月が天守閣の彼方《かなた》に浮かんでいた。

「月はどこへ行っても同じ月であるな。星もそうである」

武蔵はそうつぶやき、違うのは見え方であろうかと、心のうちでつぶやき足した。

庭ですだく虫たちの声が心地よく聞こえる夜であった。

六

清がそれまで奉公をしていた浅山修理亮の屋敷から、千葉城址《じょうし》の屋敷に移ったのは二日前のことだった。

「おそらく宮本武蔵殿は、ここ熊本に留まられるはずだ。先に行って受け入れの支度をしておいてもらう」

修理亮からそう言われたとき、

「あの、その宮本様は熊本を離れられることもあるのですね」

と、恐る恐る聞いた。清はそうなってほしかった。

「あるかもしれぬが、わたしにはわからぬことだ。とりあえず先に行って屋敷を整えておいてくれ。ご家老のご命令であるからなおざりにはできぬ」

清はそれ以上言葉を返すこともできず、宮本武蔵という武芸者がくるであろう屋敷の掃除に余念がなかった。誰が命じたのかわからないが、障子や襖の張り替えも行われ、それも間もなく終わりそうであった。

屋敷は三百坪ほどあり、広い庭が取られ母屋の建坪は六十坪ほどだった。大小の座敷が六部屋、それに玄関の間と居間があり、台所のそばには納戸と板の間があった。

昼前に畳替えが終わり、職人たちが帰っていくと、間もなく障子と襖の張り替えをやっていた職人もせっかく出した茶も飲まずに帰ってしまい、急に屋敷は静かになった。

ひとりになった清はふうと、小さな吐息をついて姉さん被《かぶ》りにしていた手拭《てぬぐ》いを取って、縁側に立った。ここ二日ほど、床板や柱はもちろん、各部屋の掃除を入念に行っていたので日の光を受ける廊下はぴかぴかと光っていた。

庭には大きな銀杏と楓の木があり、屋敷の四方に槙《まき》の木が植わっていた。その庭も丹念に掃き清めていたので、落ち葉もほとんどなかった。

それでも清は廊下を歩きながら庭に目をやり、雑草を毟《むし》り忘れたところはないかと目を凝らした。

見あたらない。ほっと胸を撫《な》で下ろし、畳替えが終わり藺草《いぐさ》の香りのする座敷を通り、奥座敷の縁側に立った。そこにも小庭があり、松と竹があった。草取りをするところはなさそうだ。

台所に行って薪束《まきたば》を見、水甕《みずがめ》をたしかめた。その朝、井戸から汲《く》んだ水が張ってあり、清の顔を映した。表情がかたいことに気づいた清は、にっと笑ってみた。無理な笑みが浮かんだが、すぐに顔はこわばった。

心の臓がドキドキして、落ち着かない。宮本武蔵という武芸者がどんな人なのかまったくわからないから、気持ちが緊張している。

「誰かおらぬか？」

突然、玄関のほうから胴間声が聞こえてきた。

清はびくっと肩を動かし、目をみはって玄関のほうを見た。

「清というお女中がいると聞いたのだが、おらぬか」

「は、はい。おります」

清はか細い声で応じると、慌てて玄関に向かった。宮本武蔵が来たのだと思った。声からして怖そうである。

「おう、おまえがお清か？」

中年の侍が玄関の敷居をまたいで、清を見た。

「は、はい、清でございます」

「ご家老より屋敷を検分しろと言われてまいった。他に誰かおるのか？」

「いえ。わたしだけでございます」

「うむ」

話からすると宮本武蔵ではなさそうだ。なんという家老かわからないが、その家来だろう。その侍は式台にあがると、跪いている清の脇を通って座敷へ入った。

「畳が新しくて気持ちよいな。ほう、障子も張り替えたのであるか。浪人の武芸者に対して大層なもてなしであるな」

侍はそんなことを言いながら、ずかずかと座敷を渡り歩き、最後に縁側に立ち広い庭を眺めた。

「ここが稽古場になるのか……」

侍はぽつりと独り言をつぶやくと、さっと清に顔を振り向けた。萎縮《いしゆく》していた清は、びくっと肩を動かした。

「女中はそなただけか？」

「いまはそうですが、よくわからないのです」

ほんとうにわからなかった。あとから女中が来るという話は聞いていない。

「下男もおらぬのか？」

「さあ、それも」

清が自信なさそうに答えると、侍はしげしげと眺めてきた。

「そなたは浅山様の屋敷にいたそうだな」

「はい」

「よく気の利く女中だと耳にしたが、なるほどそんな顔をしておる」

侍はふっと目尻にしわを寄せて小さく笑った。

「よく手入れをしているな。さようにご家老にお伝えする」

清はありがとうございますと、頭を下げた。

「昼過ぎに宮本様が見えるはずだ。粗相のないように、しっかりお世話をすることだ」

侍はそう言うと、さっさと玄関に戻って立ち去った。

清はふっと小さな吐息を漏らして侍を見送ると、何か用意しておかなければならないと考えた。どうやって宮本武蔵という人を迎えればよいのかよくわからない。まずは茶を出すべきではないかと考え、竈《かまど》に薪をくべて湯を沸かした。

それから濯《すす》ぎの用意をし、昼餉のことを考えた。さっき来た侍は、宮本武蔵が昼過ぎに来ると言った。

食事の用意をしておくべきだろうか？　すましていらっしゃれば無駄になる。どうすればよいだろう。台所に立って、お菜《かず》のないことに気づいた。

買い物に行くにもその支度金はもらっていなかった。立て替えて買ってくるべきか、否か。出かけているときに見えられたら、お叱りを受けるかもしれない。

（どうしよう……）

広い屋敷のなかをおろおろ歩きまわるうちに、玄関のほうからいくつかの声が聞こえてきた。

「女中がいるはずです」

清はその声でハッと顔をこわばらせた。

「宮本様がおいでになった。誰ぞおらぬか？」

再びの声に清は、おりますと答えて、玄関に急いだ。

七

玄関には肩衣半袴の身なりのよい侍と、三人の侍が立っていた。

「人足奉行の浅山様の屋敷から来た女中というのはそなたであるな」

身なりのよい侍が問うた。

「はい、さようです」

清は跪いて答えた。顔をあげることができない。

「宮本様のお世話しっかり頼む」

侍はそう言って、

「宮本様、どうぞお入りください。何か不都合があれば、遠慮なくお申しつけください。家のなかをご案内したほうがよいでしょうか？」

「いらぬ」

ややかすれたいがらっぽい声がした。宮本武蔵という方なのだろう。だが、清は頭を下げたままだった。

「では、これにてご無礼つかまつります」

「大儀であった」

身なりのよい侍の去る気配があり、残った三人が式台にあがってきた。

「お女中、面をあげよ」

「は、はい」

清は恐る恐る顔をあげた。仁王立ちになっている人が見下ろしてきた。清はとっさに目をそらしたくなった。鬼の形相である。白髪交じりの総髪で、眼光が鋭く、目の下の皮膚がたるんでいた。

「宮本武蔵だ。世話になる」

「あ、はい」

「これにいるのはわしの弟子で、この屋敷にいっしょに住まう者だ」

「増田惣兵衛だ」

太っている男が名乗った。

「岡部九左衛門である」

小柄で痩せている人だった。しかし、清はしっかり見ることができなかった。

「まずは家のなかを拝見しよう」

武蔵がそう言って、次の間に入った。惣兵衛と九左衛門がつづく。取り残された恰好《かっこう》になった清はどうしたらよいかわからない。そのとき濯ぎを出すのを忘れたことに気づいたが、もう遅かった。しかし、三人は何も言わず家のなかを見てまわった。

惣兵衛と九左衛門が畳も障子も唐紙も新しく張り替えてある、藺草の香りがよいなあなどと言葉を交わしている。

「先生、広い屋敷ですね。庭をご覧ください。殿様はよく気をまわされていらっしゃいます。稽古をするのに、この庭は十分すぎるほどです」

惣兵衛が頬をゆるめて武蔵を見る。武蔵は無表情でつぎの座敷に足を運んだ。清は身の置き所がわからないので、三人のあとをついてまわる。

茶を淹れなければならないと思うが、声をかけるきっかけをつかめない。家のなかを見終わった三人は、一番広い座敷にどっかりと座った。

「先生、いかがです?」

九左衛門が頬をゆるめて聞く。

「よい屋敷だ」

武蔵が短く答えて、ちらりと清を見てきた。明るい座敷なので武蔵の顔をはっきり見ることができた。鋭い双眸は鳶色がかり、薄い髪は霜を散らし、少し赤みがかっていた。眉間には二つの深い縦じわがあり、肉付きのよい鼻の下にある強情そうな唇を引き結んでいた。

武蔵に目を向けられた清はすぐにうつむいた。

「名は何と申す?」

「清でございます」

「ふむ。お清であるか。よろしく頼む」

武蔵はそのまま立ちあがって縁側に立った。

「あ、あの。茶のご用意をいたしましょうか」

清は恐る恐る訊ねた。

「いらぬ」

素っ気なく答えられた。清は背を向けて縁側に立っている武蔵を眺めた。肩幅が広く、大きな人だ。

「あ、あの。わたしは何とお呼びすればよいのでしょう？」

武蔵がゆっくり振り返った。

「お清、かたくなるな。好きに呼べ」

「は……」

「先生は殿様でもなければ、旦那《だんな》様でもないからな」

惣兵衛がにこやかな顔を清に向けた。

「武蔵でよい」

清は緊張して畏《かしこ》まったままだが、そんな呼び捨てなどできないと心中でつぶやく。

「先生と呼びなさい」

九左衛門が言った。華奢《きゃしゃ》な体と同じように細い顔をしていた。

「では、先生と呼ばせていただきます」

武蔵はうなずいてまた背を向けた。

「何かご用はございませんか？」

「用があればそのときに呼ぶ。下がってよい」

清は一度惣兵衛と九左衛門を見て、深く辞儀をすると、そのまま台所に下がった。

心の臓がドキドキと脈打っていた。

いつ茶を所望されてもよいように用意をした。昼餉のことを聞き忘れていたが、武蔵には近寄りがたいものがある。

あとで弟子の惣兵衛か九左衛門にそっと聞こうと考える先に、武蔵の強面《こわもて》が瞼《まぶた》の裏に浮かぶ。清はぶるっと体を揺すり、忌まわしい過去を思い出し、強くかぶりを振った。

それからしばらくして水を飲みに来た九左衛門に昼餉のことを訊ねた。

「飯はご家老のお屋敷ですませてきた。気遣い無用だ」

九左衛門はそう言ったあとで、はたと何かを思い出した顔になり、

「夕餉はどうするかな……」

と、つぶやいた。

「その支度はしますけれど、買い物をしなければなりません」

九左衛門が顔を向けてきた。頬のこけた顔にある目を短く瞬き、

「費えがいるな。待っておれ」

と言って、座敷に行き、すぐに戻ってきた。

「当座の金だ。飯のことはお清にまかせる。先生は好き嫌いはないが、ご酒はあまり召されない。されど、わしと惣兵衛さんは飲むほうだ」

「は、はい、では早速にも買い物に出かけてきます」


武蔵にとって細川家から与えられた屋敷は申し分なかった。

その日、武蔵は自分の寝起きする場を、床の間のある南側の座敷とした。九左衛門はその隣の間、惣兵衛は広座敷の西側の間と決めた。女中の清は住み込みだというのがわかっていたので、自《おの》ずと台所そばの四畳半となっていた。

持参の品が少ないので、どの部屋もがらんとしている。武蔵が収まった奥座敷も、床の間はあるが何も飾られていない。縁側に出て広い庭を眺める。それは母屋の東側で、南のほうに裏門があり、玄関脇の中門から庭に入るようになっている。

門そばには大きな銀杏があり、庭には松や竹、楓、柿が植わっていた。西側の庭にまわると、熊本城の天守を見ることができた。高石垣の上にある平櫓越しに大天

守と小天守が夕映えの空に聳《そび》えている。

その偉容はまことに美しいだけでなく、よく考えられていることがわかる。とくに石垣である。武蔵は城内を幾度か歩いているが、そのときに目をみはったのが、反りを打った石垣だった。下から上に行くほど反りの勾配《こうばい》が急になり、よじ登れない工夫がなされているのだ。そのような石積みは他の櫓の石垣にも見られた。

「先生、何もせずに暇を潰《つぶ》しているだけでございますね」

屋敷に腰を据えて三日ほどたったとき、体を持て余している惣兵衛が言った。

「うむ。わしらが落ち着くまでの殿のお取りはからいなのだろう。それで馬はいかがした？」

「九左衛門が花畑屋敷に引き取りに行っております」

「さようであったか」

「それで、何かご用はありませぬか？」

「料紙がほしい。どこで手に入るかお清に聞いて求めてくれ」

「では、早速にも」

奥座敷から惣兵衛が出て行って間もなくして、馬を引き取りに行っていた九左衛門が戻ってきた。

南側の庭の隅に厩《うまや》があり、九左衛門は裏口から馬を引いて入ってきた。声をかけられた武蔵は縁側に立って馬を見た。立派な黒鹿毛《くろかげ》だった。

「よい馬だ」

武蔵は満足した。その馬は体はがっちりしているが、脚は細くて長く、いかにも速く走れそうだった。

「殿様のご家来から言付けを預かってまいりました。明日にでも先生に殿様がお会いになりたいとのことです」

厩に馬を入れ終わった九左衛門がそう言った。

「いつどこへ行けばよいのだ？」

「八つ刻《どき》（午後二時）に花畑屋敷にと伺いました。他でもないご用があるそうです」

武蔵はキラッと目を光らせた。

「承知した」

花畑屋敷

一

呼び出しを受けた武蔵が忠利に会ったのは、花畑屋敷の大広間であった。相手は忠利の他に家老連も居並んでいた。長岡佐渡守興長、沢村大学、志水伯耆《しみずほうき》、有吉頼母といった面々であった。

武蔵が大広間に入って着座すると、忠利は新居となった屋敷のことを訊《たず》ねた。

「お心遣いまことに感謝の念に堪えませぬ」

「それは重畳。あの屋敷は加藤家の家老が使っておったそうだ。空き家となって久しいと耳にいたした。雨漏りなど具合悪いことあれば、遠慮のう申すがよい」

「ありがたき幸せ」

武蔵は頭《こうべ》を垂れた。忠利の言葉には情がある。五十四万石の太守とは思えぬ気遣いに感謝するしかない。

「今日は他でもない相談事があってそなたを呼んだわけであるが、ここに並んでいる家老らにもよく顔を覚えてもらおうと思ってな」

　忠利は口辺をゆるめて家老たちと武蔵を眺め、

「武蔵はしばらく熊本に留《とど》まるゆえ、この折に何か聞きたいことがあれば遠慮のう訊ねるがよかろう」

　忠利の言葉で、まずは沢村大学が訊ねた。

「いつまで留まる腹づもりであろうか？」

「当地に足を運び入れてまだ間もありませぬゆえ、はていつまでと問われても困りまする。もっとも殿のご丁重なもてなしを受けている手前、二年三年で離れるつもりはございませぬ。そう申しましても、この地に骨を埋《うず》める覚悟もあります」

「この地に骨を埋めると……」

「拙者はすでに老境に達しています。いたずらに長生きをしようなどという考えはございませぬ」

「それは覚悟の言葉であるか？」

　武蔵は短い間を置いてから「いかにも」と、答えた。

「殿はそなたの武芸を大層お気に入りのご様子である。されど、そなたは歳を召しておる。若い頃とは違い勝手がいかぬのではないか？」
　志水伯耆だった。どこか醒《さ》めた目で見てくる。
「兵法指南に障りはございませぬ」
「さようであるか。耳に挟んだことであるが、貴殿が巌流小次郎と試合をしたとき
のことだ」
　小次郎の名が出たので、武蔵は志水伯耆に真っ直ぐな目を向けた。志水伯耆は改
易になった加藤家の浪人を細川家に取り入れるべく尽力している男だった。
「あのとき、貴殿は先に小次郎に打たれ、頭に傷を負ったと耳にいたした。それゆ
えに、貴殿は髷《まげ》を結わぬらしいが、まことであろうか？」
　意地の悪い問いかけである。武蔵は心外な言葉に口を引き結び、双眸《そうぼう》に力を込め
た。
「それは噂でございましょうか。つまらぬことです」
「つまらぬ。ならばなにゆえ髷を結わぬ」
　武蔵は「失礼つかまつります」と、断りを入れると、そのまま志水伯耆の前に膝《しっ》
行《こう》した。その突然の挙動に、志水伯耆は浮かべていた笑みを消して身構えた。
　だが、武蔵は頭を下げて髪をかきあげ、

「どこぞに古傷がありましょうか？」

　と、訊ねた。

　このことで場が一瞬、重苦しい空気に包まれた。

「いや、噂であろう」

　志水伯耆は苦し紛れにつぶやき、苦渋の面相になった。

「まあ、名のある武芸者にあらぬ噂が立つのは世の習いである。武蔵、気にすることはない」

　興長の一言で座がもとの空気に戻った。

　それからしばらくは他愛もない話になり、

「さて、そのほうらは下がってよい。予は武蔵と折り入って話をしなければならぬ」

　忠利の一言で、家老たちは広座敷を出て行った。

「武蔵、ついてまいれ」

　忠利は武蔵と二人だけになると、入側に控えていた近習《きんじゅう》も下がらせて立ちあがった。

　武蔵はあとに従った。行ったのは以前、腕を試された兵法の間だった。

（早速稽古《けいこ》をつけるのか……）

武蔵は内心で思い、先に腰を下ろした忠利と向かい合う恰好《かっこう》で座った。

「そなたは師がおらぬと申したな」

「いかにも」

「予には師が二人いた。柳生但馬守を入れれば三人であるが、小倉と熊本においては二人である。ひとりは先に立ち合うてもろうた氏井弥四郎、もうひとりは二階堂平法を究めていた松山主水だ。主水からは初伝の一文字、中伝の八文字を教えてもろうた。口惜しいことに奥伝を受けることはできなかった」

武蔵はゆっくり話す忠利をまっすぐ見て、何を言いたいのだろうかとその胸中を推し量る。松山主水という名は聞いた覚えがあるが、よくは知らなかった。

「一文字とは、横一文字に太刀を払う技。八文字とは左右の袈裟《けさ》懸《が》けであった」

「奥伝とは……？」

武蔵は問うた。

「大上段からの切り落としである。残念なことに会得できなかった」

「殿ともあろう方が、なにゆえに……」

「主水が死んでしもうたからだ。主水の一番弟子に村上吉之丞《むらかみきちのじょう》という者がいたが、島原の攻防の折に負った傷がもとで死んでしもうた。生きておれば、そなたと一度立ち合ってもらいたかったが、もはや叶《かな》わぬこと」

雲が日を隠したらしく、その部屋がゆっくり暗くなった。

「いま、予の師となるのは武蔵、そのほうのみだと思う」

武蔵は眉宇《びう》をひそめた。氏井弥四郎は師だったはずだ。だが、忠利はその名を出さなかった。

雲に隠れていた日がまたあらわれたらしく、部屋のなかがゆっくり明るくなった。

そのとき武蔵の背後の廊下に人の気配を感じた。

氏井弥四郎ではないか……。だが、武蔵は黙っていた。

「この間に連れてきたのは、もうひとり立ち合ってもらいたい男がいるからだ」

武蔵は無表情ながら、さようなことであったかと得心した。

「浜之助《はまのすけ》、これへ」

唐突に忠利が声を張ると、武蔵の背後に人が立ち、そのまま兵法の間に入ってきて武蔵から一間ほど離れた場所に座った。齢《よわい》六十は過ぎていそうな顔だった。片手に六尺八寸の棒を持っていた。

「これは塩田《しおた》浜之助と申す者で、棒術と捕手術（柔術）の達人である。先だっては弥四郎と立ち合ってもらったが、今日は浜之助を相手にしてもらいたい」

武蔵は忠利の胸中を知った。もう一度立ち合わせて、おのれの腕がたしかなことを見たいのだと。

「かまいませぬ」

応じた武蔵は浜之助を見た。敵意に満ちた目でにらみ返されたが、武蔵は意に介さず視線を外し、

「では、早速にも」

と言って立ちあがるなり、壁に掛けてある脇差程度の短い木刀を手に取った。

「浜之助、十分にやるがよい」

忠利が声をかけると、浜之助が立ちあがった。

「遠慮はいたさぬ」

武蔵は間合い二間で対峙《たいじ》すると忠告した。浜之助の棒は六尺八寸（約二〇六センチ）。武蔵の手にある木刀は一尺六寸（約四八センチ）ほどだ。

「望むところ」

浜之助は気負い込んでいた。さらにその表情には侮蔑《ぶべつ》の陰がひそんでいた。あきらかに武蔵を侮っている。

「さあ」

浜之助が棒を構えた。武蔵は短い木刀をだらりと下げ、

「一間より内に入るならば、貴殿に勝ちはない」

と、相手を挑発するようなことを口にした。

浜之助はとたん頭に血を上らせたか、顔を赤らめ、棒をしごいた。武蔵からすれば未熟者でしかない。それに幾たびも修羅場をくぐってきた武蔵には対峙しただけで、相手がいかほどの腕を持っているかを見抜く眼力が備わっている。

棒をしごいて浜之助が摺《す》り足で間を詰める。武蔵は双眸を鷹《たか》のように光らせ、総身に気迫をみなぎらせた。浜之助はにじり寄ってくるが、武蔵が言ったように一間の間合いから近づけないでいる。それればかりかまだ棒を繰り出してもいないのに、額に粟粒《あわつぶ》のような汗を浮かべていた。

「遠慮はいらぬ。かかってこぬなら遠慮なくまいる」

武蔵は焦りを見せる浜之助に言い放つと、のそりと足を進めた。浜之助は目をみはったまま下がる。さらに武蔵は詰めた。浜之助は下がる。

「まいるぞ」

武蔵が木刀をすうっと上方に動かしたのと同時だった。浜之助が尻餅《しりもち》をつく恰好で倒れ、慌てて両手両膝《りょうひざ》をついて頭を下げたのだ。

「ま、まいりましてございまする」

「なんと……」

立ち合いを見ていた忠利が驚きの声を漏らした。

「ご満足いただけましたでしょうか……」

武蔵は元の位置に戻って座り直すと、忠利に問うた。

「汗顔の至りじゃ」

二

清は台所近くにある四畳半をあてがわれ、そこで寝起きするようになった。

武蔵が屋敷に来て半月がたったが、浅山家で奉公していたときに比べ勝手が違った。住んでいるのは主《あるじ》の武蔵と、弟子の増田惣兵衛と岡部九左衛門の三人のみで、女気はなかった。かといって無理無体なことはされず、また押しつけがましいことも言われない。

二人の弟子はときどき世間話をしたり、紙屋に行きたいがどこにあるのかとか、腕のいい刀鍛冶《かじ》を知らないかなどと聞いてきたりするぐらいだ。

主の武蔵は屋敷にいるときは奥座敷に籠《こ》もっていることが多く、ときどき藩主忠利の使いがやって来て言付けを聞くなり、花畑屋敷や城に出かけていく。出かける際は、決まって惣兵衛か九左衛門がついていく。その間、清は気が楽になるが、買い物や掃除洗濯などと自分で仕事を見つけて体を動かしていた。

その日も、昼過ぎに花畑屋敷から使いが来て、武蔵は九左衛門を伴って出かけていった。

秋は深まりつつあり、庭にある銀杏《いちょう》や楓《かえで》が色づきはじめていた。

「お清、飼い葉が足りなくなった。どこぞにいい場所はないか？」

厩《うまや》で馬の世話をしていた惣兵衛が話しかけてきた。

清は縁側に雑巾《ぞうきん》をかけていたところで、両膝をついたまま考えた。

「馬は麦藁とか干し草が好物だ。どこぞによい百姓がいれば話をしたいのだ」

「わたしはお城の西のほうにある村の出ですが、お城の西にも白川の南にも百姓の村があります。どこの百姓家も麦藁は作っていると思います」

「どこが近い？」

惣兵衛が近づいてきて問うた。肉付きのよい大柄な男で、いかにも力がありそうだ。ときどき庭で木刀の素振りをしているが、ぶうんぶうんと鳴る風切り音を聞くと、身が竦《すく》みそうになる。

「白川の南には田や畑がたくさんあります」

「長六橋《ちょうろくばし》の先だな」

清がうなずくと、惣兵衛はいまから行って来ようと言うなり、そのまま屋敷を出て行った。ひとりになった清は大きく息を吐き出して雑巾掛けに戻った。

ひとりでいるときは気が楽だが、まだ主である武蔵のことがよくわからない。話しかけることもできないし、話しかけられることもない。武蔵は寡黙な人なのだ。それでも食事や屋敷のことについては一切の注文がない。自分を嫌っているのではないかと勘繰りもするが、そんなことは口が裂けても聞けない。

とにかく、たんたんと屋敷のことをこなす毎日である。

日が西にまわり込み、庭から見える城の天守が夕焼け色に染まった頃、武蔵と九左衛門が帰ってきた。清が濯《すす》ぎを出し、足拭《あしふ》きの雑巾を渡すと、

「惣兵衛はいずこだ?」

と、武蔵が聞いてきた。

「飼い葉を取りに行かれました」

「さようか」

そのまま武蔵は座敷に上がったが、ふと立ち止まり、

「お清、茶を持ってまいれ」

と、めずらしく指図された。

清はすぐに座敷で庭を眺めている武蔵に茶を運んでいった。

「待て」

茶を届けて下がろうとした清を武蔵が引き止め、「これへ」と、自分のそばに座るように促された。清は畏《かしこ》まって腰を下ろした。

武蔵は無言で眺めてくる。ほんの短い間だったが、清には途方もなく長く感じられた。見返すことができずにうつむいていると、

「いくつになる？」

と、聞かれた。

「三十八です」

「亭主はおらぬのか？」

「若いときに先立たれて、それからずっとひとりです」

「生まれはどこだ？　熊本か？」

武蔵は清が小倉か別の国から来ているると思っているのかもしれない。

「熊本です」

「生家は近いのか？」

「お城の西にある谷尾崎村です」

「井芹川の先か？」

なぜそんなことを知っているのだろうかと、清は訝《いぶか》った。武蔵はあまり出歩かないし、まして井芹川を知っているなど思いもしないことだった。屋敷にいるときは食事時以外はほとんど奥座敷に籠もっているのだ。

「さようです」

「親兄弟は」

「みんな死んでしまい、誰もいません」

武蔵は短く黙り込んで小さな吐息を漏らし、

「苦労したのであろうな」

と、ぽつりとつぶやいた。

意外な言葉をかけられて驚いた清は、顔をあげて武蔵を見た。鬼のような形相なのに、その顔には憐憫《れんびん》の色があった。眉根《まゆね》が瘤《こぶ》のように盛りあがり、その下に人を射竦《いすく》めるような目があるが、いまその目には慈しみが満ちていた。

「辛《つら》いことも多かったであろう」

　清はハッと息を止めた。胸が熱くなり、目が潤みそうになった。まさか、そんなやさしい言葉をかけられるとは思いもしないことだった。

「わしも幼くして親兄弟と離ればなれになり、孤独に生きてきた。浮き世とはまことに因果なものだ。お清……」

「はい」

「わしが怖いか？　そなたは臆《おく》している」

「…………」

「そなたの身はわしがそばにいるかぎり守る。安心してこの屋敷のことを頼む。惣兵衛も九左衛門も悪いやつではない。心を開き、遠慮なくもの申せ」

「は、はい」

「体だけは大事にしなければならぬぞ」

「ありがとう存じます」

　清は我知らず涙を溢《あふ》れさせていた。武蔵の些細《ささい》な言葉が琴線に触れていた。この人は悪い人でも怖い人でもないと思った瞬間だった。しっかり仕えようと、あらためて自分に言い聞かせもした。

「お清、またゆっくり話そう。そなたの話も聞きたいが、わしの話も聞いてくれるか？」

「喜んで……」

清は指先で涙をぬぐって微笑んだ。

三

武蔵はたびたび忠利の住居となっている花畑屋敷に呼ばれた。兵法の間で忠利に指南するときもあれば、茶飲み話をすることも少なくなかった。

武蔵は忠利の求めに応じて、来し方の試合を話し、また兵法者として自立しなければならぬと思いはじめた三十歳頃の話をした。

そんなとき忠利は黙って耳を傾け、口を挟むことはなかったが、話が一段落すると、とたんに問いかけてきた。それは禅問答と言ってよかった。

武蔵は当初、忠利が自分をそばに置くのは、伽衆《とぎしゅう》として扱うつもりなのではないかと考えていたが、どうやらそうではなさそうであった。

伽衆とは主君に仕えて、おのれで見聞したり、経験した武辺話や諸国漫遊話などの雑談を務める者のことで、戦国の世ではめずらしくない役目だった。武蔵の父無二斎も、豊後日出藩主の木下延俊の伽衆を務めていた。

「兵法とはまことに奥が深い。そのことはよくわかっておるつもりではあるが、予の師のひとりである柳生但馬守から〝三学円之太刀〟と〝九箇之太刀〟なる刀法を学んだ。二つに通じるのは初太刀で相手を制するということであった。氏井弥四郎もさような教えを説いてくれたが、松山主水は少し違った」

武蔵は黙って耳を傾ける。

近習らを人払いしているその座敷は静かで、庭の熟柿や木の実をついばみに来た目白のさえずりが聞こえるぐらいだ。

「泰平の世になり柳生流の教えは、鞘《さや》の内にて勝ちを得るであった。畢竟《ひっきょう》、刀を抜かずとも勝ちをつかむことが肝要だという。さりながら主水は、さような徳をもって国を治めることはできぬ。乱世の世が去ったとしても、万事怠りなく戦いの備えがあって然《しか》るべきだと申した。武蔵、そなたはどう思う？」

「将軍家ご流儀柳生新陰流の考えにも一理、松山主水殿の考えにも一理あると思いまする」

武蔵は迂《う》闊《かつ》には答えられない。忠利が何を聞きたいのか、あるいは知りたいのかその腹の内を読んで答えなければならない。

忠利はおそらく、兵法と国の治め方に相通じるものを聞きたがっているのだと考えて言葉を足した。

「武士の心得としての兵法をいかほど鍛錬しても、容易《たやす》くは会得できぬ妙技がございまする。その妙技を会得するのは自らの工夫でございましょう」

「なるほど、すると先達の教えを守ったからといって、容易く国は治められぬということに通じる。さように申すか……」

「国には人がいます。人は百人百様。先達の教えがいかに正しかろうが、間違っていようが、そこに新しき工夫が必要になるのではないかと思いまする」

忠利の涼しげな目が光った。

「新しき工夫であるか。いかさま、な……」

「殿はいかようにお考えになります？」

「そなたの申すことに感心いたした。それはそれでよかろうが、この国を治めるために大事にしなければならぬことに気づいた」

「それは……」

武蔵は心中で「人」であろうとつぶやくが、心の動きを悟られないために無表情を保つ。

「百姓だ」

さすがだと思った。この主君はただ者ではないと思いもした。

「なにゆえ、百姓が大事であるか？　武蔵にはわかるか？」

「国を支えるのは煎《せん》じ詰めれば、野良ではたらき米や麦、あるいは芋を作る百姓です。その百姓らが潤えば、年貢も潤うことになります。百姓をいじめれば、年貢取立は少なくなるという道理でございましょう」

「天晴《あっぱ》れ武蔵！　予はますますそなたのことが気に入った」

忠利は膝をたたいて目を輝かせた。

武蔵は忠利に剣術指南をすると同時に、そのようなやり取りを繰り返していた。しかし、いまひとつ熊本のことがよくわかっていなかったし、気になることがあった。

それは忠利の剣術指南役だった松山主水という男のことだった。

ある晩、武蔵は長岡佐渡守興長の屋敷に招かれた。この機を逃すことはないと思った武蔵は、気になっていることを雑談のあとで訊ねた。

「松山主水がことであるか……」

興長は言葉を切って「うーむ」とうなり、

「このことかまえて他言はならぬ」

と、釘《くぎ》を刺してから教えてくれた。

「松山主水は希代の兵法者であった。さようにわしは思うておったが、荒い気性が災いをした。と言うのも、殿とお父上の三斎様には目に見えぬ確執がある。存じておるかどうか知らぬが、三斎様は小倉藩初代藩主となられたが、夏の陣ののち隠居され、殿に家督を譲られた。忠興から三斎と名乗るようになられたのもその頃だ。さりながら三斎様は九万四千石を隠居領として八代城にお入りになった。形は隠居だが、三斎様の息は殿にも家臣にもかかっておる。三斎様は信長《のぶなが》公に仕えて以来、小牧・長久手、文禄《ぶんろく》の役、関ヶ原、大坂の陣などといった戦場を渡り歩いてこられた武人であり父親であるから、殿も深く敬われている。されど、八代の家臣らは殿の所領とわしら家来衆を気に入っておらぬ」

百目蠟燭《ろうそく》の灯《あか》りが興長の白髪を染め、こけた頰を浮き彫りにしていた。

「些細なことが主水の災いとなったのだ」

それは江戸から帰国の際に大坂から乗った船で起きたことだった。

八代の三斎の船と忠利の船が先を争うように競ったのだが、あまりにも八代勢が悪罵《あくば》を投げつけるから、主水がその船に飛び移って大暴れをして三斎の家臣を何人もたたき伏せるという事件があった。

そのことを快く思わなかった三斎が、ひそかに刺客を放った。

「主水はそのとき、三斎様の勘気が収まるまでの間、殿の命で松橋《まつばせ》村の光円寺《こうえんじ》に匿《かくま》われていた。しかし、刺客はその居場所を突き止め、毒を盛って闇に葬った。五年ほど前のことだ。ただし、主水は病死ということになっておる。事を荒立てたくない殿のお指図であった」

「さようでございましたか」

武蔵は冷めた茶に口をつけてから言葉を足した。

「この頃、殿の指南役である氏井弥四郎殿の姿を見ないのですが、どうされているのです。ご家老だからお訊ねすることです」

「そなたが熊本に入ってから遠ざけてある。おそらく殿は、いまはそなただけを指南役と思われているはず。わしもそれでよいと思う」

「と、おっしゃるのは……」

興長は短く息を吐き、そして茶に口をつけ、まっすぐ武蔵を見た。

「殿は柳生但馬守を師と仰がれていた。わしもそれはそれでよいと考えていた。されど、但馬守はいまや一国一城の当主であるが、幕府惣目付《そうめつけ》にあった方、いまもその力は衰えてはおらぬ。但馬守は幕府重臣として、将軍に成り代わり西国の動きに注意の目を光らせておられる。さらに小倉藩小笠原家は九州にあって唯一の譜代大名で、九州探題の役目も負うておる。さりながら外様《とざま》の細川家と小笠原家は親戚《しんせき》の間柄であるから、目の行き届かぬところもある。そこへ、殿の指南役として氏井弥四郎が招かれた。但馬守の息のかかった者だ。わしはそれが気に食わなかった」

つまり、興長は氏井弥四郎は細川家の動静を探る密偵の役目もこなしていたと見ているのだ。興長にとって弥四郎は煙たい存在だったのかもしれない。それゆえに、武蔵を客分として受け入れれば、煙たい弥四郎を遠ざけることができ、ゆくゆくは細川家のためになると踏んだのかもしれない。

(そういうことであったか)

武蔵は興長が自分を過剰とも思えるほどもてなしてくれた真意を見た気がした。さすが一国の家老ともなれば、奥深いことを考えるものだと感心もする。

「武蔵、殿のことしかと頼むが、気をつけてもらいたいことがある」

「何でございましょう」

「これもかまえて他言無用であるが、武芸を嗜《たしな》まれる殿は見た目ほど壮健ではない。

痰《たん》と癪《しゃく》の病をお持ちだ。そのこと心得ておいてくれ」

四

熊本の秋は深まった。

城を囲む樹木も紅葉が進み、武蔵の屋敷そばを流れる坪井川は秋の光を照り返していた。

武蔵と忠利の親交も季節の移ろいとともに深まり、あらためて武蔵は忠利の別の一面を知り、さらに親近感を覚えていた。

武蔵はおのれの兵法を究めると同時に書画や彫刻、あるいは金属工芸の鋳金もこなすことができた。これらは三十歳を過ぎた頃から興味を持ち、京や姫路、そして尾張に仮寓《かぐう》していた時代に知己を得た絵師や職人と付き合い、見よう見真似で身につけたもので、その腕をひそかに昇華させていた。

しかしながら、武蔵が風流を嗜む素地を作ったのは、まだ弁之助《べんのすけ》と名乗っていた幼い頃世話になった播磨国平福宿《ひらふくしゅく》にある正蓮庵《しょうれんあん》の道林坊《どうりんぼう》から、水墨画と彫刻の手ほどきを受けたことだった。もっともそれは手慰み程度であったが。

鋳金は刀の鍔《つば》や目貫《めぬき》からはじめたが、いまや甲冑《かっちゅう》や鞍《くら》などの武具を作れるほどの腕を持っていた。かといってそれを自慢することはなく、かえってその道に秀でた人物を敬う謙虚さを忘れていなかった。

忠利が居宅と執務室を兼ねている敷地面積約五町（約五ヘクタール）の花畑屋敷には、池泉を配した回遊式庭園の奥に「萱書院」と「三階書院」という離れ家があった。

ときに忠利は武蔵を萱書院に招き、茶を点《た》て兵法以外の書画や詩歌の話をすることがあった。武蔵はそんなときに聞き役にまわるが、忠利が沢庵宗彭《たくあんそうほう》の名を口にしたとき、

「沢庵殿には何度かお目にかかったことがございます」

と、口を挟んだ。

「ほう、そなたも沢庵殿の教えを受けたか……」

忠利は意外だという顔をして武蔵を見た。忠利は江戸在府中には、柳生但馬守宗矩の指導を受けていたが、宗矩は沢庵を崇敬しており、忠利もたびたび会うことがあった。また沢庵は忠利の祖父幽斎から和歌の指導を受け、父三斎とは茶道を通じての仲だったので、自然と親交を深めていた。そんな経緯《いきさつ》があったので、武蔵が沢

庵を知っていたことにかすかな驚きを感じたのだ。

「さほどの教えはいただけませんでしたが、面白い和尚《おしよう》だと思いました」

「それはいつのことだ？」

「拙者が住まっていた江戸を去ったあとですから、二十五、六の頃だったかと思います。和尚は京にあります大徳寺《だいとくじ》の住持を務められており、拙者はしばらく身を寄せたいと頼みましたが、一言で断られました」

「ほう、そのとき和尚は何とおっしゃった？」

「修行の足りぬ武芸者を預かるほどの器量はないと……」

忠利は小さく笑った。

「さらに剣技を究めたければ、心を究めよと。心を究めるにはどうすればよいかと問いますれば、『禅の修行をせよ』と、ただそれだけを言われました。あとになって思えば、拙者の未熟さを見抜かれたのだと思います」

「禅の修行をせよと言われたか……して、そなたは禅を？」

「折々に修行してまいりましたが、まだ悟りの境地には至りませぬ」

「禅は兵法と同じで奥が深いからのう。して、江戸に住まっていたことがあったと言ったが、やはり武芸修行のためであったか」

「いかにも」

「面白い男よのぅ。諸国遍歴もさることながら、そなたの生き様は風とともに流る雲の如しであるか」

忠利はそこで短い間を置き、障子を開けて庭を眺めた。とたん、鵯《ひよどり》の甲高い鳴き声が聞こえてきた。

「そうだ」

忠利が顔を武蔵に戻した。

「そなたは絵を描くと申したな。一度予に見せてくれまいか」

「恥ずかしながらご覧いただけるほどの技量はありませぬ」

「是非にも見たいのじゃ」

そう乞《こ》われれば断ることはできない。武蔵は機を見て描いてみると答えた。

それから数日後の夜だった。

武蔵は千葉城址《じょうし》の屋敷奥座敷で達磨《だるま》の絵を描いていた。しかし、納得の行く絵が描けぬ。描いては料紙を反故《ほご》にし、また描いては反故にするを繰り返していた。

「失礼いたします」

部屋の外から声がかけられた。清だとわかる。

障子が小さく開けられ、清が「まだお休みにならないのでしょうか」と、遠慮がちの顔で聞いてきた。

「まだしばらく起きていよう。茶をもらえるか」

武蔵がそう言うと、清はすぐに下がって茶を運んできた。武蔵は清が入ってきても筆を動かしていたが、やはり満足できぬので一旦《いったん》筆を置き、清に正対するように座り直して湯呑《ゆの》みをつかんだ。

「左手でお描きになるのですね」

清がまばたきをして言った。

「うむ。利き腕は左だ」

そう言って清を正視した。清はうつむきはしたが、この頃は心がほぐれたのか、以前あったかたさが取れていた。

「殿に命じられたのだ。断るわけにはまいらぬからな」

「先生は剣術だけでなく、絵や彫り物もされると知り意外に思いました」

「さようか……」

「ええ。今日は弟子入りをしたいという方が何人か見えました。お留守だと伝えますれば、また明日にでも訪ねてくるとおっしゃって帰られました。お弟子を取られるのでしょうか?」

「筋のよい者がおれば、やぶさかではない」

武蔵は茶を喫した。百目蠟燭を四隅に置いているので座敷は明るい。武蔵のまわりには、丸められた反故紙が散らばり、硯《すずり》のそばには何本もの絵筆があった。

「増田様と岡部様から聞きましたが、先生は何人も人をお斬りになったと。ほんとうでございますか?」

(いらぬことを話しおって……)

武蔵は胸の内でつぶやいて、惣兵衛と九左衛門に一言注意をしようと思った。

「嘘ではない」

「人を斬って後悔はありませんか?」

思いもしない問いかけに、武蔵は少し驚いた。

「わしは、人は後悔しながら生きるものだと考えておる」

清はそう言った武蔵からしばらく目をそらさずにいた。燭台《しょくだい》の灯りに浮かぶ清の顔が、ある子供の顔に重なったのはそのときだった。

子供の名は吉岡又七郎《またしちろう》と言った。

「あのとき……」

つぶやきと同時に、武蔵の脳裏に当時のことがまざまざと甦《よみがえ》った。

慶長九（一六〇四）年春――。

武蔵二十一歳のときであった。血気盛ん、おのれの剣技に疑いのない自信をつけていた武蔵は、京都で剣法の名門と畏怖《いふ》されていた吉岡一門に挑戦状をたたきつけた。

吉岡家は鬼一法眼《きいちほうげん》に起こされた京八流《きょうはちりゅう》の流れを汲《く》む、一流の宗家として世に知られた名門中の名門だった。

無名の武蔵を相手にするような一門ではなかった。そこで武蔵はおのれの流儀を「円明流」と名付け、対戦を迫った。

当初、挑戦は撥《は》ねつけられたが、武蔵の執拗《しつよう》さに負けて吉岡一門を代表して清十郎《せいじゅうろう》が立ち合うことになった。

京都西洞院《にしのとういん》に兵法所を構える吉岡家は、百人を下らぬ門弟を抱えていたが、試合の場は京都北郊の蓮台野《れんだいの》であった。

武蔵は兵法所ではない京都郊外を試合の場に指定されたのを訝《いぶか》った。おそらく恥をかきたくない、あるいはいざとなったら門弟らに一斉に打ちかからせ、袋だたきにするつもりではないかと危惧《きぐ》した。

だから武蔵は戦いの場を十二分に下見し、わざと遅れて出向いた。

勝負はあっさりついた。武蔵は一撃のもと清十郎を倒したのだ。一門はこれに激高し、清十郎の弟伝七郎《でんしちろう》が逆に武蔵に戦いを挑んできた。

武蔵は受けた。だが、試合の場所はまたもや京都洛外《らくがい》、三十三間堂《さんじゅうさんげんどう》で知られる東山《ひがしやま》の蓮華王院《れんげおういん》裏手であった。

伝七郎にとって兄を倒された遺恨試合だというのは、武蔵にはわかっていた。だから伝七郎のことを調べ、吉岡一門の動静にも警戒をした。

さらに、またもや約束の刻限に遅れて行った。伝七郎はそのことを咎《とが》めたが、武蔵は意に介さなかった。遅れたのは、伝七郎が門弟をまわりにひそめさせていたから、いざという場合の逃げ道を調べていたのだ。

清十郎に比べ、伝七郎は筋骨逞《たくま》しい男で、腕に相当の自信があるらしく、悠然と木刀を構えて勝負を誘った。

武蔵は油断はならぬと気を引き締め前に出て行った。とたん、伝七郎が勢いをつけて間を詰めてきた。中段にあった木刀が上段に移り、そのまま風を切って振り下ろされてきた。

武蔵は打ち払い、切っ先を伝七郎の眉間《みけん》に向け、三尺ほど後退させると同時に、木刀を横薙《よこな》ぎに振った。ビュンとうなる一振りに伝七郎は慌てて下がり、木刀を頭上高くに移した。両脇を開けたまま唐竹割りに打ち込んでくる意図が読み取れた。

（隙あり）

武蔵はムササビのような俊敏さで伝七郎の懐に飛び込み、腕を抱え込むと自分の木刀を捨て、伝七郎の木刀をもぎ取り、そのまま脳天に打ち込んだ。

伝七郎はよろめき、無様にも倒れ、帰らぬ人となった。

門弟らはこのことに憤り、清十郎の嗣子である又七郎を名義人として、またもや試合を申し込んできた。武蔵は迷ったが、逃げるのは卑怯《ひきょう》と思い受けて立った。

今度も兵法所ではなく、京都の外れにある一乗寺下り松《いちじょうじさがりまつ》だった。清十郎と伝七郎の試合は昼間であったが、今度は日の出前のまだ薄暗い朝だった。

武蔵はまたもや警戒した。調べてみると、吉岡一門総出の意趣返しだというのがわかった。弓矢や鉄砲まで支度していたのだ。

前の試合では木刀を使ったが、今度は真剣を使うことにした。

さらに、その試合に武蔵は遅れずに参上するやいなや、年老いた後見人に庇護《ひご》されるように立っていた十三歳の又七郎に殺到するように迫ると、左手の小刀で袈裟《けさ》懸《が》けに斬り捨て、刀を振りあげようとした老人の首を右手の大刀で刎《は》ね斬った。

勝負はあっさりついたが、あとは逃げるのみだった。逃がすまいと立ち塞《ふさ》がる者がいたが、迷いなく斬り捨て退路を開いて追跡の及ばぬ山中に駆けた。

「いかがなされました？」

怪訝《けげん》な顔をしている清の声で、武蔵は現実に立ち返った。

前途のある又七郎を斬るべきではなかった。あの試合を受けるべきではなかったという深い後悔の念が尾を引いていた。

「いや、何でもない。わしのことはもうよいから、早く休みなさい」

武蔵はそう言って清を下がらせると、再び達磨の絵に取りかかったが、筆は動かないままだった。

五

翌朝早く、客があった。

「昨日見えたお侍です」

広座敷で朝餉《あさげ》後の茶を喫しながら休んでいた武蔵のもとに、清が告げに来た。

「何用であろうか？」

「是非にも先生にお目にかかりたいとのことでございます」

武蔵はいっしょにいた惣兵衛と顔を見合わせた。惣兵衛は昨日、馬の飼い葉の調達に行ったついでに、薪の仕入れ先まで決めてきていた。飼い葉は長六橋を渡った先にある本庄村《ほんじょうむら》の百姓に話をつけ、薪は城の西側にある横手村《よこてむら》の百姓と折り合いをつけていた。普段は磊落《らいらく》な惣兵衛だが、こういったところは抜かりがない。

「昨日、弟子入りをしたいと言って来た者であろうか？」

「さようです」

武蔵は少し考えて庭に通せと命じ、惣兵衛とともに庭に面した縁側に移った。

屋敷は表門から入ると左側に中門がある。中門の内側が広い庭になっていた。

「惣兵衛、おぬしは城下に詳しくなったようだな。わしも城下のことを知らねばならぬ」

「ならばお清に案内させたらいかがでしょう」

「さようだな」

お清は城の近くの村の出で、城下に移り住んでから長い。案内をさせるにはよい供になるだろうと武蔵は考えた。

そんな話をしていると、中門が開き、三人の男が入ってきた。二人は肩衣半袴《かたぎぬはんばかま》でもうひとりは楽な着流しに両刀を帯びており、それぞれに木刀を手に持っていた。

三人は縁側の近くまで来ると、揃って片膝をついた。

「お初にお目にかかります。宮本武蔵様でございましょうか？」

口を開いたのは真ん中の男だった。まだ若い。二十歳前後に見えた。

「いかにも」

「小姓頭寺尾求馬助《てらおくめのすけ》と申します」

「求馬助が兄、孫之丞《まごのじょう》と申します」

着流し姿の男で、大きく声を張った。

「それがしは鉄砲組、長岡右馬助《うまのすけ》様が家来古橋惣左衛門《ふるはしそうざえもん》」

三人とも同じような年頃だが、もっとも体格のすぐれた男だった。

「身共らは殿を指南されていた氏井弥四郎様、松山主水様より指南を受けてきた者でございます。此度《こたび》、宮本様が殿のご指南をされると知り、是非にも一手お手合わせ願いたく罷《まか》り越した次第です」

そう言って鋭い眼光を向けてきたのは寺尾求馬助だった。他の二人も挑むような目を向けてくる。

武蔵は三人をゆっくり眺めた。こやつらわしの腕を試しに来たなと思った。

「わしのことをどこで知った？」

「氏井様より耳にいたしました」

求馬助の兄孫之丞だった。声が大きい。

「どんなことを聞いた？」

「円明流の達人が見え、殿の新しいご指南役に決まったので、氏井様は身を退《ひ》くと仰せられました」

武蔵は眉を動かした。そういうことであったか。道理で氏井弥四郎の姿を見ないと思った。

「おぬしらは氏井殿と松山殿から教えを受け、かなり腕に自信があるようだな」

「円明流とはいかなるものか知りとう存じます」

古橋惣左衛門だった。慇懃《いんぎん》ではあるが、その目には人を見縊《みくび》っている色があった。

「円明流とは名ばかり。わしは流派にこだわりは持たぬ。氏井殿の柳生新陰流も松山殿の二階堂流もわしにしてみれば同じようなもの」

「ならばなにゆえ円明流と……」

「そう名乗ったほうがわかりやすいからだ。ただそれだけのことだ」

「流派にはそれぞれに持ち味があるはずです」

「妙味はあるかもしれぬが、いざ生き死にを懸けた斬り合いになったときに通じるとは思わぬ。兵法とは武芸とは、型にはめるものではない。奥義は鍛錬に鍛錬を重ねたとき、おのれで知るものだ」

「お手合わせいただけませぬか」

一膝進めて言うのは孫之丞だった。

武蔵はふうと、嘆息をして目の前を飛び交っている蠅を目で追った。日に日に寒気が強くなっているが、その日はいつになく陽気がよかった。

「わしと立ち合うて勝ったら、いかがする？」

「そのまま立ち去ります」

武蔵は口の端に小さな笑みを浮かべた。

「よかろう。ただし、それはわしの弟子に勝ってからの話だ。惣兵衛、腕を試してやれ」

そう言ったとき、厩の世話をしていた九左衛門が南側の庭から姿をあらわした。

「九左衛門、丁度よかった。おぬしにもこの者たちの相手をしてもらおう」

武蔵はそう言ってから、惣兵衛と九左衛門を三人に紹介し、

「惣兵衛、木刀を持ってまいれ」

と、指図した。

さらに惣兵衛が戻ってくる間に、庭の三人に立ち合い支度を命じた。三人は襷《たすき》をかけ股立《ももだ》ちを取って庭の遠間《とおあい》に離れて待った。

惣兵衛が木刀を持ってくると、まずは九左衛門に立ち合いを命じた。

九左衛門はひょいと手にした木刀を片手に持ち庭の中央に進み出、

「どこからでもかかってこられよ」

と、言った。

三人は互いの顔を見合わせ、小さく頬をゆるめた。武蔵はそれを見た瞬間、この三人は九左衛門の相手ではないとわかった。

九左衛門は小柄で貧相な体つきをしている。見た目にはひ弱そうだが、十年来の武蔵の弟子である。

「いざ」

九左衛門が誘いをかけると、惣左衛門が相手をすると言って立ちあがり、間合いを詰めていった。中段の構えである。九左衛門は右手に持った木刀を垂らしたまま

から打ち込んでいった。

だった。

惣左衛門が迷いなく詰めていく。無防備な九左衛門をあきらかに軽視している。九左衛門がすっと木刀を両手で持った瞬間、惣左衛門が左足で地を蹴《け》って真正面から打ち込んでいった。

「たあッ!」

気合いはよかった。しかし、惣左衛門の木刀はあっさりかわされ、即座に右脇腹をたたかれていた。たまらずに両手を地面につけると、その後ろ首に九左衛門の木刀がぴたりと添えられた。

惣左衛門は顔色を失い、「ま、まいりました」と叱り飛ばされた飼い犬のように下がった。

つぎに立ち合ったのは、求馬助だった。九左衛門は両手で木刀を持ち中段に構え、先に動いた。求馬助は九左衛門の出端《ではな》技をうまくかわしたが、素早く引き下げられた木刀が峻烈《しゅんれつ》な勢いで大きな円を描くように動くと、目をみはって後じさった。

しかし、九左衛門はそこに隙を見出《みいだ》し、求馬助を追い込んでぽんと軽く肩を打った。

求馬助はその場に棒立ちになっていた。何が起こったのかわからないという顔つきで、目と同じようにぽかんと口を開いていた。

　武蔵はまったく意に介さず、

「孫之丞と言ったな。おぬしの相手は惣兵衛だ」

　と、惣兵衛を見た。惣兵衛がうなずいて進み出ると、孫之丞は口を真一文字に引き結び、気合いを入れるように帯をたたいて木刀を構えた。

「いざ、まいる」

　惣兵衛は低くくぐもった声を漏らして摺り足を使って前に出た。孫之丞も間合いを詰めてくる。しかし、他の二人があっさり負けたのを見たせいか、すぐには仕掛けない。

　惣兵衛が間合いに入ろうとすると下がるか、横に動いた。惣兵衛はそれでも静かに間合いを詰めながら追い込んでいく。

「たあッ！」

　惣兵衛が気合いを発して右八相に構えを変えると、それに驚いたように孫之丞は下がった。

「かかってこぬか！」

　惣兵衛がつばを散らして怒鳴ると、孫之丞が突きを送り込んで、さらに右左と袈

袈懸けに打ちかかった。されど、惣兵衛はことごとく軽く受け流し、

「ぬるいッ！」

と、一喝するなり、孫之丞の木刀を擦り落として、鳩尾《みぞおち》にぴたりと木刀をつけ、

「真剣なら串刺《くしざ》しだな」

と、にやりと笑い、静かに下がった。

孫之丞は呆気《あっけ》にとられた顔をして棒立ちになっていたが、いきなりその場に土下座すると、

「宮本様、是非にも弟子にしてください！」

と、額を地面につけた。求馬助と惣左衛門もそれに倣い、土下座をして弟子入りを懇願した。

武蔵は何事もなかったかのような穏やかな顔で、さっきから目の前を飛び交っていた蝿を見ると、さっと脇差を抜いて素早く元の鞘に納めた。

その直後、それまで飛んでいた二匹の蝿が、ぽとりと踏み石に落ちた。二匹の蝿は一刀のもと両断されていた。

庭に跪《ひざまず》いてその瞬間を見ていた三人は、さらに驚き顔になっていた。

「よかろう。暇なときには稽古をつけるが、わしが留守をしているときは惣兵衛と

九左衛門が代稽古をしてくれよう」

　庭の三人の顔が喜びに満ち、お願いいたしますと、再び頭を下げた。

「求馬助と言ったな」

　寺尾求馬助の顔が上がった。

「おぬしは小姓頭らしいが、近いうちにわしを天守に連れて行ってくれぬか。天守から城下を見たいのだ」

「承知いたしました」

　求馬助はさっきまで相手を見下し小馬鹿にしていたが、あっさり掌《てのひら》を返した顔になっていた。

六

　三日後、武蔵は寺尾求馬助の案内で熊本城大天守に上った。

　空気の澄み渡った秋晴れの日で、眺望は絶景かなであった。入母屋《いりもや》の屋根を持つ六階建ての大天守は高さが十六間二尺（約三〇メートル）あり、高さ七間五尺（約一四メートル）の石垣の上に建っている。

茶臼山に建つ城は天守と本丸のあるあたりが標高約二十八間（約五一メートル）と一番高く、西に行くに従って低くなっている。つまり大小の天守は最も高い場所に建てられているから、眺めがよいのは言うまでもない。

東に阿蘇《あそ》の連山、西には有明の海が光っている。その海の先には普賢岳が見えた。東から西へ蛇行して有明の海に注ぐ白川は、日の光を照り返していた。その白川の南には平野が広がっていた。

城の北側は高い崖《がけ》となっていて、西の丸の先には井芹川が、城の東側のそばを北東から南西に坪井川が流れている。

その三本の川と崖が自然の要害となって、熊本城を堅牢《けんろう》なものにしている。

（よくできた城だ。さすが清正公である）

武蔵は熊本城を建てた加藤清正にあらためて感服する思いだった。城下の整備も行き届いている。武蔵は姫路にいた頃、藩主本多忠政の命を受け城下の縄張りを行ったことがあるので、眼下に広がる城下を眺めて感心した。

「殿も熊本にお入りになった頃にはよくこの天守に上られました」

感心をしていると求馬助がそう言った。

「よいところだ」

武蔵は天守に上ってよかったと思った。忠利の人柄も気に入っているが、あらためて熊本の魅力を知ったのだった。

「先生、ご迷惑でなければ城下もご案内いたしますが、いかがされます？」

武蔵は求馬助を見た。先日は生意気面をして屋敷に来たが、いまは素直な二十歳の青年の顔だ。

「城下はおのれの足で歩く。土地を知るにはそのほうがよい」

「いかにもさようかと存じます」

「では、まいるか」

武蔵はそのまま階段に向かった。はい、と返事をして求馬助があとについてくる。

二人がいた最上階は、御上段の間から順に、貝之御間・御弁当之御間・御矢之御間・御具足之御間・御鉄砲之御間と呼称されると、求馬助が説明してくれる。

つまり大天守は主に見張りの場と武器蔵になっているのだった。せっかくだから小天守も案内してもらった。

地下一階が台所、一階は八間十二間の松之間で、十二畳の主室には二間の床と付書院が設けられ、床には京絵師による「老松」が描かれていた。十八畳と六畳の次之間も備わっており、住居の仕様になっていた。加藤家の時代には、藩主はこちらを多用していただろうと思われた。

二つの天守の見学を終えた武蔵は表に出て、もう一度天守を仰ぎ見た。両天守の石垣はいずれも上に行くにつれ反っており、さらに大天守の一階屋根は石垣天端《てんば》（上端）より張り出しており敵の侵入を防ぐ造りだ。

小天守の石垣天端には、見るからに怖ろしい鉄串《てつぐし》の「忍び返し」が拵《こしら》えてあった。

「おぬしの兄上は藩には仕えておらぬのか？　孫之丞と申したな」

武蔵は先日屋敷に来た孫之丞を思い出して言った。小兵ではあるが動きがよかったし、体つきも痩身《そうしん》の求馬助よりがっちりしていた。

「兄上は耳があまりよくないのです」

「さようであったか」

「父上は豊前小倉にて三斎様に召し抱えられ、いまは細川家の御鉄砲五十挺《ちょう》頭を務めていますが、兄上は仕官を辞し浪人に甘んじています。それでも原城の乱の折には父上とともに参陣し二百石を賜りました」

「武勲を挙げたか……」

「耳が悪くなければ、おそらく御鉄砲組に入っていたと思うのですが……」

「剣術はやはり柳生新陰流であるか？」

「殿のご家来衆の多くはさようです。されど、殿が先生を気に入られ、氏井様は静かに身を退かれたご様子。これからは先生の円明流を習う者が多くなるかと……」

武蔵は黙って歩いた。自分が客分として忠利のもとにやって来たがために、氏井弥四郎は身を退いたか。それはそれでしかたないことだろうと、武蔵は内心でつぶやいた。

「これからいかがなさいます？」

本丸御殿の前まで来て求馬助が立ち止まった。

「少し城下を歩いてみる。求馬助、ここでよい。あとは勝手にせよ」

求馬助は城下を案内すると言ったが、武蔵は断ってそのまま城を出た。

武蔵が城下を歩くのはその日が初めてではない。小倉から熊本に入り、忠利に謁見する前にも、また屋敷を与えられたあとも城下を歩いていた。

しかし、今日はまた別の思いを胸に抱いていた。天守から見た城下はむろん、城内も緑が多い。銀杏・楠《くすのき》・欅《けやき》・竹・杉・檜《ひのき》……。城も城下も緑豊かで心が落ち着く。あらためて熊本はよい地だと思うのだった。

その日、城の南西にある新一丁目御門《しんいっちょうめごもん》を出ると、高札場のある札《ふだ》の辻《つじ》から町人地に出、坪井川に架かる船場橋《せんばばし》を渡り、職人町をゆっくり歩いた。

武蔵は紅裏をつけた繻子《しゅす》の小袖《こそで》に紙子の胴肩衣といった特異ななりであるうえ、六尺近い大男で、白髪交じりの赤茶けた総髪、さらに鳶色《とびいろ》の目を持つ異相である。出会った者はギョッと目をみはって立ち止まったり、すれ違ったあとで振り返ったりした。

武蔵は物珍しがられても毫《ごう》も気にせず徘徊《はいかい》するように歩く。目は注意深く町の隅々に向けられ、脇路地も見逃さない。若い頃からの癖なのか、それは武蔵がいつあらわれて来るかもしれない敵への警戒心が育《はぐく》んだものだった。

通りには米屋、鍛冶屋、畳屋あるいは鼻紙屋や瀬戸物屋などがあり、食べ物屋も少なくない。小間物屋と呉服屋の並ぶ町を過ぎ、武家地の山崎町《やまさきまち》を抜けて屋敷に戻ったときは、もう日の暮れかかった時分だった。

「今日も弟子になりたいという方が見えました」

濯ぎを運んできた清がそう告げた。

「ほう」

武蔵は雑巾で足を拭きながら答えた。

「十人、いいえ十三人ほどもです」

「ふむ。それでいかがした？」

「惣兵衛さんが先生にお伺いを立てると言って帰されました」

清はいつしか、惣兵衛と九左衛門の姓を呼ばず、名前に「さん」付けをした。おそらく二人がそう呼ぶように仕向けたのだろう。

武蔵は雑巾を清に渡した。清は以前より明るい顔になっている。

「惣兵衛はいずこだ？」

「座敷か庭にいらっしゃるはずです」

武蔵はそのまま広座敷に行ったが惣兵衛はいなかった。縁側に足を進めると、薄暗くなっている庭で惣兵衛と九左衛門が型稽古を行っていた。

二刀（大小の木刀）を持った惣兵衛は左脇構えで、上段から打ち込む九左衛門の一撃を右手の太刀で打ち落とすように払う。

九左衛門はとっさに下がって、左面を狙って打ち込む。刹那《せつな》、惣兵衛は左手の小太刀で打ち払うと同時に、右手の太刀で九左衛門の左面に決めた。

一連の流れは、数呼吸の間に行われる。二人は同じ型をまんべんなく繰り返し、技を身につけている。

「いい汗をかいておる」

武蔵はしばらく眺めてから声をかけた。

間合いを取って離れた惣兵衛と九左衛門が、ハッとなって縁側に立つ武蔵に顔を向け「お帰りなさいまし」と、申し合わせたように同時に言った。

「先生、今日もまた弟子にしてくれという者が来ました。十三人ばかりでしたが、これからどんどん増えていく気がいたします。どうやら先生の噂は、殿様のご家来に広まっているようです」

惣兵衛がそう言えば、九左衛門も言葉を添えた。

「四、五十人ならこの屋敷の庭で稽古をつけられるでしょうが、さらに増えるとなると工夫を凝らさなければなりません」

「増えるかな」

「おそらく増えると思います。百人、二百人はすぐでしょう。きっと大所帯になります」

武蔵はそうなる前に、一度忠利に相談しておくべきだと考えた。

「ま、何か考えることにする。もう暗くなった。あがってまいれ」

武蔵がそのまま座敷に戻ると、清が城からの使いが来ていると告げに来た。

使いの者は玄関に待っており、武蔵が出向くと、忠利からの言付けを告げられた。明日の夕刻に花畑屋敷に来てほしいとのことだった。

使いの者を帰した武蔵は、奥座敷の自分の部屋に入って散らばっている料紙に目を向け、達磨の絵を今夜のうちに描きあげなければならぬと思った。

七

しかし、納得のいく達磨絵は描けずじまいで翌朝を迎えた。

(しかたない。絵を見せるのは少し先にしてもらおう)

武蔵は清の作った朝餉に箸《はし》を伸ばしながら内心で独りごちた。

「先生、今日も弟子入りをしたいという殿のご家来衆がまいりますよ」

大食漢の惣兵衛が味噌汁《みそしる》をすすったあとで言った。

「弟子になりたいと申す者を拒む理《ことわり》はない」

「束脩《そくしゅう》はいかがされます」

九左衛門が飯碗《めしわん》を持ったまま顔を向けてきた。

「わしは殿より過分なもてなしを受けている。指南料は考えなければならないが、ちにまかせる。あえてこちらから求めることはない」

武蔵はそう言って食事を終えた。

「欲のないお方なのですね」

片付けをする清の声が、立ち上がった武蔵の背後でした。

「先生は欲深き人ではないのだ」

九左衛門が答えていた。

惣兵衛が言ったように、その朝、細川家の家臣が十五人ほどやって来た。みんな噂を聞き、是非にも弟子入りしたいと熱心に懇願する。

噂を誰に聞いたと問えば、最初に弟子入りを願ってきた寺尾兄弟だという者もいれば、氏井弥四郎から聞いたという者もいた。

弟子入りを希望する者はあとを絶たず、昼過ぎにも二十人ほどがやってきた。なかには家来を連れた中老もいるといった具合で、わずか数日の間に弟子入り希望者は百人を超えた。

「あらためて指南はいたすが、稽古場を考えなければならぬ」

弟子を受け入れた武蔵は、そのことを忠利に相談すると、惣兵衛と九左衛門に言って花畑屋敷を訪ねた。

表玄関で来訪を告げると、小姓が忠利の居間に案内してくれた。忠利は縁側で鷹に餌をやっているところだった。鷹は鷹匠の片腕に止まっていた。

「よう、よく来てくれた。しばらくそちの顔を見ないと何だか寂《さみ》しい心持ちになるのだ。不思議な男よのお」

忠利は鷹に餌を与えながら、楽にせよと付け足した。

武蔵は餌をついばむ鷹を眺めた。餌は鳥の肉のようだ。喉《のど》から下腹にかけて白く、頭部は茶と白の羽毛。足はいかにも頑丈そうで、鋭く澄んだ目をときどき武蔵に向けた。

「毛並みのよい鷹でございますね」

「予の気に入っている一羽だ。『有明』と名付けておる。もう一羽『明石』という鷹もいる。さて、もうよいだろう」

忠利が腰を上げると、鷹匠が一礼して「有明」を腕に乗せたまま下がった。

「近いうちに鷹狩りにまいる。そなたは鷹狩りをやったことがあるか？」

座敷に戻ってきた忠利は脇息《きょうそく》に凭《もた》れて問うた。

「鷹を使っての狩りはありませぬ」

「鷹は使わぬが他の狩りはやったと申すか」

「弓や槍《やり》を使って獣を狩ったことはあります」

「ならば鷹狩りにつきおうてもらおう。忙しくてしばらく行っていないので、いまから楽しみである」

「喜んでお供つかまつります」

「して、絵は描けたであろうか？」

これはしたり、と武蔵は内心で舌打ちをした。

「殿にお見せできるような絵は、未《いま》だ描けませぬ」

忠利は短く考えるように視線を彷徨《さまよ》わせ、入側に控えている小姓に、

「絵筆と料紙を持ってまいれ」

そう申しつけてから武蔵に顔を向け直した。

「予の前で一枚描いてくれぬか。どうしても見たいのじゃ」

「恥をさらすようなものですが……」

「かまわぬ。そなたは武芸の師はいないと言ったが、絵は誰に教わった？」

「教わってはいませぬ。見よう見真似でございます。しいて申しますれば、腕の立つ書家の書や絵師の絵が師だと思います」

「そなたは何事においても師はいないのだな。教えを乞うのがいやなのか？」

「その暇がなかっただけでございます。ただ、幼き頃に世話になった寺の和尚の薫陶を受けたことはあります。武芸を嗜むようになったのもその頃でございます」

「いくつのときだ？」

「八つの頃から五年ほどでございました」

忠利は「うむ」とうなって短く沈思し、予も幼き頃に薫陶を受けたと言った。武蔵が世話になった寺のことも和尚のことも聞かなかった。

「その師は藤原惺窩《ふじわらせいか》殿であった」

武蔵はぴくりと眉を動かした。林羅山《はやしらざん》の師であり、後陽成《ごようぜい》天皇をはじめ多くの大名が教えを乞うた近世日本朱子学の祖である。武蔵も当然その名は知っていた。だが、いかような教えを説いたのか知る術《すべ》はなかった。

「惺窩殿は学問はむろん和歌にも書にも絵にも通じておられた」

「いかようなことを学ばれましたか？」

「一言では言えぬが、明徳をあきらかにするにあり、民を新たにするにあり、至善に止《とど》まるにあり」

「…………」

「わかりやすく申せば、己の心を静かに見つめ、悪心を打ち払ってこれを磨き、人品を仕上げ聖人となれば、ひいては仁政を成就できるということだ」

武蔵は内心嬉《うれ》しくなった。目の前で高名な学者の教えを口伝されているのだ。こんな機会が訪れるとは、ゆめゆめ思いもしないことだった。

「武蔵、万物はどこから生まれる?」

「天でございましょう」

忠利は目をみはった。

「ならば万物はなにゆえそこにあるのか?」

「存在しなければならぬわけがあるからです」

忠利はうなるような声を漏らして感心顔をした。

「万物には存するにたる理がある。その理は万物の内にある。そなた、禅をやっておったのだな」

「齧《かじ》っている程度でございますが、坐《ざ》禅《ぜん》は組みます」

「おもしろい。国を治めることは天下を平らかにすることだ。惺窩殿からさような教えを受けた」

「天下を平らかにする」

武蔵は復唱した。

「いかにも。またその話は折よいときにいたそう。さて、支度ができた」

武蔵と忠利がやり取りをしている間に、小姓が墨をすり筆と料紙を調えていた。

「描いてくれ」

武蔵は催促されて、料紙を引き寄せ筆を執った。左手である。一度、深く呼吸をして手を動かし、達磨の絵をさらさらと描いていった。満足できるものではなかった。

「そなたは左手を使うのか？　剣も二刀なれど、筆も両刀であるか」

忠利は描きあがった絵を見るより先にそう言った。

「手は二つあります。いずれでも描けますが、小さき頃から左手を器用に使っていました」

「なるほど、すると二刀を使うのもそのためであるか？」

「刀は大小あります。せっかく腰に差したものを使わぬ手はありませぬ。脇差は飾りではありませぬゆえ」

「いかにもそうであろうが……なるほどな」

結局、忠利は絵の出来映えに対することは一言も口にしなかった。代わりに、

「城下に常光寺《じようこうじ》という寺がある。その寺に書画に通じている日収《にっしゅう》と申す僧がいる。折を見て引き合わせよう」

そんなことを口にした。武蔵はいま自分の描いた絵を見て、忠利は稚拙だと感じ

たのだと思った。恥ずかしいかぎりである。

「殿、ひとつご相談がございます」

「申せ」

「拙者の屋敷に毎日のように弟子入りを願う殿のご家来衆がやってきます。すでに百人は下らぬ数になりました」

「よいことだ」

「稽古をつけるには屋敷では無理があります。何か知恵をお貸しくだされませぬか」

忠利は短く思案したあとで答えた。

「予に稽古をつけてくれるときは、この屋敷で頼む。またそなたの屋敷での稽古は、そなた次第。手に余る数は城内でやればよい。そのこと長岡佐渡に考えさせる」

「ありがたき幸せ」

武蔵は深く頭を下げた。

「近々鷹狩りに行くが、おって知らせることにいたす」

忠利はそう言ったあとで「楽しみじゃ」と、頬をゆるめて武蔵を見た。

厚き情宜

一

武蔵の弟子はあっという間に三百人を超えた。

約五十人は自宅屋敷の庭で、他の弟子には城内にある広場（主に二の丸）にて、上級武士には数寄屋丸《すきやまる》前広場で稽古《けいこ》をつけることが決まった。

いきおい武蔵は忙しくなった。しかし、それは望むことであり、己の兵法を後世に残すための一助になると考えていた。

忠利への稽古だけは花畑屋敷で行われたが、武蔵はこのときがもっとも楽しみだった。稽古のあとは決まって雑談となり、忠利は忌憚《きたん》のないことを武蔵に言うが、また武蔵の考えにも耳を傾ける。

稽古でひと汗流したあとで、忠利は国の治め方について訊《たず》ねた。

「そちはいつぞや、兵法は国を治めるのに通ずるものがあると申したな。その真意はいかなるものであるか？」

武蔵は深く息を吸ったあとで、ひたと忠利に目を向けて答えた。

「一言で申せば心でございましょうか」

「心……」

忠利は眉宇《びう》をひそめた。

「拙者は二刀流を究めましたが、せっかくあるものを使わぬ手はないということです。たとえば、馬上で戦うとき、一方の手は手綱を持ち、一方の手で刀か槍《やり》を持ちます。それは馬上でなくとも同じこと。地上においては右に大刀、左手に小刀。腰にあるものを使わぬ手はありませぬ。人は手足を使いますが、それは心の眼が指図することとです。つまり、心とは大将、手足は家来、胴を土民となすならば、兵法に通ずるということでございます」

「心の眼が、大将……」

「確たる指図があれば、手も足も胴も間違いなく動くはずです。すべては人の心の動きが命ずること。畢竟《ひっきょう》、国を治めることは身を修めることだと思いまする」

忠利は武蔵の言わんとすることを理解したらしく、二度三度とうなずき、

「やはり、そちはただ者ではない」

と、目を細めた。

「明後日《あさって》、鷹狩《たかが》りにまいるが、供をしてくれるな」

「喜んで」

鷹狩りは軍事訓練という側面もあり、また民情を視察し、治道に心を配る機会でもあった。織田《おだ》信長、豊臣秀吉《とよとみひでよし》、徳川家康が鷹狩りを好んだのは有名であるが、諸国大名も熱心に行っており、忠利もその例に漏れずだった。

鷹狩り当日、忠利配下の家来衆は城の大手にあたる新一丁目御門前の札の辻に集まり、豊後街道を北東へ向かった。旗持ちの足軽を先頭に、沢村宇右衛門友好《うえもんともよし》・鉄砲組・槍組・騎馬武者・忠利・弓組・小荷駄持ちと三百人ほどの行列である。

沢村友好は藩重鎮の沢村大学の養子で、禄高《ろくだか》六千石の家老　備頭《そなえかしら》であり、此度《こたび》の鷹狩りの管理監督を務めていた。齢《よわい》三十六の能吏である。

忠利は側小姓と供の者らに守られて愛馬を進める。打裂袴《ぶっさきばかま》に陣羽織。陣羽織は忠利のお気に入り、淡茶に紅裾《すそ》替わりの羅紗《ラシャ》である。

その後方に従う武蔵も手甲脚絆《きゃはん》に打裂羽織、野袴という出《い》で立ちで馬に乗っていた。供は惣兵衛である。

先頭近くを進む足軽の持つ白地に紺九曜の引両（細川家家紋）の幟《のぼり》が、真っ青に晴れた空の下ではためいている。

一行が辿《たど》る豊後街道は参勤交代時に使われる道で、参府の際には藩の飛び地となっている豊後国鶴崎《つるさき》の湊《みなと》から船で瀬戸内《せとうち》を通って大坂に至り、東海道《とうかいどう》を江戸に向かう。

しかし、今日は鷹狩りの行列で、一行は城下札の辻から約五里の大津《おおづ》宿まで進むだけだった。

忠利は途中の村の様子に目を配っている。ときどき行列を止めて、遠くの田や畑に目を注ぐ。所領の状況や領民の暮らしぶりを見るためである。

大津に到着すると、忠利は先駆けをしていた目付から鷹場に異状なしの報告を受け、御茶屋に入ってしばし休憩を取った。

この間に供をしている家老備頭の沢村友好が、大津手永《てなが》会所と郡代から領内の報告を受け、それを忠利に伝えた。

武蔵は隣の控えの間で静かに茶を喫しながら、庭先の景色を眺めた。すでに冬を迎えた野は荒涼としている。そのずっと先には阿蘇外輪山があり、その向こうに噴煙が見えた。

「武蔵殿、お疲れではありませぬか」

忠利への報告を終えた沢村友好がそばにやって来た。

「なんの、馬に乗ってきただけでございます」

「殿は武蔵殿のことが大層お気に入りのご様子。何よりでござる」

武蔵は若い友好を見る。いずれ藩重鎮になる男だ。若いだけあって目の輝きがよい。

「それがしも殿のお人柄を気に入っております」

正直な気持ちだった。

「お人柄もさることながら、殿は苦心されています。武蔵殿は小倉の小笠原家におられたので、多少のことは存じておられましょうが、殿は小倉にて手永制度を立てられました。ここ熊本にても同じことを行われています」

手の届く範囲を意味する「手永」は、村の庄屋《しょうや》と郡奉行《こおりぶぎょう》の間に設けられた惣《そう》庄屋のことで、各手永は十前後の村を掌握管轄し、各村の揉《も》め事や困り事などの諸事行政を機能させるものだった。

領内には藩士の持つ知行地があり、農民を直接支配していた。この家臣を給人と呼ぶが、手永は給人の不正を取り締まり、年貢や使役や処罰を公正にしようという制度だった。

「熊本にはいまでも清正公を崇《あが》め祀《まつ》る領民が少なくありませぬ。殿は熊本入りをされたあと、すぐに領内のお国廻《まわ》り（巡検）をされ、そのことを感じられたご様子。また、領民の不平を聞くために目安箱も置かれました。その苦労はお側に仕えて痛いほどわかります」

「その成果のほどは……？」

武蔵は友好を眺めた。

「暇はかかりましたが、ようやく首尾よくいっていると言えるでしょう。奢侈《しゃし》禁令のお触れも出され、それも行きわたりようやく国造りができてまいりました。此度の鷹狩りも、殿の心にゆとりができたからだと推察いたします」

「殿のお人柄は耳にいたしております。何より感心いたしたのは、窮民救済のためにお持ちになっていた数寄道具を手放されたと……」

これは忠利がまだ小倉にいる頃の話だった。

当時ひどい干魃《かんばつ》があり、米・麦・雑穀の収穫が危機的被害を受け、百姓や給人たちが立ち行かなくなった。その現実を知った忠利は、父三斎より譲り受けた刀と脇差の他茶道具一切を売却し、救済のためにあてたことがあった。

「さようなこともございました。殿はおっしゃったことは必ずなさいます。そんな方なのです」

「野に出る」

突然、隣の間から忠利の声が聞こえてきた。

狩りのはじまりである。

御茶屋から出た忠利のそばには鷹匠がつき、愛鷹《あいよう》の「有明」と「明石」が控えていた。

阿蘇外輪山の麓《ふもと》の村である大津には小川が流れ、開けた野には小高い森や林が点在している。

足軽や鳥見が獲物探しに展開しており、忠利は指揮所となる陣幕の前に腰を据え、

「武蔵、これへこれへ」

と、自分のそばに呼びつけ、見物を楽しめと言葉を足した。

「恐れながら……」

武蔵は遠慮しながら近くへ行き、側衆の差し出す床几《しょうぎ》に腰掛けた。些細《ささい》なことであるが、忠利が自分を重宝しているのがわかる。

(短き付き合いでも気脈は通じ合えるものなのか……)

武蔵は忠利のもてなしに快さを覚える。

鉄砲組と弓組、そして槍組が左右両側に出番を待つように控えていた。戦場での戦闘隊形であるが、あくまでも予行演習を兼ねるものだった。

鳥見から合図があると、忠利は座っていた床几から立ち上がり、鷹匠を前進させた。武蔵と友好は、その後方で成り行きを見守る。

突如、一方の丘に白い旗が立ちあがった。同時に馬廻り衆の騎馬隊が野を駆けはじめた。槍組が獲物の逃げ道を塞《ふさ》ぐように動くと、それまで静かだった野が慌ただしくなった。

忠利のそばにいる鷹匠が、藪《やぶ》をかき分けて逃げる獲物に狙いを定めた。同時に腕に乗っている鷹が飛ぼうとする。

「まだだ。まだ」

鷹匠は飛び立ちたがる鷹を一度抑え、頃合いを見計らって放鷹する。これを「羽合わせ」と言うが、長い修業を要する技術だ。

放たれた鷹はすでに獲物を狙い定めており、一度高く舞いあがったかと思うと急転直下、藪をかき分けながら死に物狂いで逃げる獲物に鋭い爪を立てて襲いかかった。

「仕留めたり！」

鳥見が声を張ると、鷹は獲物をつかんだまま上空に舞い上がり、そして鷹匠のそばに着地した。

「兎であったか」

忠利が満足げに頰をゆるめ、背後に控えている武蔵を振り返った。

「『明石』の手柄である」

武蔵は「見事でございまする」と、言葉を返した。

つぎの狩りがはじまると、そばに控えていた友好がまた話しかけてきた。

「この地はひどい湿地《しけち》でございましたが、殿の采配《さいはい》によってどうにか作物が穫《と》れるようになりました。米作りに適した平野の灌漑《かんがい》にも手をつけられ、海浜の干拓と開田も進められました。おかげで加藤家が荒廃させた土地も復し、百姓たちも潤うようになりました」

友好は忠利の政事についてよく話をする。その真意は忠利の手腕をよく心得てもらいたいところにあると察した。若き家老としての役儀なのかもしれないけれど、郷に入れば郷に従えと諭しているようだった。武蔵はあくまでも客分であるから素直に耳を傾けた。

「武蔵殿、あなたの剣技の評判は家中に広がっています。わたしにも教えていただけませぬか」

武蔵は友好に顔を向けた。

「お役に立てるなら喜んで」

友好の相好が崩れた。武蔵はその顔を見て「憎めぬ男だ」と思った。

鷹狩りは八つ半（午後三時）頃までつづけられて終了となった。捕らえた獲物は兎十三羽、雉《きじ》十二羽、鶴八羽であった。

狩りを終えた一行はそのまま大津を離れ、城下に着いたときにはすっかり日が暮れていた。

二

「先生、大変でございます」

武蔵が屋敷に戻るなり、留守を預かっていた九左衛門が玄関で迎えるなりそんなことを言った。

「いかがした？」

武蔵が訊ねると、

「じ、じつは今日、先生に弟子入りしたいという家中の方が見えて立ち合うことになり怪我をさせてしまいました」

九左衛門はしどろもどろに答え、頭を下げた。近くに立っている清も心配げな顔をしていた。

「いったいどういうことだ。とにかく話を聞く」

眉間《みけん》のしわを深くした武蔵は先に座敷に入って、長火鉢の前に座った。細川家家中の者に怪我をさせるのは由々しきことである。客分として世話になっている手前、あってはならぬことだ。

「まさか、あのようなことになるとは思いもいたしませんで……」

九左衛門が肩をすぼめて長火鉢の反対側に腰を下ろした。

「よいから話せ」

武蔵が促すと、九左衛門はその日あったことを順々に話した。

その日、九左衛門は武蔵と惣兵衛が出かけたあとでやって来た弟子に稽古をつけた。その弟子たちが帰るのと入れ替わりでやって来た五人の男がいた。いずれも細川家の下士で、武蔵の評判を聞いて一度稽古をつけてもらいたいと申し出た。

「あいにく先生は、殿様と鷹狩りにお出かけである。弟子入りなら、日をあらためてもらえませぬか」

九左衛門はそう言って五人の男を眺めたが、気に食わぬ顔つきで見返してきた。

「そこもとは宮本殿の何番弟子だ？　それがしは平野与助《ひらのよすけ》と申す」

「それがしは清田六助《きよたろくすけ》」

二人が名乗ったので、九左衛門も、

「宮本武蔵様の二番弟子、岡部九左衛門でございまする」

と、名乗った。

すると、他の三人もそれぞれに名乗り、自分たちは小倉時代から柳生新陰流の師範、氏井弥四郎に師事し、腕を磨いてきた。ついては宮本武蔵の評判を聞き、その腕がまことなら宗旨替えをしてもかまわぬと、自分たちの考えを口にした。

「流派を変えるのは貴殿らの勝手でござろうが、先に申したとおり先生は留守でござる。出直しをお願いいたします」

九左衛門は丁重に断りを入れたが、

「柳生新陰流は将軍家の御流儀、殿も柳生但馬守様より直伝を受けておられる。我ら家中の者は、容易《たやす》く宗旨替えなどできぬ。そこもとは宮本殿の二番弟子と申したな」

と、平野与助という者が挑発的な視線を送ってきた。

「いかにもさようで……」

「二番弟子ならそれなりの腕があるはず。そこもとの力量で、宮本殿の腕もわかろう」

清田六助が仲間をあおるようなことを口にし、他の三人も口々に九左衛門の腕を試したいので立ち合えと迫る。

九左衛門は強く断ったが、相手は執拗に引き下がらない。ついには、

「そこまで断るというのは、身共らの剣法を怖れているのだな。宮本武蔵の兵法、さほどのものではないということであろう」

と、平野与助が武蔵を小馬鹿にしたように呵々《かか》大笑した。

九左衛門もさすがに師を馬鹿にされては黙っておれない。

「ならばお相手つかまつる」

平野与助が笑みを消して、望むところだと答えた。

九左衛門はすぐに支度をして五人を庭にいざない、

「まずはどなたが相手でございましょうや」

と、目の前の男たちを眺めた。前に出てきたのは平野与助だった。

九左衛門が一刀で構えると、

「宮本殿は二刀遣いだと聞いておる。そこもとは弟子のくせに二刀を遣えぬのか？」

平野が言うので、九左衛門は「ならば」と言って、右手に太刀（長い木刀）を持ち左手で小太刀（短い木刀）を持って中段に構えた。

平野は眉宇をひそめながら同じく中段で間合いを詰めてきた。

九左衛門は右足を前に出した自然体で、一度両腕を外に広げ、それを狭めただけだ。

間合いを詰めてきた平野は、中段から右脇構えに変えて、打ち込んできた。九左衛門は一歩下がりながら両の二本の木刀を頭上で交叉《こうさ》させ、即座に間合いを詰め、右から打ち込むと、平野は擦り落とし、すぐに袈裟《けさ》懸《が》けに打ちかかってきた。

その瞬間、九左衛門は左の小太刀で受けるなり、右手の太刀で平野の左手首にぴたりとつけた。

「本身ならそこもとの手首は飛んでいる」

九左衛門が落ち着いて言うと、平野は顔色をなくして下がった。

つぎに清田六助が相手になった。

九左衛門は右の太刀を上段に、左の小太刀の剣尖《けんせん》を相手の喉元《のどもと》に向けた中段に取った。

清田はすっと前に出てくるなり唐竹割りに打ち込んだ。九左衛門はその一打を、大小の木刀を交叉させて押さえ込んだ。すかさず清田は跳びしさって離れたと思うや、すぐさま上段から打ち込んできた。

九左衛門は少しも慌てず、両の太刀を合わせて面前で受け止めた。清田はつぎの攻撃をするためにとっさに木刀を引いたが、その瞬間、九左衛門の太刀が清田の左手首を切り落とすように打った。

「あうッ！」

清田は小さな悲鳴を漏らして下がったが、驚いたように目をみはっていた。

九左衛門は二人を負かすのに、およそ三呼吸で決着をつけた。このことに五人は驚きを隠しきれない顔をして佇《たたず》んでいた。

「円明流の初手の技でござった。他のお三方も立ち合われるか？」

九左衛門が問えば、残りの三人は生つばを呑《の》んでから、よくわかったと引き下がり、

「あらためて出直してこよう」

と、平野与助が言って庭から出ていった。そのとき、清田六助がさも痛々しげな顔を向け、打たれた左手を右手で庇《かば》うように去った。

「悪くすれば、左の手首を折ったかもしれませぬ」

九左衛門は経緯《いきさつ》を話し終えて心配顔をした。

「強く打ったのか？」

武蔵は問うた。

「いいえ、寸止めの勢いを止められなかっただけです」

「ならば骨は折れておらぬだろう。懸念には及ばぬ」

武蔵はそう言ったが、明日にでもその家臣のことを調べてみようと考えた。

三

だが、武蔵が調べるまでもなく、九左衛門の話した五人の男が翌朝早く屋敷を訪ねてきた。

清からその訪問者のことを告げられた武蔵が玄関に出ると、昨夜、九左衛門から聞いた男たちだった。彼らはそれぞれに名乗り、弟子入りを懇願した。

「何故、このわしに教えを乞《こ》う。おぬしらは氏井弥四郎殿に師事していたのではないか……」

「氏井様は隠居されました。それに、おのれの剣技は宮本様のお弟子に劣っていることがわかりました。ならばその師である宮本様の足許《あしもと》にも及ばないと悟り、また我が殿も宮本様に師事されていると知り教えを乞い願いたく存じまする」

平野与助と名乗った男だった。

「……弟子入りは許す」

武蔵が一拍間を置いて快諾すると、五人は安堵《あんど》の色を浮かべ平伏した。

「さりながら……」

武蔵が言葉を足すと、五人は一斉に顔を上げた。

「わしは忙しき身の上、じかに稽古をつけることは少ないだろうが、長年連れ添うておる弟子が二人いる。その二人が代稽古をつけるがそれでもかまわぬか」

「かまいませぬ」

一同声を揃えて返事をした。みんな若い。おそらく二十代半ばの下士だ。

「昨日、おぬしらの二人が九左衛門と立ち合うたそうだな。その折に左腕を痛めた者がいると聞いた」

「それがし清田六助めにござります」

「怪我はしておらぬか？」

「はい、あのときは手が痺《しび》れて大層痛うございましたが、いまはこのとおりでございます。ご心配には及びませぬ」

清田六助は水を払うように手首を振って見せた。それを見た武蔵は安堵し、

「暇を見て稽古に来るがよい」

と応じて五人を帰した。

鷹狩りから戻ってしばらくは、忠利からの呼び出しはなかった。その間、武蔵は新しい弟子に手ほどきをして過ごした。五十人ほどの下士は自宅屋敷で、それ以外の者と上士は城内の広場にて行った。

なかには武蔵を快く思っていない面構えをした者もいたが、そのうちかたい表情から剣呑《けんのん》さが取れ、我先にと教えを乞うようになった。

いずれの弟子も柳生新陰流を齧《かじ》っているか、そこそこの腕を持つ者であった。当初、武蔵はその弟子らの動きを見るだけで、武芸に対する心得を繰り返し言って聞かせた。

気迫や元気の足りない者を見れば、

「小手先剣法ではいざとなったとき何の役にも立たぬ。肝心なのは戦おうとする相手の意気を挫《くじ》く気迫である。大音声で気合いを発するのもひとつ」

呼吸に神経を遣わない者には、

「呼吸《いき》をおろそかにしてはならぬ。呼吸は相手に知られぬように。気取られそうになったならば遠間《とおあい》で息をつげ」

足さばきの悪い者には、

「足のさばきはそよと吹く風のようでなければならぬ」

などと教えていった。

ときに武蔵は動きの型を門弟の前で披露した。それは一切無駄のない動きで、流麗であった。門弟らは息を呑んでその動きを見て感嘆した。

「まるで風と戯れる舞のようである」

と、ある者は目をまるくした。

しかし、その流麗な舞のような型を、惣兵衛や九左衛門を相手に行うと、いかにその動きが強靭《きょうじん》かつ的確であるかを目のあたりにするのだ。

すでに老境に達している武蔵ではあるが、動きは毫《ごう》も緩まぬ武芸の達人として至極の域に達しているのだった。

さらに上士らに稽古をつける場合は、実技より「小の兵法」「大の兵法」ということを口にした。上士には家老や中老たちがまじっている。また番方の高禄の者も少なくない。つまり、彼らは藩政に直接関わる者たちなので、武蔵は武芸は政事に通じていると説きたかった。

「小の兵法」は対戦者が一人を想定した場合のことで、「大の兵法」は大軍を指揮することに繋《つな》がるというのである。すなわち、武芸の嗜《たしな》みは治世に通じると主張するのだ。

それだけでは言葉足らずだが、追々稽古を重ねるうちにさらなるおのれの考えを披露するようになるのだった。

さりながら、武蔵は忠利に稽古をつける場合、直接的な話はしない。おおよそ聞き役にまわり、問われれば答えるといった按配《あんばい》であった。

ある日のこと、花畑屋敷内にある萱書院に呼ばれたときに武蔵は忠利に問われた。

「武蔵、この国には清正公を尊んでおる者が多い。百姓然《しか》り城下の商人然りだ。何故だと思う?」

武蔵は茶坊主の淹《い》れてくれた茶を静かに喫し、忠利をちらと見てさっと障子を開けた。まぶしい光が茶室に溢《あふ》れ、冷たい風が吹き込んできた。その茶室からは城がよく見えた。大小の天守は青く澄んだ冬空を背に威風堂々としている。

「あの城です。拙者はこの地に入ってまず、壮大かつ威厳を持つあの城に感嘆いたしました」

「ほう、それは予も同じだ。あのように大きな城を見たのは初めてであったからな。予は感激のあまり、江戸の光利に素晴らしき城のことを書き送ったほどだ」

光利とは、江戸藩邸にいる忠利の嫡子である。のちに「光尚」と名をあらためる。

「あの天守は城下のどこからも見えます。まるでおのれらを見張っているようであり、守ってくれているようにも。その城を造ったのは清正公でした。さらには城下の町割りがよくできております。東は内坪井と手取《てとり》の町、南は高田原《こうだばる》と山崎の町、西は新町《しんまち》、北は京町。概《おおむ》ねさようになっています。しかも、京の町屋と同じような碁盤目の町割りです。城下の者は当然のように城を崇めます。その城は清正公が建てられた」

「ふむ」

忠利は深く考えるように静かにうなずいてから口を開いた。

「たしかに改易になった二代目の藩主忠広殿への崇拝は薄いようだ。予はこの地に入ってすぐに清正公への畏敬《いけい》の念を込めて廟《びょう》のある本妙寺《ほんみょうじ》に参拝いたした。それは清正公を尊崇する民の気持ちを慮ってのことであった」

「清正公は民の心をつかまれたのです。それは枕のおさえに喩《たと》えることもできましょう」

「枕のおさえ……」

「いかにも。敵が打って出ようと思ったときには、その技を見抜き、即座に打ち返せる構えを取ることとです。さすれば敵は打って出れば、打ち返されると悟り前に出てこられなくなります」

「それは打ち込む隙を与えぬということであるか」

「清正公はあの城を造り、町を造られたことで、人の心をつかまれてしまわれた。その心を殿に向けるには、恐れながら二代三代という時代の流れが必要になるかと……」

「予の代では、この国の民百姓の心はつかみきれぬと申すか」

「……民百姓の心を少しでも傾けさせるのが殿のお役目だと思いまする」

忠利は深く感じ入った顔になって天守を眺めてから武蔵に視線を戻した。

「予は柳生但馬守より、『先を取れ』と教えられた。それは、先に打ってくる敵の動きを、さらにその先を読んでいるから、かわして打つことができるということに通じるのではないか」

「似て非なるものかもしれませぬが、長年の修練により打つ前に先を取ることで相手を制することができます」

「それも武蔵、そなたの兵法であるか」

「ほんの手はじめでございます。されど、殿は領地を検分され、村々をまわって民百姓の心を汲《く》み取っておられるはず。つまり、民百姓を敵と見做《みな》せば、敵を知ることからおはじめになった。兵法も敵をよくよく知ることが肝要」

「すなわち、領民らの暮らしやその心持ちを知ることだと申すか」

「さようでございます。知ることで、領民らの善きところ悪しきところを直せるのではございませぬか」

忠利は目を細め、武蔵をまぶしそうに眺めた。

庭の鹿威《ししおど》しがコンと鳴った。武蔵は開けていた障子を静かに閉めた。

「予が幼き頃、惺窩殿から教えを受けた話はしたと思うが、師はこう言われた。君主は用いる人をよく見、善人をそばに仕えさせろ。万民が窮することをなくし、民を養育せねばならぬ。それが天下を平らかにするためであると」

「…………」

「上に立つ者が財を私し、下の者が苦しむことになれば、風俗貪逆《ふうぞくたんぎゃく》となり道理は乱れるとも教えられた。故に予はこの地に入って以来、百姓の救済と年貢の見直しをつづけてきた。それでもまだ民の心はつかみ切れておらぬ」

忠利は小さく嘆息した。

「殿はご立派でございます」

武蔵は頭《こうべ》を垂れた。

「そちはよき話し相手だ」

忠利が頬をゆるめれば、武蔵も口許をゆるめた。

四

清は武蔵に仕えるようになってずいぶん心をほぐしていた。当初は戦々恐々とした心持ちで、どんな災難が我が身に降りかかってくるだろうかと心配していた。しかし、それはまったくの杞憂《きゆう》だった。

当主の武蔵もそうだが、増田惣兵衛も岡部九左衛門も怖れる人ではなく、むしろ好感の持てる人柄だった。

惣兵衛は磊落《らいらく》で冗談が好きで明るく、九左衛門はいささか苦労性だが真面目で実直な人柄だった。二人ともやさしく接してくれるし、清から話しかけることも少なくなかった。

「わからぬこと、困ったことがあったら遠慮なく申せ」

惣兵衛はそんな気遣いも見せる。

ただ、武蔵には近寄りがたい面があり、自ら声をかけることはなかった。それでも、清はときどき武蔵の様子を盗むように眺めることがあった。

日あたりのよい縁側に静かに座り、物思いに耽《ふけ》っている武蔵。包み込むような雰囲気を漂わせて弟子の稽古を見守る武蔵。ゆっくりした足取りで廊下を進み、自分の座敷に消える武蔵。広い庭を大きな体で地を踏みしめるように歩く姿は、来し方に思いを馳《は》せているようにも窺《うかが》われた。

遠くを見ているような鳶色《とびいろ》の目を向けられると、心の底に隠している何もかもを見透かされた気にもなる。

(強い人だ、怖い人だ)

という思いは心の片隅にありはすれど、それでも清は思うのだ。

（先生も弱い心をお持ちなのだ）

うまく言葉で表すこともロにすることもできないが、清はそんなことを感じるようになっていた。

それは木枯らしの吹く寒い晩だった。

清がその日の片付けをすべて終えて自室に引き取ろうとしたとき、ぬっと台所のそばに大きな黒い影が立ち、ヒッと息を呑んだ。相手は武蔵だった。

「驚かせてすまなんだ。熱い茶を持ってきてくれぬか」

武蔵は無表情にそう言うと、自分が寝起きする奥座敷に戻っていった。

清は小火鉢で湯を沸かし茶を淹れて運んでいった。武蔵は大きな背中を向けたまま、絵を描いていた。そのそばには描き損じられたたくさんの料紙が散らばっていた。

「ここへ置きますのでどうぞ」

茶を置いて言うと、武蔵がゆっくり振り返った。

「遅くまですまなんだ。そなたがいて暮らしが楽になった。居心地がよいのだ」

「ありがとう存じます」

「読み書きはできるか？」

唐突な問いかけだった。清が人並みにはできると、遠慮がちに答えると、武蔵は一枚の短冊を差し出した。短歌がしたためられていた。

――世の中はたゞ何事も水にして渡れば替る言の葉もなし

短冊を手にした清には、その歌が何を意味するのかよくわからなかった。だが、武蔵の字を意外に思った。諸国を渡り歩き幾度も血腥《ちなまぐさ》い戦いをものにしてきた天下無双の武芸者武蔵は、荒々しいほどの狷介《けんかい》孤高の人だと思い込んでいた。

清が近寄りがたいものを感じるのもそこにあった。しかし武蔵の字は、とてもその人物像とはかけ離れていた。とくに仮名文字である。優雅であり、やさしく細やかで美しい。とても刀を振りかざして人を斬ってきた人の字とは思えぬほどだった。

「とても、きれいです」

清は短冊を返した。きれいと思ったのは歌の意味ではなく、虚淡な美を醸し出す字のことであったが、武蔵はそう取らなかったようだ。

「わしは恵まれた家に生まれてはおらぬ。親には逆らってばかりいた。やさしく接してくれる者もあったが、わしの心はよじれていた。ひとりで生きると決めた。そのためには剣に磨きをかけるしかなかった」

清は目をみはったまま武蔵を見た。燭台《しょくだい》の灯《あか》りを受けた武蔵の顔には陰影ができ、とても苦しそうであり悲しそうでもあった。その一方で双の瞳《ひとみ》に慈悲深さが感じられた。

「清は女だ。剣で身を立てることはできなかった。それでも一人前の女になれた。苦しいことや辛《つら》いこともあったろうが達者に生きている。それが何よりの恵みであろう。わしは二人の男の子を養子とした。二人とも仕官し、主君のそば近くに仕え、それなりの出世を果たした。が、ひとりは主君のあとを追って腹を召した。もうひとりは小倉で達者にしておる。いまや筆頭家老だ」

武蔵がこんなに話しかけることはめずらしかった。清は畏《かしこ》まったまま耳を傾けた。

「そなたはまだ若い。わしの娘のような歳だ。そうだな」

清はうなずいた。

「ここにわしがいるかぎり、そなたはわしのことを父と思ってくれぬか。わしは清のことを娘だと思いたい。その辺の女中と同じ扱いにはしたくないのだ」

清は思いがけないことを言われ胸を熱くしていた。同時に、およそかけ離れた体つきと風貌《ふうぼう》だが、いまは亡き父の面影をそこに見た気がした。

（おとっつぁん）

清は胸の内でつぶやいた。目の縁を赤くしたと思ったら、涙が頰をつたった。

「わかってくれるか……」

「はい」

「いつの日か、そなたが生まれ育った村に連れて行ってくれぬか」

「喜んで」

清は涙を堪《こら》えて微笑んだ。嬉《うれ》しかった。こんな嬉しいことは久しぶりのことだった。

「いい顔だ」

武蔵はそう言うなり手を伸ばして、指先で清の涙を払った。

「もうよいぞ」

やさしい声音だった。

武蔵は料紙に向かって絵を描きはじめた。

「……右手」

清は武蔵が普段は左手を使って絵を描くことを知っているが、その日は右手だった。

「どちらの手でも描けるのだ。せっかく二つあるのだからもったいないであろう。使わぬ手はない」

「あのぅ、お殿様に絵を見ていただいたのですか？」

清は武蔵がいつかそんなことを言っていたので聞いてみた。すると、武蔵がゆっくり振り返った。唇を悔しそうに引き結んでいたので、清は叱られるのかと思い身を竦《すく》めた。

「拙劣な絵を見せ、じつに汗顔なことであった。絵は我が剣技には到底及ぶものではない。適意の絵を描けるまで精励いたす」

武蔵はそう言うと再び背を向けた。

「どうかご無理なさらないでください」

清はそのまま台所に下がり、そして自室に入った。

夜具に横たわってもすぐには寝つけそうになかった。静かに息を吸い、暗い天井を凝視した。

表から梟《ふくろう》の鳴き声が聞こえてきた。

「わたしは先生を父と呼ぶの……。父親だと思えとおっしゃった。わたしのことを娘だと思うとおっしゃった」

清は闇のなかにつぶやきを漏らすと、今度は胸の内でつぶやいた。

（父上……おとっつぁん、いいえ父様。……父上……父と思います。思いますとも）

妙に心を浮き立たせている清は、頬をゆるめて目をつむった。

五

冬の寒さは厳しさを増してきたが、武蔵の心はこれまで味わったことのない安寧に満ちていた。それは藩主忠利との親密な交流があってこそだった。

忠利は武蔵に対して胸襟を開いている。また、武蔵もそんな忠利に親密さを覚えていた。漂泊の旅をしてきた一介の武芸者である武蔵は浪人である。

そんな男を忠利は客分として迎え、さらに大組頭格という地位を与えてくれた。

むろん厚遇されるのは、長岡佐渡守興長のはたらきかけがあったのではあるが、

「佐渡は目の肥えた家老だ」

と、忠利は興長に全幅の信頼を置いている。

十一月に入って間もなく忠利は二度目の鷹狩りに武蔵を誘った。鷹場は此度も大津の野山であった。前回、その演習を兼ねた狩りにおいて忠利は、武蔵に対して感

想や意見を求めなかったが、今回は陣形の整え方や獲物を追い立てる馬廻り衆と、斥候のはたらきをする鳥見たちの連携はどうであろうか、また若家老（家老備頭）である沢村友好の指揮ぶりはいかがだと訊ねた。

武蔵の答えは単純明快だった。

「野を駆け、足腰の鍛錬にはもってこいでございますれば、他に申すことはありませぬ」

それを聞いた忠利はさも愉快そうに笑った。

此度の狩りも愛鷹の「有明」と「明石」が活躍して、獲物を多く獲《と》ることができた。仏心のある武士は肉食を敬遠しているが、鷹は不動明王《ふどうみょうおう》・普賢菩薩《ぼさつ》・毘沙門天《びしゃもんてん》・観音《かんのん》菩薩の化身とされているので、その鷹の恵みは受けるべきだとされていた。

「武蔵、湯治にまいろう」

忠利にそう誘われたのは、鷹狩りから城下に戻ってすぐのことだった。

「湯は嫌いであるか？」

「いいえ、喜んでお供つかまつります」

湯治場は山鹿湯町《やまがゆまち》であった。

当日、忠利一行は熊本城下から豊前街道を北へ向かって進んだ。山鹿までは約五里。鷹狩りと違い、供連れはぐっと少なく五十人ほどだった。

忠利は駕籠《かご》を使わず馬にまたがって進む。武蔵が後続にいるのを知ると、口取りが使いとなって走って来、殿の近くまで来てもらいたいと告げた。

「この道を辿れば小倉だ」

近くに行くと忠利が目を細めて言った。

「さようでございます」

武蔵は小倉から熊本入りをする際、同じ道を使っている。それはつい数ヶ月前のことだが、遠い昔のような気がした。街道は島津《しまづ》家が参勤に使うので「薩摩街道」と呼ばれたりもする。

「伊織が小倉にいるのだな。会いとうないか？」

忠利が顔を向けてきた。

「もう親離れはしております故」

「子離れもしているということであるか」

忠利は応じ返して楽しそうに笑った。武蔵もその笑い声で楽しくなる。

(何故、この殿様といると、おのれは楽しくなるのだ)

武蔵は胸中でつぶやいた。

「殿は馬に慣れておられます。鷹狩りの折にも感心いたしておりました」

「乗馬は武人の嗜みであろう」

「いかにも」

「予は八条流《はちじょう》を身につけておる。十六のとき秘術を口伝されたのだ」

忠利は自慢げに言った。八条流とは「高麗《こうらい》八条流」のことで、この馬術は徳川秀忠・家光にも教授されていた。そうであったかと、武蔵は納得する。

「武蔵、ついてまいれ」

忠利は馬に鞭《むち》をくれて一方の小高い丘に駆け上った。武蔵があとに従うと、

「あれが阿蘇だ」

と言って噴煙を示して馬首をめぐらし、

「あれが肥前雲仙岳だ」

と、楽しげに教える。

「あの麓に島原が……」

武蔵の脳裏に数年前のいたたまれぬほどの戦いが甦《よみがえ》った。それは殺されるとわかっていながら指で十字を切り、死を怖れぬ農民たちの姿だった。そこにはか弱き女も幼い子供もいたのである。なんとも苦々しく切ないことであった。

幾人もの命を奪ってきた武蔵であるが、原城での痛ましい惨事は頭の隅にこびりついている。血を見るのはやめねばならぬと思ったのは、あのときであった。

「さて、まいろう」

武蔵の苦い記憶は忠利の声で遮られた。

街道沿いのところどころには、先触れを受けた百姓たちが待ち受け平伏していた。忠利はときどきそんな百姓たちのそばで馬を止め、

「大儀である。困りごとはないか？」

「今年の米の育ちはいかがであった？」

などと聞いた。困窮を訴える者がいれば、そばについている友好に書き付けさせたり、あるいは自ら「よきに計らう」と、返答したりした。領民の心を汲み取り、藩政に活《い》かそうとする忠利の心配りであった。村の様子を眺めるのにも余念がない。

（この殿様は名君である）

武蔵は胸の内でうなり、そんな殿様のおそば近くで重宝されるおのれのことを、

（我はなんと果報者であろうか）

と、いっときの幸福感を味わうのであった。

目的地の山鹿に到着すると、村の庄屋や手永の出迎えを受け、忠利は彼らと対面

して近況を聞き取り、私腹を肥やしている郡奉行や給人がいないか審問するのを忘れなかった。

その夜、武蔵は忠利といっしょに湯に浸かった。夜空は星も月も浮かばぬ漆黒の闇で、松明《たいまつ》の灯りが湯煙を浮き立たせていた。

「武蔵、裸の付き合いじゃ。どうだいい湯であろう」

「気持ちようございまする」

「何よりじゃ。ところで武蔵、ときどき思うことがある。人の生き死にをわけるのは何であろうかと。そなたは何であると考える？」

武蔵は片手で湯をすくい肩に流して答えた。

「油断の心でございましょう」

簡単明快な答えに、忠利は感心顔で問いをつづける。

「来し方にあったことを惜しみ悔やむことがある。予でなくても世人はみな同じだと考えるが、いかがだ？」

「煩悩があるからでしょう。質素で清廉であれば惜しむ心は生まれないと思います」

「いかさま、な。言い得て妙であるわい。幼き頃、予の師は惺窩殿だった。しかし、いま予は新しき師を得た気がいたす。武蔵、そちのことじゃ」

「恐れ多くも身にあまるお言葉……」

忠利が真顔を向けてきた。

「素心であるぞ」

「ははァ、恐悦至極に存じまする」

武蔵は面映《おもは》ゆさと同時に、ますます忠利への好意を強くして言葉をついだ。

「熊本に来て、殿にお会いでき、この武蔵は果報者にございます」

「それは何より」

「虚栄とは無縁のお方だとは思いもいたさぬことでした」

「佐渡の勧めはたしかであった。さらに、そなたもたしかな武芸者であった。向後もよく教えてくれ」

「恐縮いたします」

「おお、雪だ……」

忠利が暗い空を見あげて感嘆の声を漏らした。

たしかに雪がちらついていた。ふわりふわりと天から落ちてくる雪は、立ち上る湯煙のなかにひっそりと消えていった。

六

武蔵の弟子はさらに増えていた。いまでは八百人を下らぬほどで、屋敷の庭は稽古にくる下士であふれ、また城内の庭も所狭しとなった。

そこで長岡佐渡守興長が機転を利かせ、数寄屋丸にて稽古の許しを忠利から得た。数寄屋丸には能や茶会、あるいは連歌の会などが催される広間と座敷、そして板座敷が設けられていた。

上士と中士はこの板座敷で稽古を行うことができ、こと天候不順の日にはありがたがられた。武蔵もこの配慮には感謝し、兵法指南に力を注ぐことができた。

師走《しわす》になってすぐ、武蔵は米三百石を遣わされた。ありがたいことであるが、門弟たちの束脩《そくしゅう》もあり、武蔵の屋敷は物で溢れるほどになった。

束脩は金子から銀子、あるいは反物や米であったが、禄の少ない下士らは扇子や草履・足袋《たび》といった物を持ってきた。

自宅屋敷での兵法指南、そして城内での指南、さらには花畑屋敷にては忠利への直接指南と忙しくなった。城内と自宅屋敷での指南は隔日あるいは二日置きであったが、忠利が政務の合間を縫って呼び出しをすれば、そちらに重きを置かねばならない。

代稽古は惣兵衛と九左衛門がやってくれるのでさほどの心配はいらなかったが、それはあくまでも実技一辺倒であった。武蔵は熱心な下士には実技の指導に力を入れたが、藩政に携わる上士たちの前では、実技よりむしろ兵法の心構えを説いた。

忠利はそのことをよく汲んでおり、若い家老や番方の備頭あたりから稽古の有り様を聞き、武蔵が目の前にやってくれば、自分にもその教えを説けと乞うた。

むろん武蔵は惜しむことなく、おのれの考えを述べる。普段は寡黙であるが、いざ自分の考えを披露する段になると饒舌《じょうぜつ》になる。

忠利は明敏なる目を武蔵に向け耳を傾けるが、ときに反論めいたことを口にすることがあった。武蔵が勝つためにはどんな手でも使う、そのためには敵のことをよく知り、おのれの立ち位置を考え、敵の心の動きを読み、弱点を見抜き、さらには敵の刀を踏みつけてでも勝ちを得なければならない、国を治めるときにもそれがすべてではないが、さようなことがあるはずだと言ったとき、忠利は小首をかしげ眉宇をひそめた。

「予は但馬守からさようには教わっておらぬ。武とは人を殺《あや》める悪。それを殺人剣《せつにんけん》と申し、武をもって悪を討つのは正義であるから活人剣《かつにんけん》と呼ぶ。いわんや主君たる者は、治国の術《すべ》となる大なる兵法を身に修めよと諭されておる。武蔵、そちの言うことはいささか乱暴に聞こえるが、どうであろうか？」

「但馬守様の仰せられることもまた真であると考えまするが、拙者には都合よく聞こえまする。ご無礼ながら遠慮なく言わせていただきますれば、言葉で飾って真髄を外しておられる」

「言葉で飾っていると申すか」

忠利は眦《まなじり》を決した。だが武蔵は物怖《ものお》じすることなく問う。

「では、大なる兵法とはいかなるものでございましょうぞ」

「泰平の世になったとしても、世の乱れは起こる。その前に乱れを見抜いて国を治めることだと予は解釈しておる」

「それが活人剣でありましょうか？」

「万人を活かすための武ということだ」

「たしかにさような考えもありましょうが、兵法の修行に果てはありませぬ。いわんや治世に正しき道を見出《みいだ》すのは至難の業。乱れをいち早く見つけるのもひとつの方策ではありましょう。されど、何故乱れが起こるのか？　その乱れの因がどこにあるのかを考えねばなりませぬ。おそらく因は、万人にあるのではなく治世者にあるのかもしれぬのです。修行により身と心を磨き一点の曇りもない境地に達したる主君の采配があれば、世の乱れはいち早く摘み取れる、あるいは乱れは起きぬかもしれませぬ。さように拙者は考えまする。失礼つかまつりました」

「うむ」

忠利は短くうなって沈思黙考した。

やがて目を見開いて武蔵を直視した。武蔵は言葉を足した。

「言葉は足りませぬが、兵法に深き道理があるように、国の治め方にも深き道理があるはずです」

「兵法は治世に通じると……」

武蔵は黙ってうなずいた。

「よくわかった。たしかにそうであろう。細川家当主として目の覚める思いである。よく言うてくれた。礼を申す」

何と忠利が叩頭《こうとう》した。武蔵は少し慌てて、にじり下がるなり平伏した。

年の瀬が迫ると、城下の町々は何となく気ぜわしくなった。町の角々で餅《もち》をつく者がいれば、掃除に余念のない商家もあるし、注連《しめ》飾りを売る者たちが売り声をあげる。

武蔵の屋敷も似たようなもので、稽古を終えた弟子たちが庭で餅をつき、庭木の剪定《せんてい》や掃除をやってくれた。

清の仕事は思いのほか楽になり、ゆっくり買い物に出かけることができた。浅山修理亮の屋敷にいたときにはない気楽さが武蔵の屋敷にはあった。

その日、夕餉《ゆうげ》の買い物を終えた清が屋敷に戻ると、門弟らの稽古は終わったらしくずいぶん静かであった。台所に入ると惣兵衛が茶の支度をしていた。

「あ、わたしがやります」

清が慌てたように声をかけると、

「なに、おれが飲むのではない。先生が所望されているのだ」

と、茶筒をつかんだ。

「でしたら、わたしが淹れますので……」

清は惣兵衛の代わりに茶を淹れて武蔵のもとに運んでいった。武蔵は南側の縁側に静かに座っていた。その目はどこか遠くを見ているようで、清が近づいてもじっと動きもしなかった。

「お茶をお持ちいたしました」

清は武蔵のそばに湯呑みを置いた。武蔵はうむとうなずいただけで、庭を眺めていた。数羽の鵯《ひよどり》が柿の木に止まっており、熟柿《じゅくし》をついばんでいた。

「熊本はよいところだ」

清が去ろうとすると、武蔵がつぶやいて顔を向けてきた。

「わしはこの地をいたく気に入った」

「はあ……」

「お清には正直なことを言うが、わしは親兄弟と薄い縁であった。友と呼べる友もいなかった。気丈にひとりで生きてきた。だが、ここに来て心の友を持つことができた」

「心の友……」

清はつぶやいて庭に視線を戻した武蔵の横顔を眺めた。弟子に指導しているときには、ときに凜冽《りんれつ》な声をあげ、毫の隙も見逃さないという鋭い眼光で稽古を見守っている。近寄りがたい空気さえ漂わせている。

しかし、いまの武蔵は穏やかで、一見強面《こわもて》の顔貌に心和む充足があった。

「殿のことだ」

武蔵は静かにつぶやいて湯呑みを手にした。

「もうすぐ日が落ちます。火鉢に炭を入れておきます」

清は一礼するとそのまま下がった。

七

寛永十八（一六四一）年正月――。

武蔵は年賀の挨拶《あいさつ》に登城した。大組頭格の扱いは受けてはいるが、一介の浪人であり客分に他ならない自分を招請してくれることにわずかな驚きを覚えたが、それも太守忠利からの要望とあれば断ることはできない。

年賀の儀は本丸御殿広間にて行われた。出席しているのは筆頭家老の長岡興長、沢村大学、米田監物、有吉頼母らの家老連以下、番方の備頭、各奉行職にある者たちだった。そのような席に客分の武蔵が招かれるのは異例のことで、しかも家老備頭の沢村友好と同席であった。

忠利の挨拶のあとに家老らの陳情が行われ、式はかくも厳かに進行し、昼前にはすべてが終わった。忠利が大広間から退出すると、

「武蔵殿、少し話ができませぬか」

と、友好が誘ってきた。とくに急ぎの用事のない武蔵は快く応じた。

二人は場所を移し、数寄屋丸前の庭で茶坊主の淹れてくれた茶を味わった。

「殿は武蔵殿に一心でございます。何故なのか、そのわけがわかりました」

友好は口許に笑みを浮かべて見てくる。武蔵は黙って見返す。友好はれっきとした家老衆のひとりで、客分である武蔵が同等に話し合える相手ではない。しかし、友好は忠利同様にそのことを一顧だにしない。それに、武蔵と呼び捨てにもせず敬語さえ使う。おそらく自分より歳上だし、武蔵から指南を受けるようになったということもあろうが、藩主の厚遇を受けていることが大きいかもしれない。

「何がわかったとおっしゃいます？」

「武蔵殿の兵法が治世の理にかなっているからでございましょう。ご指南を受けるたびに、円明流兵法の奥を知るようになりました。この頃なるほど、剣の奥義を究めていけば、人の治め方にも国の治め方にも通じるものがあると感じております」

「…………」

武蔵は梅の木でさえずる目白を眺める。

「加藤殿が統治されていたこの国は乱れていました。蔵入地や給人地に住まう民百姓は無理な年貢をかけられ苦しんでいました。なかには身売りをする者もいたと耳にいたしました。干魃のあおりを受け苦しくなった百姓たちにも、同じ年貢をかけていたばかりでなく、郡代や蔵奉行、またその手代たちは不正をはたらき百姓たちを飢えさせていたのです」

教えられるまでもなく武蔵は同じような話を聞いている。

「殿はその加藤家に代わりここ熊本にお入りになってすぐに、不正を取り締まられ、免合（年貢率）を下げられ、領内の民に慈悲をもって接せられています」

「よきことではございませぬか」

「殿といっしょにお国廻り（巡検）をしたとき、この地はひどいと思いましたが、いまはだいぶよくなりつつあります」

「私なき殿様であればこそでございましょう」

「まったく仰せのとおり。身の程をわきまえず私する役人がいれば容赦ありませぬ。武蔵殿が熊本に見えてから殿はさらに、領人思いになられました。いったい何を教えられたのです？」

なるほど友好が聞きたいのはそのことであったかと、武蔵は納得した。しかし答えは簡明であった。

「拙者は殿と心を通じ合わせているだけです。教え諭すことなど一切ありませぬ」

友好はまばたきもせずに武蔵を眺め、

「何か秘訣《ひけつ》があるのではありませぬか？」

と問うた。

「いえ、なにも……」

武蔵は静かにかぶりを振った。そのとき忠利の小姓がやって来た。

「宮本様、こちらにおいででございましたか。お捜ししました」

武蔵は跪《ひざまず》いた小姓を見た。

「殿様が花畑屋敷に来てもらいたいとのことです」

忠利からの言付けを受けた武蔵は、友好と西大手門前まで同道し、その足で花畑屋敷を訪ねた。

忠利は佐野《さの》之間と呼ばれる書院で待っていた。畏まった正装束ではなく、楽な羽織袴という身なりだった。

「まあ、これへこれへ」

忠利はにこやかに武蔵をそばに呼び寄せ、大儀であったとねぎらった。

「拙者こそ大事なお式にお招きいただき、恐れ入りましてございます」

「なになにそなたと予の間柄、当然のことよ」

忠利はくすぐったいことを言って言葉を足した。

「門弟が増えているらしいな。増えれば増えるほど指南も大変であろう」

「難儀はありませぬ。それに一番弟子の二人が代稽古をやってもくれます」

「惣兵衛と九左衛門というそなたの忠臣であるな」

「いかにも」

「新しき弟子に面白き者はいるか？」

「幾人か目をつけた者がいます」

誰であるかと忠利が問えば、寺尾孫之丞・求馬助と、兄弟の名を口にした。

「この二人なかなか筋がようございます。鍛え方次第でものになる男です」

「頼もしきことだ。他にはおらぬか？」

武蔵は忠利本人の名前を口にしようと思ったが、追従と思われかねないので、少し考えて都甲金平《とこうきんぺい》というお目見えのかなわぬ下士を思い出した。

この都甲金平は武蔵の噂を聞いて、直接屋敷を訪ねてきた男だった。だが、その都甲が武蔵のことをあまり好ましく思っていないことを、先に弟子入りしていた者たちから聞いてきた。

あるとき都甲はこう言ったそうだ。

「武蔵とはただの素浪人であろう。それがお目見えするとは不届千万。礼儀知らずの無礼者に違いない」

武蔵は聞き流していたが、その都甲が目の前にあらわれたとき、

「おぬしは武芸を嗜んでいようが、普段の心構えは何であろう?」

と、問うた。

都甲は噂どおり、狷介な顔つきで武蔵を侮っている目をしていた。

「そんなものはありませぬ」

ややふて腐れた物言いだったので、武蔵は帯に挟んでいた扇子を抜くやぺしりと都甲の額を打った。それは目にも留まらぬ早技だった。打たれた都甲は目をまるくし、それまでの生意気面をたちまち消し去った。

些事であったが、武蔵は一瞬にして都甲を制したのだ。

「武人であるなら普段の心構えが大事。何もなければ帰るがよい」

武蔵が突き放すと、都甲は数瞬視線を泳がせてから答えた。

「あえて申しますれば、人はいつでも据え物で打たれるものだと思うております」

都甲は言葉つきまで変えた。

「それで……」

「工夫をしています。胆力を養うために天井から吊《つる》した白刃を額近くに据えて寝ています。はじめの頃は怖ろしゅうて眠れませんでしたが、だんだんに慣れてくると何とものうなりました。まことに他愛もないことです」

「あえてあげれば都甲金平なる足軽がいます」

武蔵はそう言って、都甲とやり取りしたことを話した。

「ほう、胆力を養うためにさようなことをしておるとはな。して、腕のほうはいかがだ？」

「さほどのものではありませんが、心構えには感服しております」

「ふむ。予も普段の心構えというのを少し考えてみよう。さて、予が但馬守より『兵法家伝書』を授かったことは知っておろうが、柳生新陰流の極みを一言で表すならば『無刀』に尽きる。武蔵、そのほうの兵法を一言で表すならば何であろうか？」

武蔵は短い間を置いて静かに答えた。

「あえて申すならば『万里一空』でございます。空を道とし、道を空と見るべきということです」

「……万里一空」

武蔵はうなずいた。忠利は少し視線を彷徨《さまよ》わせてから、ひたと武蔵を直視した。

「予はそなたの家伝書なるものがほしい。なければ書いてくれぬか」

武蔵はこめかみをヒクッと動かした。思わぬ依頼であった。

「どうじゃ」

「承知いたしました」

「予は八代に年賀の挨拶に行く。その間に書いてくれれば、それを楽しみに帰ってこられる」

八代城には忠利の父三斎がいる。八代は隠居領ではあるが、三斎は九万四千七十石の知行を持っていた。

「承知仕《つかまつ》りました」

八

江戸――。

麻布日ヶ窪《あざぶひがくぼ》の柳生藩下屋敷には六間四方の道場がある。いまその道場で稽古を終えた柳生十兵衛《じゅうべえ》は、控え座敷の火鉢の前に座り、水差しに直接口をつけて水を飲んだ。

「十兵衛様」

廊下にひとりの弟子があらわれた。内藤小三郎《ないとうこさぶろう》という地味な男だ。

「何用だ？」

十兵衛はぶっきらぼうに応じて、入れと命じた。

「お耳に入れておかなければならぬことがあります」

「急ぎのことであるか？」

十兵衛はまた水を飲んで、手の甲で口をぬぐった。

「氏井弥四郎様のことです」

「氏井殿がいかがした？　まさか身罷《みまか》ったと言うのではあるまいな」

十兵衛は氏井弥四郎が剣術指南役として、肥後熊本の細川家に抱えられていることを知っている。

「そうではございません。氏井様は未《いま》だ熊本にお住まいです。お住まいではございますが、細川越中様のお役から身を退《ひ》かれたとのことです」

「氏井殿は歳だからさようなこともあろう。老骨に鞭打っての指南にもかぎりがあろうからな」

「そうではございませぬ」

十兵衛はあくまでも真面目顔の小三郎を見た。

「十兵衛様は宮本武蔵という浪人をご存じでしょうか？」

「国許にいるときに叔父上《おじ》から聞いたことがある。なかなかの腕で二刀を使うとか
……」

十兵衛が叔父上と言うのは、柳生兵庫助《ひょうごのすけ》のことである。父宗矩の兄巌勝《としかつ》の子だ。

「その宮本武蔵が細川家に取り入り、客分となり兵法指南役についたそうでござい
ます」

十兵衛は眉宇をひそめた。

「武蔵という男はおのれの流儀を円明流と称しているはず。細川越中様がその武蔵
を……」

「いまや門弟は千人ほどになっていると申します」

「なに……」

「氏井様が指南役を退かれたのは、お歳を召されているからではないようです」

「どういうことだ？」

「詳しいことはわかりませぬが、細川家は柳生新陰流が藩主以下の家来衆に広く伝わっていたはずですが、いまや武蔵の教えに従っていると申します」

「まさか、さようなことはないはずだ。越中様は我が父上から印可状を授かっているのだ。長きにわたって父上の教えを受けてもいらっしゃる。あっさりと流派をかえられるとは到底思えぬ」

「それがどうも違うようなのです」

十兵衛はきっとした目で小三郎をにらむように見た。もし、こやつの言うことがまことであれば由々しきことだ。

「その話どこで聞いた?」

「道三堀《どうさんぼり》の道場です。柳生の庄にさような書状が届いたと、年明けに江戸に戻ってきた三枝雪之丞《さえぐさゆきのじょう》から聞きまして……」

雪之丞は十兵衛の若い弟子だった。

「雪之丞はどこだ?」

「道三堀です」

柳生家の上屋敷は道三堀にあり、日ヶ窪の屋敷同様に六間四方の道場があった。

十兵衛はさっと立ちあがると、障子を開け放ち縁側に立った。

日が落ちかかっている。これから道三堀の屋敷に駆けつけ、雪之丞に問い糾《ただ》したいが、逸《はや》る気持ちをぐっと抑えた。

十兵衛はかつて徳川家光の小姓を務めていたが、二十歳のときに家光の勘気を蒙《こうむ》り謹慎蟄居《ちっきょ》を命じられたことがある。狷介で短慮な性格が災いしたのだと、十兵衛は自覚していた。謹慎中は諸国を歩いたり、柳生の庄に籠《こ》もったりしていたが、三年前に再出仕を許され、御書院番に任じられていた。

「明日の朝早く、道三堀にゆく。ついてまいれ」

「はは」

翌朝早く、十兵衛は日ヶ窪から道三堀の屋敷に入った。まずは門長屋に住んでいる雪之丞を呼び出し、ことの次第を訊ねた。

「書状は氏井様のご実家に届けられたものでたしかでございます。わたしはその話をしっかり耳にいたしました」

「氏井殿はまだ熊本にいるらしいが……」

十兵衛はまだ青臭い顔をしている雪之丞をまっすぐ見た。

「扶持《ふち》は越中様よりいただいているとのことです。体のよい隠居ではないでしょうか」

十兵衛は拳《こぶし》を膝《ひざ》に打ちつけると、すっくと立ちあがって父宗矩の奥座敷に向かった。足音を忍ばせることもなく、興奮を静めることもなく、荒々しい足取りだった。

「朝っぱらから何用だ……」

髷《まげ》を結い直していた宗矩は、静かな眼差《まなざ》しを十兵衛に向けた。

十兵衛はどかどかと座敷に入ると、宗矩の前にどしんと腰を下ろして胡座《あぐら》をかいた。

「父上、細川越中様の指南役を務めている氏井殿のことをご存じですか？」

「存じておる」

「指南役を退かれたこともでございまするか」

「昨年、その知らせは受けた」

「それでよく平気な顔をされていらっしゃる。許せることではないでしょう。越中様は長年父上の教えを受け、さらには父上から『兵法家伝書』も授かっておられるのです」

「さようだ」

そう答えた宗矩は髪結いを下がらせた。髪結いが座敷から出て行くと、十兵衛は言い募った。

「いまや熊本には千人を下らぬ武蔵の門弟がいると言うではありませぬか。柳生新陰流は天下の兵法、そうでございましょう」

「いかにも」

「宮本武蔵なる浪人に、その柳生剣法が乗っ取られたのと同じではありませぬか」

「越中殿にも何か考えがあるのだろう。放っておけ。氏井弥四郎は身を退いたらしいが、手厚いもてなしは受けつづけておる。騒ぐことではない」

（たわけ者ッ！）

十兵衛は目を吊りあげて怒鳴りたかった。

だが、さすがに父親に対しては口をつぐむしかない。一万二千五百石の大和柳生藩の太守であり、幕府惣目付を務めた将軍家光の側近中の側近である。

「このままでよいので……」

十兵衛は低くくぐもった声を漏らし、父宗矩をにらんだ。

宗矩は捨て置けと短く言っただけだった。

奥座敷を出た十兵衛は廊下を右に左にと曲がりながら、内に秘めたる憤怒《ふんぬ》を抑えることができなかった。

控えの間に戻ると、雪之丞と内藤小三郎を呼び寄せた。

「おぬしら、熊本へ行け」

「は、熊本へ……」

小三郎が目をまるくすれば、雪之丞はぽかんと口を開けた。

「急ぎ支度を調え、明日、明後日にでも出立するのだ。細川越中様の城下がどうなっているか、宮本武蔵がいかような教えを行っているか、細かく調べてこい」

「もし、武蔵なる御仁に見つかったり、咎《とが》めを受けるようなことがあれば、いかがすればよいでしょう」

「斬って捨てろ。かまわぬ。だが、このこと他言無用だ」

「承知つかまつりました」

小三郎が答えれば、雪之丞も納得したという顔で頭を下げた。

そのまま二人は部屋を出て行こうとしたが、十兵衛はすぐに呼び止めた。

「待て。おぬしら二人では心許ない。浅川新左衛門《あさかわしんざえもん》も連れて行け」

新左衛門も十兵衛の弟子で、その腕はたしかだった。

小三郎と雪之丞がいなくなると、十兵衛は宙の一点に据えた目をぎらぎらと光らせ、

(武蔵の命を、いやことの次第では越中様のお命をも頂戴《ちょうだい》せねばならぬ)

と、胸中でつぶやいた。

一期一会

一

武蔵は忠利の依頼を受けて、兵法書に取りかかった。武蔵にはまだ若い二十代の頃に、自分の弟子たちに授けるために書いた『兵道鏡《へいどうかがみ》』なる兵法書があった。それは実戦を想定した術理書であったが、歳を重ねるうちにその未熟さと完成度の低さに気づき、五十歳頃に『円明三十五ヶ条』という兵法書に昇華させていた。しかしながら、いまの武蔵には甚だ納得できないものがあり、忠利の依頼をきっかけにもう一度練り直すことにした。

日中は弟子たちの指導にあたり、日が暮れれば屋敷の奥座敷に籠《こ》もって推敲《すいこう》を重ねた。

忠利が八代の三斎のもとに出かけたのは、新たな兵法書に取りかかって三日後のことだった。

年が明けて寒気はゆるんだり、また厳しくなったりを繰り返していた。梅は蕾《つぼみ》をつけたが花を開くにはいましばらくかかりそうだった。

忠利が城と政務の場所である花畑屋敷を留守にして数日もすると、武蔵の心になんとも言えぬ侘《わび》しさが募った。日を置かず自分を呼びつけていた忠利に、ときに煩わしさを感じることもあったが、いざ忠利がそばにいないと寂寥《せきりょう》とした気持ちになるのだ。

(妙なものだ)

と、武蔵は苦笑するしかない。永の別れをしたわけではないのだと自分に言い聞かせて弟子の指導と新たな兵法書を書くことに専念した。

そんな折、筆頭家老の長岡佐渡守興長から、屋敷に遊びに来いという誘いがあった。興長には熊本に来て以降何かと世話になっているし、若かった頃の武蔵のこともよく知る人であるからむげに断ることはできない。

「殿になにやら頼まれているそうであるな」

屋敷に武蔵を招いた興長は他愛もない雑談のあとで言った。

「殿は但馬守様より『兵法家伝書』を授かっておられます。同じように拙者からも兵法書をと所望されますので、練りあげているところです」

「なるほど兵法書であったか。それにしてもそなたへの殿の入れ込みようは、まるで子供のようだ」

興長は苦笑いをしながら火鉢の炭を整えた。

「幼心を忘れていらっしゃらないところが、また殿のよいところでございましょう」

「うむ、さようだな。されど、わしの心配は尽きぬ」

「何をでございましょう？」

武蔵は興長を眺める。枯木寒厳《こぼくかんがん》な顔貌《がんぼう》をしていながら大度な人物である。

「三斎様は隠居をされたがそれは形だけのこと、熊本本藩の意向を受け入れず、立《たつ》孝《たか》殿を押し立てて八代の支城をもって独立藩にされようと必死だ」

立孝というのは忠利のすぐ下の弟で、三斎（忠興）の四男だった。

「此度《こたび》の殿の八代詣《もう》では、三斎様の思惑を覆すための話し合いであるが、さてどうなることやら気が気でならぬ。わしは三斎様に仕えてきた身ではあるが、いまは忠利様の時代。これを変えてはならぬのだ」

「ご家老はなにゆえご同道なさらなかったのです」

「殿がよきに計らうので懸念いたすな、と強くおっしゃったからだ。さりとて懸念は去らぬ。家老たるわしの務めは、殿に忠義を尽くすのは言わずもがな、過ちがあればすわ諫言《かんげん》せねばならぬ。異見申しあげて聞いてもらえぬならば、肚《はら》を括《くく》ってお味方につくことはできぬ。国を思う心あらば、何としてでも道あやまたば正してもらわなければならぬ。それが家老たる務めだ」

「ご家老のそのお気持ちは殿にしかと通じているはず。殿に忠義を尽くされるならば、心配があるとしても殿を信じることではござりませぬか」

「武蔵……」

興長は少し身を引いて武蔵をしげしげと眺めた。

「宜《うべ》なるかな。いや、もっともである。まだ話し合いは終わっておらぬのだからな。首尾よく行くことを祈るしかあるまい。それにしてもいかさま、な」

「何がでございましょう」

「殿がそちを気に入られたというのがよくわかった。歯に衣着《きぬき》せぬことを申すそちの人柄であろうぞ」

「殿も遠慮ないことをおっしゃいますゆえ」

興長は歯の抜けた口を見せて短く笑った。

「今宵《こよい》は酒でも飲んで帰るがよい」

その夜、武蔵は巌流小次郎との舟島での決闘前以来、興長と酒を酌《く》み交わした。

「何故、二刀を教えてくださらぬのです？」

数日後のことだった。

屋敷縁側で弟子たちの稽古《けいこ》を見ているとき、寺尾孫之丞がそばにやって来て不平の色をあらわにして言った。武蔵は静かに答えた。

「二刀の型は追々でよい。それより一刀を自在に操れるようになるのが先だ」

「一刀ならうまく操れまする」

武蔵は孫之丞をじっと見つめた。その眼光に恐れをなしたか、孫之丞はわずかに下がりながらも言葉をついだ。

「拙者は先生に弟子入りをして以来、左手を鍛錬しています。左も操れます」

孫之丞は耳が悪いので声が大きい。自然そのやり取りを耳にした他の弟子たちが稽古をやめて、武蔵と孫之丞を見た。

「鍛錬しているか。ならば、惣兵衛と立ち合ってみよ。ただし、互いに左の小太刀一本だ」

「望むところです」

孫之丞は庭のなかほどに進んで仁王立ちになった。惣兵衛が武蔵を見てきた。いいのでしょうかと、目が訴えていたが、武蔵は相手をしなさいというふうに首を振った。

すぐに孫之丞と惣兵衛は間合い三間で対峙《たいじ》した。孫之丞が勢いよく出てくる。惣兵衛は自然体で立っている。

「たあッ!」

気合い一閃《いっせん》、孫之丞が鋭く打ちかかっていった。

カーン。惣兵衛は軽くいなした。いなしたと同時に小太刀を引きつけ、即座に孫之丞の左小手を打った。

「あッ……」

孫之丞は小さな声を漏らして片膝《かたひざ》をつき、唇を引き結んで「もう一本」と所望した。

「ならぬ!」

武蔵が即座に遮った。

「いまのおぬしの力では惣兵衛にはかなわぬ。他の者たちもよく聞くがよい」

武蔵は庭にいる五十人ほどの弟子を眺めた。全員が真剣な眼差《まなざ》しを向けてくる。

「わしは二刀を使う。腰にある刀を無駄にしないためだ。されど、大小の刀を同時にしかも自在に使えるようになるには、鍛錬を積み重ねるしかない。わずか数ヶ月で二刀流を会得できると思うな。まずは一刀の技を磨きあげることだ。おぬしらは柳生新陰流の心得があるので、一刀遣いがまずまず上手である。なれど、わしの目にかなう使い方はできておらぬ。孫之丞は左手を鍛錬していると言ったが、まだ鍛錬が足らぬ。しかれど、二刀流を会得するには左手の鍛錬は必定。それから……」

武蔵は一拍置いて言葉をついだ。

「忘れてはならぬことがある。型稽古や打ち込み稽古もよいが、まずは根本に戻ることだ。すなわち、太刀をいかに持つか。そのときの指の有り様に注意すべし。足の運びもおろそかにしてはならぬ。受けるときも打つときも足の動きは肝要である。そして、五法の構え。上段、中段、下段、右脇構え、左脇構え。我が兵法の構えはこの五つに尽きる。隙のない構えを身につけるためにも、千日の稽古を鍛とし、万日の稽古を錬とする。そのこと心に留め置き励め」

一同深くうなずいて再び稽古をはじめた。

惣兵衛と九左衛門が弟子たちに目を配り、気になる者がいれば、そばへ行って足の使いや腰の動かし方、あるいは手足の引きつけの指導をする。

武蔵が口を挟むことはめったにないが、熊本に来て一番弟子となった寺尾兄弟はなかなか筋がよく、いずれ惣兵衛や九左衛門を負かす男になると見ていた。

その日の夕刻のことだった。

「先生、花畑屋敷からお使いが見えています。大事なお話があるそうです」

清がそう告げたので、武蔵は兵法書を書いていた手を止めて玄関に行った。

「大事な話とは……」

武蔵は玄関に行くなり、そこに控えていた忠利の近習《きんじゅう》に聞いた。

「大変でございます。殿様がお倒れになりました」

「なに……」

武蔵は眉宇をひそめた。興長が心配していたように、父三斎との交渉がうまくいかず、あらぬ災いに遭ったのではないかと思った。

「どういうことだ？」

「八代の帰りに足が痺《しび》れ動かなくなられたのです」

「足が……」

「それに口もうまく動かなくおなりになり……」

「おしゃべりにならぬと……」

「いまはあまりお話しできません。宮本様にこのこと伝えるべきだと、ご家老からのお指図でまいった次第です」

「お目にかかれるのか？」

近習はしばらくは会えないと言って帰った。

「殿が倒れて話ができなくなったと……」

武蔵は式台の上で、しばし呆然《ぼうぜん》となっていた。

二

武蔵が忠利の枕許《まくらもと》に呼ばれたのは、梅の花が咲きほころび、鶯《うぐいす》が盛んに鳴きはじめた二月初旬だった。

忠利は思いの外元気そうであった。話ができないと聞いていたが、

「心配をかけたな。もうだいぶよくなった」

と、武蔵に声をかけた。

「倒れられたと聞きましたときは、ずいぶん驚き、気を揉《も》んでおりました」

「足の痺れも取れてきたのでときどき庭を歩くようにしている」

そう言う忠利ではあるが、あまり顔色はすぐれず、身も細くなっていた。

「お気持ちを強く持たれることです。病は気からとも申します」

「懸念には及ばぬ。医者もあと半月もすれば本復すると言うておる」

忠利には三人の藩医がつききりで介抱にあたっていた。

「そうであることを願います」

「元気になったらまた鷹《たか》狩《が》りにまいろう」

「はい」

「それで兵法書のほうはいかがだ？　まだできぬか」

「いましばらくお待ちくださりませ」

「急《せ》かしはせぬが、早う見たいものだ」

忠利はか弱い笑みを浮かべて武蔵を見た。

その夜から武蔵は忠利から頼まれた兵法書の仕上げにかかった。

寝起きする奥座敷には書き損じたり、気に入らない一文が反故《ほご》紙となって散らばっていたが、推敲を重ねてきた武蔵の頭には、書くべき全貌が見えていた。

その書には『兵法三十五箇条』と題した。

「兵法二刀の一流、数年鍛錬仕処、今初て筆紙にのせ申事、前後不足の言のみ難申分候へ共、常々仕覚候兵法之太刀筋心得以下、任存出、大形書顕候者也」

と書き出すや、武蔵の筆は走った。序文のつぎに本題に入り、

「一　此道二刀と名付事……」

と、それまで使っていた「円明流」の道号を「二天一流《にてんいちりゆう》」に改めた瞬間だった。

武蔵は剣の道の真髄を書き記した。おのれの生真面目な性格がその下に隠されてはいるが、懇切丁寧に太刀の取りようや技をいったいどのように使えばよいかということを謹厳にして規則正しく、かつわかりやすく書き記していった。

例えば、「太刀取様之事」では、

「太刀之取様は、大指人さし指を浮《うけ》て、たけたか中くすしゆびと小指をしめて持候也。太刀にも手にも、生死と云《いう》事有り、構る時、受る時、留る時などに、切る心をわすれて居付く手、是れ死ぬると云也。生ると云は、いつとなく、太刀も手も出合やすく……」

また、戦場にあるときの心得として「将卒のをしへの事」がある。

「将卒と云は、兵法の利を身に請ては、敵を卒に見なし、我身将に成して、敵にすこしも自由をさせず、太刀をふらせんも、すくませんも、皆我心の下知につけて、敵の心にたくみをさせざる様にあるべし。此事肝要なり」

肥後熊本の藩主である忠利の心構えを言っているのではなく、武蔵がこれまでの経験から得た教訓であった。

しかし、藩主忠利に献上する書であるから、そのことも考え、武蔵は「大分の兵法」にも言及している。それは第二条の「兵法之道見立処之事」に記した。その書き出しは、「此道、大分之兵法、一身之兵法に至迄《まで》、皆以《もっ》て同意なるべし」と断り、

「今書付る一身の兵法、たとへば心を大将とし、手足を臣下郎等と思ひ、胴体を歩卒士民となし、国を治め身を修る事、大小共に、兵法の道におなじ。兵法之仕立様、惣体一同にして余る所なく、不強不弱、頭より足のうら迄、ひとしく心をくばり、片つりなき様に仕立る事也」とつづけた。

最後の三十六箇条目には、

「万里一空の所、書きあらはしがたく候へば、おのづから御工夫なさるべきものなり」

と結び、不明な点や理解できぬところがあれば、口上にて申し上げると断った。

すべてを書き終えた武蔵は、忠利の呼び出しを待ったが、一日たっても二日たってもない。城内で行う兵法指南に行った際、武蔵は弟子となっている長岡式部寄之《よりゆき》にそれとなく伺いを立ててみた。

「殿様のご様子はいかがなのでございましょう?」

問うた瞬間、寄之はそれまで浮かべていた笑みをすうっと消した。

寄之は忠利の実弟で、長岡佐渡守興長の養子となり、寛永十一（一六三四）年に家老職になっていた。齢二十六の若者であるが、実父忠興（三斎）と養父興長の薫陶を受けている利け者だ。

「武蔵殿だから正直に話す」

寄之は稽古をしている者たちから少し離れた場所に、武蔵を連れて行き顔を向けてきた。

「殿はしばらく快方の兆しがあったが、どうもよくない。下腹を痛がられるようになった。右腕と足の痺れが取れないようだ」

「いまもさように……」

武蔵は深刻な目を寄之に向けた。

「よくなったり、芳しくなかったりの繰り返しだ。あまり大きな声で言えることではないゆえ、他言無用に願う」

「では、お見舞いはかなわぬので……」

寄之は春の日差しを受けた白皙《はくせき》の顔を向けてきた。

「面会したいのであろうか？」

「殿に頼まれた兵法書を書きましたれば、ご面会のうえにお渡ししたいのです」

「ならば話してみよう」

武蔵はお願いすると頼んだ。

それから二日後、花畑屋敷から使いがやって来た。

「殿様がお会いになりたいとのことでございます」

武蔵は弟子への稽古を惣兵衛にまかせ、急いで忠利のもとへ赴いた。

忠利は奥書院前の廊下に座っていた。小姓が武蔵を案内すると、忠利は隣に来るように武蔵をいざない、そのまま二人でしばらく庭を眺めた。

桜の蕾が開きはじめ、鶯たちが清らかな声でさえずり、蜜蜂《みつばち》たちが薄紅色の桃の花にたかり、沈丁花《じんちょうげ》の甘い香りが運ばれてきた。

「これが……」

忠利は武蔵が書き上げた兵法指南書を受け取り、しげしげと眺めた。やわらかな笑みを浮かべて頁を繰り、

「兵法三十五箇条か……」

と、か弱い声でつぶやき武蔵を見て微笑し、視線を手許に戻した。

武蔵は目を通してゆく忠利を眺めた。顔色がすぐれず、指先も危うい動きをしている。

「お体のお加減はいかがでしょう」

「こうやって日向《ひなた》に座っておると気持ちがよい」

忠利は春の陽気に包まれた庭に目を向け、

「武蔵、ゆっくり読ませてもらう。大儀であった」

と、武蔵の労をねぎらった。

武蔵は『兵法三十五箇条』を渡せたことにいくらか安堵《あんど》したものの、久しぶりに顔を合わせた忠利の覇気のなさが気になっていた。

忠利は手足の痙攣《けいれん》の他に排尿困難に陥っていった。さらに、武蔵が忠利に会って数日後に容態が悪化した。意識朦朧《もうろう》となり、下血するようになった。

それからしばらくのちに、武蔵は大きな衝撃を受ける。

三

その衝撃は、八代にいる忠利の父三斎が先に受けた。

それは忠利が意識を失い危篤になったという知らせだった。急報を受けた三斎は急ぎ八代を発《た》ち、熊本に駆けつけた。八代を発ったのは未《ひつじ》の下刻（午後三時半頃）

で、忠利の寝所に着いたのは亥《い》の刻（午後十時）だった。

　忠利という継嗣と確執のあった三斎だが、そのときの動揺を江戸にいる忠利の長男光利（のち光尚）に書き送っている。

　――忠利の患い、ずっとわしに隠し、よいよいとばかりに申すのでそれを信じていたが（中略）、忠利の様子を見たところ、最早《もはや》助かりそうもなく、わしのこともわからず目も開けることもできず、言葉を失ってしまった。こういうことであるから光利は讃岐殿（酒井忠勝《さかいただかつ》）や柳生殿などに相談し、お暇《いとま》をいただくよう。帰国するのを待っている。わしはほとほと困り果てどうしてよいかわからず、わけもわからなくなっている。

　武蔵へ忠利の訃報《ふほう》が届けられたのは、忠利が身罷《みまか》った翌日、三月十八日のことだった。

（まさか）

　まさに、武蔵にとってまさかの出来事だった。健康状態がよくないというのはわかっていたが、まさか死ぬほどまでの病態だとは思っていなかった。いずれ本復するだろうと思っていたし、そうなることを祈っていた。

だが、忠利はこの世を去った。知り合ってまだ間もないというのに。その短い期間に、武蔵と忠利は親交を深めた。武蔵にとって忠利は一介の藩主でも殿様でもなかった。唯一心を通じ合わせることのできる「心の友」だった。

武蔵の人生において唯一「友」と呼べる人だった。武蔵は涙こそ流さなかったが、心のうちで慟哭《どうこく》し、悲嘆に暮れた。

従僕の増田惣兵衛も岡部九左衛門も、そして清もそんな武蔵のことを心配した。

「先生は朝餉《あさげ》も取られませんでした」

清が心配げな顔で惣兵衛に言えば、

「しばらくは静かにしている他あるまい」

と、惣兵衛は宥《なだ》めるのみだった。

忠利の亡骸《なきがら》は臨済《りんざい》宗大徳寺派の寺院、岫雲院《しゅううんいん》にて茶毘《だび》に付された。

武蔵もその葬儀一切の末席に加わり、口を引き結び悲しみを堪《こら》えて静かに忠利を見送った。そのとき、ちょっとした騒ぎがあった。

忠利が茶毘に付されているときだった。参列している家臣のなかにいた鷹匠が空に昇る煙を見て、忠利の愛鷹《あいよう》「有明」と「明石」を放った。鷹匠には殿といっしょに天に昇り自由になれという思いがあった。

ところが、その二羽の鷹は空に昇る煙を追うように舞いあがったのだが、大きく旋回したあとで急降下し、予期せぬ行動に出た。

「あッ!」

鷹匠が悲鳴じみた声を漏らしたときに、「有明」が火葬の炎のなかに飛び込んだのだ。そばにいた誰もが、そのことに驚き目をみはって絶句した。ところが「明石」もあとを追うように、そばの井戸に飛び込んで二度と舞いあがってこなかった。

「鷹が追い腹を……」

誰かがそうつぶやいたのを武蔵は聞き、同時にいやな胸騒ぎを覚えた。最初に養子にした造酒之助が藩主本多忠刻が他界したとき、追い腹を切っているからだった。

(追い腹はならぬ)

武蔵は奥歯を嚙《か》み、胸中でつぶやいた。

追い腹はひとつの美学と言える忠義の証《あかし》ではあるが、武蔵にとっては無駄な行為でしかない。

しかし、現実は違った。忠義を尽くすための追い腹、つまり殉死の報が忠利の葬儀後に城下に広がり、武蔵の屋敷にも届けられた。そのなかには若い弟子たちの名があり、武蔵は耳を塞《ふさ》ぎたくなった。

「馬鹿げたことを……」

知らせを聞いたあとで、無念そうに口を引き結ぶ武蔵だが、清が狼狽《うろた》えはじめた。

「まさか、殿様もあとを追われるのでは……」

清は台所から庭に飛び出し、悲痛そうなうめきを漏らした。清が「殿様」と呼ぶのは、以前仕えていた浅山修理亮のことだった。

修理亮は人足奉行という役儀にあり、忠利が熊本に入って以来、「お国廻り」に付き従い、また石垣の修理や花畑屋敷普請の際に深く関わっている。

「お清、いかがした？」

武蔵が気になって問うと、

「いやな胸騒ぎがするのです。先生、昔からですがわたしの勘はときどきあたるのです」

清は怖気《おぞけ》だった顔を武蔵に向け、おろおろと歩きまわる。

清がこんなに狼狽《ろうばい》し騒ぎ立てるのは初めてだった。

「わたしが仕えていた浅山の殿様は、お殿様をずいぶんお慕いになり、またお殿様のおっしゃることにずいぶん感心されていました。お城には足を向けて寝られぬ。一生付き従える殿様は、あの方をおいて他にないと、常々おっしゃってました」

清は草履を片足にしか履いていないのにも気づかず庭を歩きまわる。その姿は気が触れたのではないかと思うほどだった。

「お清、落ち着け」

「どうしたらいいのでしょう。もし、勘があたっていれば、お引き留めしなければなりません。でも、わたしには何もできません。どうしたら、どうしたらよいのでしょう」

清は悲痛な声を漏らし、頭を抱えて髪をかき乱した。

「お清、浅山様の屋敷はどこだ？」

武蔵が問うと、清がいまにも泣きそうな顔を向けてきた。

「案内いたせ」

武蔵はすっくと立ちあがると、すぐに外出の支度を調え、清を案内に立たせた。

浅山修理亮の屋敷は、城のある茶臼山丘陵の中腹西側にあたる古京町《ふるぎょうまち》にあった。

武蔵は気が気でないといった体の清を表で待たせ、玄関で訪《おとな》いの声をかけた。すぐに下僕らしい男が出てきたので、武蔵は自分のことを名乗り、

「浅山様はいらっしゃるか？」

と、問うた。下僕の顔が曇ったのを見逃さず、言葉をついだ。

「是が非でもお目にかかり、大事な話をしなければならぬ。急ぎ取次を頼む」

下僕はすぐに奥に下がり、しばらくして客座敷に通してくれた。

浅山修理亮は遅れて座敷にあらわれたが、眉間《みけん》に深刻そうなしわを彫っていた。

だが、一風変わった武蔵の身なりと顔貌を見ると、少し驚き顔をして、

「そなたが宮本殿でござったか……」

と、あらためて武蔵を見た。小袖《こそで》の着流しに緋色《ひいろ》の裏地をつけた半羽織であるし、白髪交じりの総髪を雑に結んでいるだけだ。目の色も少し違うし、異相でもある。

「身罷られた殿のあとを追って腹を切る方があとを絶ちませぬ。浅山様もご存じのことと思いまするが、やくたいもないことです」

突然、訪問の意図を口にした武蔵に、浅山は眉宇をひそめた。

「拙者の屋敷には、こちらでお世話いただいていた清なる下女がいます。その清が浅山様のことを大層心配いたしています」

「お清が……」

「浅山様は殿様に目をかけられていたと、お清から聞いております。よもや後追いをされるおつもりはないと思いまするが……」

「宮本殿、わたしを止めに来たのか？」

浅山は鬼気迫ったような双眸《そうぼう》を武蔵に向けた。どうやら殉死の覚悟をしていたようだ。武蔵はすぐに言葉を重ねた。

「そのおつもりがございますなら、拙者は力ずくでもお止めいたします。追い腹など愚の骨頂、そんなことで殿の魂が浮かばれようはずはございませぬ。ご家老らも殉死を許されていないはず。まして、追い腹の許しは継嗣であられる光利様から得るべき定め。あとを追って果てることは、天に居を移された殿も心外のはず。死ぬる覚悟があるならば、その覚悟をもって殿がやり残された藩政に心血を注ぐべきではありませぬか」

浅山の目がくわっと見開かれた。

「死んではなりませぬ。親しい者への悲しみを増やしてはなりませぬ。浅山様のお人柄は清からよく聞いております。お初にお目にかかり、まことに不躾《ぶしつけ》な諫言、どうかお聞き入れ願えませぬか」

浅山は何か言おうとした。口を開き閉じ、まばたきをしながら視線を彷徨《さまよ》わせ、武蔵に顔を戻した。

「殿がやり残された諸事に心血を注ぐ、それが殿のご供養になると……」

「唯一のご供養は、生きてお役を勤めあげることだと思いまする」

「さように思うか」

「間違いありませぬ」

しばし、浅山は沈黙した。武蔵は座敷の向こうに人の気配を感じていた。廊下にもその気配はあった。

「わかった。踏み止《とど》まり、役儀に精励することにいたす」

浅山がそう答えたと同時に、襖《ふすま》の向こうと廊下からすすり泣く声が聞こえてきた。

武蔵は浅山修理亮の殉死を止めることはできたが、結果的には十九人の家臣が腹を切って果てた。

四

「越中様が……」

十兵衛は父宗矩を驚き顔で眺めた。柳生家上屋敷の書院だった。

「十七日のことだったらしい。惜しい男であった」

宗矩はむなしそうな顔をして息を吸った。

「身罷られた事由は？」

十兵衛はまばたきもせずに宗矩を凝視した。もしや刺客を兼ねた間者として放った弟子たちが暗殺したのではないかと、心によぎるものがあった。

「詳しいことはわからぬが、年明けから按配《あんばい》がよくなかったらしい。越中殿の倅《せがれ》光利殿から帰国の相談を受け、讃岐殿を通じ上様にお伺いを立てているところだ」

讃岐殿とは、家光に「我が右手は讃岐」と言わしめるほど信任の厚い酒井忠勝のことである。のちの大老にあたる大年寄だった。

「越中様は裏切り者ですよ」

宗矩の目がくわっと見開かれた。

「そうではありませぬか。父上の指南を受け、さらに『兵法家伝書』まで授けられたのに、いまや熊本は宮本武蔵なる浪人の剣術に専心していると申します。越中様の倅に義理立てなど無用ではございませぬか」

「仏になった越中殿の考えだ。いまさら文句は言えぬ」

「人のよいことを……」

十兵衛は吐き捨てるようにつぶやいて言葉を足した。

「父上が越中様に差し遣わした氏井弥四郎殿は、武蔵なる男が熊本に入って間もなく身を退《ひ》いています。越中様がさように仕向けたのではありませぬか」

「十兵衛、越中殿を憎んでおるのか」

「憎まずにいられましょうか。柳生新陰流は将軍家の御流儀、天下の兵法でございましょう。その流儀をあっさり捨てたも同然。父上も肚のうちではお怒りなのではございませんか」

「十兵衛、落ち着け。怒り散らしたところでどうにもならぬこと。一大名家の剣術流儀が変わったからと言って剣突をくらわすことはない。腹を立てるだけ損だ。頭を冷やせ」

十兵衛は大きな鼻息を漏らすと、すっくと立ちあがり、

「わたしの気は収まりませぬ」

と、捨て科白《ぜりふ》を吐いて書院を出た。

十兵衛にとって細川忠利はあくまでも裏切り者でしかない。宗矩が寛大であればあるほど、十兵衛の心には荒波が立つのだった。

「馬を引け」

屋敷玄関を出るなり小姓に命じた。

十兵衛はそのまま馬に乗って、麻布日ヶ窪の下屋敷へ向かった。酒でも飲んで憂さを晴らすか、道場でひと汗かいて鬱憤《うっぷん》を晴らすか。馬に鞭《むち》をくれながら内心の怒

りを静めようとするが、荒ぶる心は収まりそうになかった。

その夜、十兵衛は酒をあおった。しかし、飲めば飲むほど憤怒《ふんぬ》は増した。

「かあッ！」

盃《さかずき》を壁に投げつけた。そばに控えていた近習がびくっと肩を動かして驚き、おのれに怒りの火の粉が飛んでこないように尻《しり》をすって下がった。

熊本の内偵に行っていた内藤小三郎が、十兵衛のもとに戻ってきたのはそれから二日後のことだった。

小三郎は帰参の挨拶《あいさつ》をし、浅川新左衛門と三枝雪之丞を熊本に残してきたと報告した。

「越中様は身罷られたそうではないか」

「さようにございます。もう江戸に届いていましたか」

「父上から先日聞いたばかりだ。もしや、おぬしらが手を下したのではないかと思いもしたが、そうではないのだな」

「身命を賭《と》して手を下そうにも、相手は一国の大名。そう容易《たやす》くはいきませぬ。それに越中様のお屋敷も城も堅牢《けんろう》でございます。供廻りもかたくなかなか手は出せませせぬ」

「ま、よい。それより宮本武蔵のことはわかったか？」

「はは、何度か見かけましたが、一風変わった年寄りでした」

小三郎は武蔵の人相風体を話した。

「して、武蔵の弟子は？」

「おそらく千人は下らないでしょう。いまや細川家のご家来衆は武蔵の兵法を習うことに躍起になっております。重臣ら上士への指南は城内で、下士への指南は武蔵の屋敷にて行われています」

十兵衛は宙の一点を凝視した。

武蔵に千人の弟子がいるということは、細川家の家臣のほとんどではないか。十兵衛は膝に置いている拳《こぶし》をにぎり締めた。

「氏井殿には会えたか？」

「お話を伺うことができましたが、氏井様は武蔵と立ち合い、勝ちを譲られたそうです」

「なに、あの氏井殿が負けたと……」

「武蔵は怖ろしいほど強いともおっしゃいました」

聞けば聞くほど腹の立つことばかりだ。

「氏井殿は耄碌《もうろく》している。歳のせいもあろう。それで武蔵はいくつだ？」

「還暦近いと思われます」

「ふん、年寄り同士の立ち合いだったというわけか。氏井殿は何をしているのだ？」

「城下にて隠棲《いんせい》されています。扶持《ふち》は細川家からそのまま受けていらっしゃるので、不自由はなさっていません」

「細川家も柳生家への恩義は少なからず感じているということか……。それにしても由々しきことに他ならぬ」

「向後いかがすれば……」

小三郎が上目遣いに見てくる。

「熊本には雪之丞と新左衛門が残っているのだな」

「さようで……」

「おぬしも熊本に戻り、細川家の動きを探るのだ。武蔵のことはしばらく様子を見よう」

武蔵暗殺を企ててもよかったが、十兵衛は父宗矩のことを考えた。無闇に武蔵を殺し、柳生の仕業というのが露見すれば一大事。ここは慎重を期すべきだった。

「承知いたしました。それで熊本にはいつまでいればよいのでございましょうか？」

「おれがよいと言うまでだ。熊本のこと武蔵のこと、折々に書簡にて届けるよう手はずしてくれるか。機が熟せば武蔵を討ち果たす。それまで手出し無用だ」

十兵衛はそう命じると、路銀としばらくの費えだと言って小三郎に金子の入った巾着《きんちゃく》を手渡した。

五

太守を失った熊本ではあるが、桜が咲いて散り、城と言わず城下の樹木の若葉がまぶしくなった。

お殿様をなくしても季節は着実にうつろうのだと、清はときどき仕事の手を止めて天守を眺めた。石垣の下にも長塀の上にも光り輝く若葉が茂っていた。

武蔵を慕い稽古にやってくる弟子たちも以前と変わりはなかったが、清には気がかりなことがあった。

武蔵のことである。忠利が元気な頃には見せたことのない暗い表情をするようになり、以前にも増して寡黙になっていた。

弟子に稽古をつけるときこそ、声をあげて自ら指導もするが、それ以外のときには日あたりのよい縁側に座り、ぼんやりと物思いに耽《ふけ》っていることが多い。

惣兵衛や九左衛門にも必要がないかぎり声をかけないし、食事の席でも思い詰めた顔で箸《はし》を動かすだけである。

（お殿様が身罷られたことが、それほど応《こた》えてらっしゃるのだろうか。それとも体の具合が悪いのでは……）

言葉にしないが、そう思わずにはいられなかった。

「惣兵衛さん、先生の様子が変だと思いませんか？」

清は気になってしかたがないので、思い切って惣兵衛に声をかけた。

「そうなのだ。先生は悲しまれているのだよ。殿様とはずいぶん仲良くされていたからな。いまはそっとしておくしかなかろう」

惣兵衛も清が考えていることと同じことを感じているようだった。

「もうじきつぎの殿様が江戸から見えるそうだ。そうなると先生も元気を取り戻されるだろう」

「つぎのお殿様とは……」

清は涼やかな目をみはった。

「越中守様のご嫡男だ。光利様とおっしゃるらしい」

「いつお見えになるんです？」

「来月あたりだと耳にしたが、おれには上の方のことはよくわからぬ」

惣兵衛はそう言って厩《うまや》のほうへ歩き去った。

それからしばらくたった日のことだった。清が台所仕事をしていると、背後から武蔵に声をかけられた。

「お茶をご所望でしたらすぐに淹《い》れます」

「いや、茶はいらぬ。お清、そなたは城の近くで生まれ育ったのだったな」

「はい」

「よいところか?」

「百姓地ですが、静かなところです」

「明日にでも案内してくれぬか」

「はい、喜んで」

清は声を弾ませて答えた。

翌朝、清は昼餉用の弁当を作り、武蔵の供をしながら生まれ育った谷尾崎村に向かった。惣兵衛と九左衛門は武蔵に代わって門弟らに稽古をつけるので、供は清だけだった。

武蔵は馬で、清は徒歩だ。いまや細川家の家臣で武蔵を知らぬ者はいない。いっしょに表を歩くだけで何となく晴れがましい気持ちになった。

屋敷を出た二人は城の北側を抜け、城の西側、三の丸にある藤崎八旛宮《ふじさきはちまんぐう》のそばを通って井芹川の畔《ほとり》に出た。

川は日の光を受けきらきらと輝いており、畔には露草や萩の花が見られ、蝶《ちょう》が舞い交っていた。

「もう少しです」

清が馬上の武蔵に声をかけると、

「疲れてはおらぬか?」

と聞かれた。

「歩くのは慣れていますので平気です」

清は笑ってみせる。すると、武蔵もふっと口許をゆるめた。

(先生が笑われた)

清は嬉《うれ》しくなった。めったに笑わない武蔵だが、清はかすかな表情の変化をよく見ており、いま何を望んでおられるか、何をしたがっておられるかを先読みできるようになっていた。

それに忠利の死後しばらくは、食事も取れぬほどの落胆ぶりで憔悴《しょうすい》しきっていた。

日がたつにつれ、以前の武蔵らしさは戻っていたが、いまやっと忠利への悲哀の念がやわらいだのだと思い、清は胸を撫《な》で下ろした。

川に架けられた土橋を渡ると、武蔵は馬を下り、手綱を持って歩いた。清はその後ろについて歩く。白地に浅葱《あさぎ》の横縞《よこじま》の小袖に朱色の袖なし半羽織、馬乗袴《うまのりばかま》といったなりはいつもと変わらないが、すぐ後ろを歩く清はあらためて武蔵の背中が大きいことや、垂らした総髪が薄くなっていることに気づいた。

「お清の家はいずこだ？」

しばらく行ったところで武蔵が振り返った。

「もう家はありません。親もいませんし……」

武蔵は気の毒そうな顔をした。先生はほんとうは心根のやさしい方だ、と清は思う。武蔵の武勇伝は惣兵衛や九左衛門から聞かされているが、いまの武蔵には荒武者のような雰囲気はなかった。

そこは数軒の百姓家が点在する寒村だった。村の両側に低い山があり、井芹川に注ぐ小川が流れていた。

武蔵は立ち止まって周囲を眺めた。雑木の山には合歓木《ねむのき》や石榴《ざくろ》の木が花を咲かせていた。竹林がゆるやかな風を受けてざあっざあっと鳴っていた。鳥たちの声も聞こえてくる。

紫陽花《あじさい》の群れがあり、百合《ゆり》の花も見られた。

「よいところだ」

武蔵は感嘆したようにつぶやき、一方に目を凝らした。

「お清、あの岩は何だ？」

それは南側の山麓《さんろく》にある大きな岩だった。

「昔からあそこにありますけど、どういう岩かはわかりません。子供の頃にはよく登って遊んだものでした」

清が言う前に武蔵は、その巨岩に引き寄せられるようにして歩いて行った。清もあとにつづく。足許には勢いのある夏草が茂っており、巨岩まで細い道がつづいていた。

武蔵は巨岩の前で立ち止まりためつすがめつ眺め、北側の山を仰ぎ見、また岩に視線を戻したと思うや、六十近い老体とは思えぬ身軽さで岩の上に登った。そこは二畳ほどの広さがあった。

「よい眺めだ。それにこの岩は気に入った」

武蔵はそのまま胡座《あぐら》をかいて座り、背筋を伸ばし、右手の上に左手を置き、目を薄くつむった。そのまましばらく身動きもしない。

清は身罷られた殿様の冥福《めいふく》を祈っているのだろうと思い黙っていた。風の音と鳥の声以外しなかった。

四半刻《しはんとき》（約三十分）も武蔵は同じ姿勢を取りつづけたあとで、カッと目を見開いた。

「お清、わしはこの地を気に入った。また来よう」

「そのときはわたしもごいっしょいたします」

清はそうしたかった。だが、武蔵は何も言わずに岩を下りた。

六

武蔵は忠利の死を素直に受け入れがたい思いで過ごしていた。忠利はそれまでの人生において初めての「心の友」だった。そう思っていたし、忠利の寵愛《ちょうあい》も深く感じていた。

だが、いつまでもその思いを引きずっているわけにはいかない。余命幾ばくもないであろうおのれではあるが、一介の兵法者を厚遇してくれた忠利のためにも我が兵法を伝えなければならなかった。それがおのれに与えられた使命であると武蔵は考えていた。

弟子が増えていた。自宅屋敷には毎日のように下士がやって来て汗を流している。城内で行う中士や上士に対する稽古も怠りなかった。

弟子たちは一日置き、二日置き、あるいは三日置きに来る者がいる。むろん、役目があるから仕方ないことであるが、毎日欠かさず来る者がいた。

熊本に来て最初に弟子入りをした寺尾孫之丞だった。耳が不自由なので仕官をしていないからかもしれないが、とにかく熱心である。筋もよいし、上達の度合いも早い。

（こやつ、なかなかやる）

武蔵が暗黙で認めるように、

「先生、寺尾兄弟は覚えが早いです」

と、惣兵衛が言えば、九左衛門も気づいているらしく、

「兄の孫之丞はあと一年もすれば、わたしを負かすかもしれません」

と、そんなことを口にした。

「この屋敷に通ってくる者は見込みがある。お城では家老以下の大事な役儀に就かれている方が多いので、この屋敷の弟子のようにはいかぬ」

そうは言うが、目にかけている弟子はいた。

長岡式部寄之と沢村宇右衛門友好だった。二人とも家老職だが、歳上の武蔵を敬

っているし、心を砕いてくれる理解者でもあった。

長岡佐渡守興長の屋敷に招かれたのは、長雨のつづいたあとだった。道はぬかるみ、いまだに水溜《みずた》まりがあったが、夏の気配を漂わせる空が広がっていた。

興長はいつものように武蔵を歓待し、客座敷に招き入れて茶菓を馳走《ちそう》してくれる。忠利と引き合わせたのも興長だし、その後の処遇に配慮してくれたのも興長だから武蔵には強い恩義がある。

その席には興長の養子になった寄之も同席していた。忠利の実弟である。

興長は世間話をしたあとで、八代の三斎のことを口にした。

「殿もそうであったが、わしら家老衆も八代様から目が離せぬ。殿は八代を支藩として認めるのを拒まれつづけておられた。わしら家老衆も同じ考えであった。されど、八代様は頑固でなあ」

八代様というのは、織田信長に臣従し、そののち豊臣秀吉・徳川家康・秀忠に仕えた忠利の父三斎のことだ。小牧・長久手の戦い、小田原征伐、文禄の役、関ヶ原の戦い、大坂夏の陣などで武勲を立てているので、武将的性格の濃い人物だった。傲岸不遜《ごうがんふそん》で仮借ないが、和歌や能楽や書画にも通じており、千利休《せんのりきゅう》七哲の一人に数えられてもいる。

「兄上が苦心されていたのはよく存じています」

そう言うのは寄之だった。彼は言葉をついだ。

「八代の帰りに兄上が倒れられたとき、わたしはそばにいたのです。あのとき兄上はようやく胸のつかえが取れたと言いました。それは、父上が隠居領としている八代三万七千石のうち三万石を立孝に譲り、立孝の本地三万石と合わせて六万石の知行にすることとでした。父上もその考えに満足されたのです」

立孝というのは、寄之の兄で、忠利の弟である。三斎はこの立孝を溺愛《できあい》しており、独立した藩の太守にしようという考えがあった。

「さりながら殿が身罷られたいまは、先の約束は元の木阿弥《もくあみ》になった」

興長が言葉を引き取ってため息を漏らす。

「気になるのが八代衆の動きです」

寄之が目を険しくして言う。八代衆というのは三斎に付き従っている九十四人の家臣だった。なかでも筆頭の長岡景則《かげのり》には注意が必要だった。景則は村上《むらかみ》水軍の一族で、本姓も村上であった。

「父上は、もし自分が臥《ふ》したら景則殿に兄興孝《おきたか》の知行分を与える心づもりがあるようなのです。さようなことになったら、八代と熊本にはいまより深い溝ができかねません。光利様もそのことを懸念されています」

寄之も興長も八代は熊本細川家の領でなければならない、分断される事態は避けなければならぬと考えている。興孝というのは寄之のすぐ上の兄だった。

武蔵も家老連中が三斎の強情で我儘《わがまま》なやり方に手を焼いていることは重々承知していたが、あえて口は挟まなかったし、その立場でないこともわきまえていた。

「殿の跡を継がれた光利様のお国入りはもう間もなく。そこでわしら家老衆は新しい殿に起請文《きしようもん》を差し出すことにした。ついては亡き殿の恩顧を受けたそなたにも書いてもらいたい。いまやそなたの弟子は千人は下らぬ。光利様の不安を少しでも取り払わなければならぬ」

興長は至極真面目な眼差しを向けてきた。武蔵はずいぶん回りくどい話をされたが、今日の用は、そういうことであったかと納得した。

忠利の継嗣光利が熊本に入ったのは、城が蟬時雨《しぐれ》に包まれている六月十四日のことだった。

家老以下の家臣らは光利を大手門外の札の辻で迎え、そのまま本丸御殿へ送り込んだ。

筆頭家老の興長以下の家老中老衆が、家督相続の賀意を申し述べれば、光利は御殿広間に列座している面々をゆっくり眺めた。武蔵も後方に平伏しており、式次第を静かに見守っていた。

「みなの者、出迎え大儀であった。また数々のめでたい祝いの言葉、まことに祝着。まずはみなの者に伝えることがある」

光利は短い間を置いた。百四十七畳の大広間にいる家臣らは、水を打ったように静まりつぎの言葉を待った。

光利は一番奥の若松之間に座している。父忠利は頬骨の張った細い顔だったが、光利は御年二十三歳という若さで肌艶《はだつや》のよいふくよかな顔をしている。

「江戸を発つ前のことである。予は上様の上使松平伊豆守殿と阿部《あべ》豊後守殿から上意を賜った。それは熊本細川家五十四万石の一円相続を許すというものであった」

小さな驚きの声が広間にどよめくように広まった。

「その書状がこれである。面をあげて見よ」

光利は高々と書状を掲げていた。一同はその書状を食い入るように見た。

「紛《まが》う方なき上意である。このこと家中の者どもにあまねく伝えよ。さらに八代にはこの一件をすぐさま知らせよ。気を揉んでいたであろう家老一党、さようなことであるから心安く存ぜよ」

また小さなどよめくような声が大広間に満ちた。

これで三斎による分藩化の目論見《もくろみ》は少なからず打ち消されたのだが、光利は警戒感を怠らず、八代への監視の目を厳しくさせた。

さらに家老以下、武蔵を含めた近習から御目付役に至るまで、藩政に関わる要職者は光利に血判起請文を提出した。

起請文は約束に偽りがなく神仏にかけても、主君への忠誠を誓うという文書である。武蔵は、忠利の恩顧を受けそのありがたみが骨身に沁《し》みている。これより先は肥後守様（光利のこと）の家督継承のために、客分の身の上ながら万事を尽くす心に偽りはないと、自著血判したものを提出した。

武蔵が光利に呼ばれたのは、それから十日ほどたったときのことだ。

場所は忠利のときと同じように花畑屋敷の書院であった。

「父上よりそちのことは何度ももらった文で知っておった。ずっと会いたいと思っていたが、聞き及んでいたとおりの男であるな」

光利は口の端に笑みをたたえて武蔵を眺め、

「そちのこと父上は大層お気に入りであった。予もそちに教えてもらいたいことがある。また不届きに気づいたならば、忌憚《きたん》なく意見してくれぬか。父上同様にそなたと接したいのだ」

「ありがたきお言葉、恐悦至極に存じまする」

「そちの兵法を予も習いたい。教えてくれるな」

「喜んでお受けいたしますとも」

「此度の国入りは短い、九月にはまた江戸に戻らなければならぬ。暇な折には声をかけるのでまた遊びに来てくれ」

光利はそう言ったが、江戸参府まで武蔵に会うことはなかった。だが、九月に熊本を出立する際、武蔵は米三百石を遣わされた。

昨年も忠利から賜ったばかりだが、これは破格のもてなしであり、また光利が武蔵を重宝するという気持ちであった。

(これでは熊本を去ることはできぬな)

武蔵の胸のうちには、忠利の死後、いずれ熊本を離れなければならぬかもしれないという迷いがあった。しかし、光利の心配りで気持ちがはっきりと固まった。

(やはりこの地はわしの終焉《しゅうえん》の地であったか)

胸中でつぶやく武蔵の肚は決まった。

霊巌洞

一

そこは山間《やまあい》の村であった。山は高くなくなだらかで、平坦《へいたん》な場所に畑が広がっている。畑の作物は枯れているのか、それとも何も植えられていないのかわからない。村はいまにも泣き出しそうな黒い雲に覆われている。

両側から鬱蒼《うっそう》とした竹藪《たけやぶ》が迫っている坂道があった。その坂の上にひとりの男があらわれた。片手に抜き身の刀。たすき掛けに手甲脚絆《きゃはん》、草鞋《わらじ》履きである。

顔はよく見えない。男には斬るというたしかな意思があった。だが、武蔵は怖れずに坂を上り、男の前に立った。

「弁之助、覚悟！」

男は目尻《めじり》を吊《つ》りあげて叫ぶなり、坂下の武蔵に斬りかかってきた。白刃が曇天下に閃《ひらめ》いた瞬間、武蔵は手にしていた棍棒《こんぼう》を振りあげた。そのまま男を打ちたたこうとするが、いつの間にか男の姿が消えている。

ハッとなってまわりを見ると、そこは川の畔《ほとり》だった。川の向こうに十数人の男女が立っていた。そのなかには父無二斎や母の率子《よしこ》や姉お吟《ぎん》の姿があるようだった。

「小僧、こっちだ」

さっきの男がそばに立っていた。

武蔵は棍棒を脇構えにして対峙《たいじ》した。じりじりと間合いを詰めていく。さっと男が刀を上段に運び、そのまま唐竹割りに打ち込んできた。

武蔵は懐に飛び込んで押し倒そうとしたが、足が動かなかった。川の向こうから誰かの声が飛んできた。

「武蔵ッ!」

それは忠利のようだった。

「死ねッ!」

脳天を斬り割るような男の刀がすぐそこにあった。

(あ、斬られる)

「うわっ」

武蔵は夜具をはねのけて目を覚ました。夢だったことに気づき、安堵《あんど》の吐息を漏らし、また横になった。そのまま天井を見る。

また、いやな夢を見た。この頃幼かった頃や、若かりし二十代の自分の夢を見る。いずれも戦場であったり、決闘の場であった。そして、いつも自分の剣技はうまくいかず、負けそうになったり、斬られそうになったりだ。

さっき夢に出てきたのは郷里の鎌坂峠《かまさかとうげ》で、相手は武蔵が最初に決闘した新当流《しんとうりゅう》の兵法者有馬喜兵衛《きへえ》だったような気がするが、判然としない。

されど、自分の幼名を呼んだ。やはり有馬喜兵衛だったのかと考える。しかし、有馬との決闘は遠い昔のことで顔も覚えていない。

（ただの夢だ）

武蔵はそう思いはするが、夢のなかで体が思うように動かないのは、いまの自分がそうだからではないかと危惧《きぐ》する。たしかに歳は取った。老いている。だが、剣の腕は落ちていないはずだと思う。

吹き流れる風の音が表から聞こえてきた。ときどき梟《ふくろう》の鳴き声がまじった。カサカサと落ち葉の転がる音も、カタカタと建付けの悪い戸の音も聞こえた。

もう秋が深まっていた。

武蔵の日常はそれまでと変わることがなかった。自宅屋敷で稽古《けいこ》にやってくる弟子を指導し、城に行っても兵法指南をする。

藩主が江戸参府中なので、国許《くにもと》に残っている家臣の数は多くない。武蔵はときどき、城代となっている国家老の興長の屋敷に呼ばれたり、同じく家老の沢村大学と話をしたりしたが、藩政について考えを聞かれることはなかった。また、武蔵も藩政に口を出すことは慎まなければならないと自戒していた。

暇なときには、書を嗜《たしな》み、絵を描き、ときに刀の鍔《つば》や木刀を作った。そんなある日、忠利が生前に言った言葉を思い出した。

「書画に通じている日収と申す僧がいる。折を見て引き合わせよう」

しかし、その約束は果たされずに忠利は逝ってしまった。

武蔵は一度その日収という僧に会うために、城下にある常光寺を訪ねた。日収は忠利が熊本に呼び寄せた画僧で、「秋澗《しゅうじゅん》」「一鷗《いちおう》」「睡心《すいしん》」などと号していた。

「宮本様のことは先の殿様よりよく話を承っています」

武蔵がおのれのことを名乗ると、日収はそう言って頬をゆるめた。絵を見せてくれないかと頼むと、好きに見てくれと言って自分の作品を惜しげもなく披露した。

日収は飄々《ひょうひょう》としている恬淡《てんたん》な老僧で、気に入ったものがあれば持ち帰ってもよいと言う。武蔵は日収が描きかけの絵を眺めた。筆にも墨にも目を凝らした。

「絵がお好きなのですな」

聞かれたが武蔵はかぶりを振って答えた。

「手慰みです。ご坊の足許にも及ばぬ絵しか描けませぬ」

だからといって日収に教えを乞《こ》おうとは思わなかった。ただ、絵を見せてもらうだけに止《とど》めた。武蔵は絵にしろ和歌にしろ教えを受けたことはない。人のすぐれた作品を見たり聞いたりして自分なりに工夫してきただけだ。

武蔵は暇があると城下の鍛冶屋《かじや》にも足を運んだ。腕のよさそうな刀鍛冶がいれば、その仕事ぶりを見学させてもらい、ひそかに頭に刻みつけ、もしよければ作業場を使わせてくれと頼んだ。鍛冶屋は好きに使っていいと許してくれた。

秋は深まりを見せていたが、その日はいつになく陽気がよかった。武蔵は朝餉《あさげ》の席で、惣兵衛と九左衛門に、

「今日はお清の村に行ってくる」

と告げた。

「あの岩に行かれるのですね。たまにはわたしもごいっしょさせてください」

清がめずらしく頼むので、武蔵は連れて行くことにした。

谷尾崎村の山は見事な紅葉であった。赤く色づいた楓《かえで》に葉脈を透かす黄色い銀杏《いちょう》の葉、赤く色づいた櫨《はぜ》に小楢《こなら》に欅《けやき》。それらが杉や檜《ひのき》、あるいは低木の常緑樹のなかに映えていた。まさに錦秋であった。

武蔵は例の巨岩で坐禅《ざぜん》を組んで瞑想《めいそう》に耽《ふけ》った。心を空にし、一切の迷いや欲を払い寂静を保つ。常に行住坐臥《ぎょうじゅうざが》の境地でなければならぬと思うが、邪念がつきものだ。

邪念は払おうとすればするほど、つぎからつぎへとやってくる。

（これも修行が足りぬせいだ）

武蔵は坐禅をつづける。その間、清は近くの野を歩き、食べられそうな野草や花を摘んで待っていた。武蔵が二刻《ふたとき》（約四時間）も瞑想の世界に入っていても、文句も言わなければ不平な顔もしなかった。

日が西にまわり込み、風が冷たくなった頃に二人は谷尾崎村を後にした。途中、馬を引いて歩いていた武蔵は井芹川の畔で立ち止まり、一本の古木に目を注いだ。見るからに枯れており、強い風が吹けば折れそうである。枝には一枚の葉もなかった。

「どうなさったのです？」

清が怪訝《けげん》そうな顔で聞いてきたので、武蔵はあの枯れ木を見てどう思うかと聞い

た。清はしばらくその木を見つめてから、

「可哀想な木です。ああなる前に水をやって、蓑笠《みのかさ》でもかけて助けてあげられたらよかったのに……」

と、さも哀しそうな顔で言った。

「万物を見ること、おのれの面を見るが如しである。お清、そなたはやさしき心を
持っているな。ついぞわしが忘れ失った心かもしれぬ。されど、朽ちる老木のそば
で、若木は茂り栄える。この世も人の命も、その繰り返しであろう」

武蔵はそのまま馬を引いて歩いた。あとに従う清がぽつりと言った。

「先生は憐《あわ》れみ深い心をお持ちです」

武蔵はぴくりとこめかみを動かし、そうであろうかと自問した。

二

「もっと飲め」

十兵衛は熊本から戻ってきた三人を、目の前に座らせ酒を飲んでいた。

三人は内藤小三郎、浅川新左衛門、三枝雪之丞だった。十兵衛が武蔵暗殺のため

に放った刺客である。

「もう捨て置く」

十兵衛はぐびりと酒をあおり、赤くなった目で三人を眺める。

「武蔵を討たなくてもよいと仰せで……」

小三郎だった。ゴツゴツした顔のなかにある細い目をまるくする。そこは麻布日ヶ《ケ》窪の屋敷だった。

「討てずに戻ってきたのであろうが、いまさら何を言うか」

小三郎はうつむく。他の二人もまずそうに酒を嘗《な》める。

「機を待つので手出し無用だとおっしゃったのは、十兵衛様です」

「まあ、咎《とが》めているのではない。父上のことや柳生家のことをよくよく考えてのことだ。細川家が柳生流を捨て武蔵の円明流に乗り換えたとしても、熊本は西国の外《と》様《ざま》、五十四万石とは言うが、田舎の小藩に過ぎぬ。小さきことに拘《こだわ》り、父上がやっと立藩された柳生家を潰《つぶ》すようなことになればいかがする。と、おれは諭されたのだ」

三人は互いの顔を見合わせた。

「武蔵が細川家をたぶらかして、円明流なるわけのわからぬ兵法を広めたところで、それは熊本一国のこと。腹に据えかねるものはあるが、ここは矛を収めることにする。さようなことで、おぬしらを戻したのだ」

「身共らは江戸にて一大事が起きたのではないかと思っておりました。身罷《みまか》られた越中様の跡を襲《つ》がれた肥後守様が江戸在府中でもありますし、もしやその肥後守様を討てとおっしゃるのではないかと……」

「さような無知蒙昧《もうまい》なことは考えぬ。たわけた浅知恵などはたらかせおって……」

十兵衛はふんと鼻を鳴らし、また酒をあおった。

「ところで、熊本の様子はどうなのだ？」

「仔細《しさい》はわかりませぬが、熊本細川家は隠居領の八代城にいらっしゃる三斎様に難儀しているようです。三斎様が依怙地《いこじ》にも隠居領をあくまでも我が物とし、熊本から分家した一つの藩に仕立てようとなさっているとか……」

小三郎が言えば、朴訥《ぼくとつ》な新左衛門があとを引き取った。

「細川家は改易になった加藤家の不始末を片づけ、うまくまとめ国を治めています。清正公を奉る百姓町人は多うございますが、細川家も清正公へ敬意を払われていますので、国の治政に乱れはないようです」

「細川家には知略のはたらく年寄りの家老らがいるからな。若い肥後守もその分気は楽であろうが、さようか三斎殿が臍《へそ》を曲げてらっしゃるか……」

十兵衛はにやりと笑って言葉をついだ。

「肥後熊本で変事が起きれば、面白くなるやもしれぬ。そのときこそ宮本武蔵を始末するときであろう」

「されど、武蔵はかなりの年寄りです」

雪之丞だった。

「還暦間近だと言うから、若いおぬしからすれば、ずいぶんな年寄りに見えるであろうな」

「足も弱っているようですし、ぼうぼうとした総髪は白髪交じりです。双眸《そうぼう》には鋭さはありますが……」

「刀は使えるのか？」

「さあ、若かりし頃とは違うでしょうが、いまだ達者のはずです。弟子たちへの指南に、心血を注いでいますし……」

十兵衛は短く視線を彷徨《さまよ》わせて、目の前の三人を眺めた。

「おぬしらおれが武蔵を討てと言ったら、本気で打ち倒せる自信があるか？」

「むろん、ありますとも」

小三郎が力を込めて答えれば、

「造作ないことでしょう」

と、新左衛門も頼もしいことを言う。

「ただ、氏井様を負かしたというのは気にかかります」

雪之丞はまだ十七歳と若いが、警戒心が強く何事にも慎重な男だった。直情的な十兵衛は、自分にないものを持っている雪之丞を買っていた。

「どう気にかかると申す？」

十兵衛は酔眼を雪之丞に向ける。

「氏井様は宮本武蔵を侮ってはならぬ。油断のない男だと評されました」

十兵衛は父宗矩の高弟である氏井弥四郎の顔を思い浮かべた。細川家に剣術指南役として抱えられて十年はたっている。そして、自ら身を退《ひ》いたいまも同じ処遇を受けている。亡き忠利の慈悲だというのはわかるが、氏井は武蔵に負かされている。

「氏井殿がさようにおっしゃるなら、やはり迂闊《うかつ》に手出しできぬということか……」

十兵衛は武蔵暗殺をやめたようなことを言ったが、そのじつ許せないという思いも心の奥底に秘めていた。

「細川家家中に乱があれば、おれはもう一度おぬしらに下知をいたす」

「その下知とは……」

小三郎が身を乗り出して問うた。

「武蔵の命をもらうことだ。だが、まあ細川家がこのまま安泰であれば、その機はなくなるやもしれぬが……」

十兵衛はそう言って酒を飲みほすと、燭台《しょくだい》の炎をにらむように見た。

三

十兵衛が細川家の内紛をひそかに期待したように、じつは変事が起きた。

それは妙解院こと故忠利の一周忌の席だった。

儀式はのちの妙解寺に近い場所にある向陽院《こうよういん》において行われた。その儀式は京都紫野《むらさきの》大徳寺の住持、天祐和尚《てんゆうおしょう》によって進められた。天祐は新藩主光利の願いを聞き入れてわざわざ下向してきたのだった。

抹香の漂うなか天祐のお経が堂宇に粛々とひびき、参列者がつぎつぎと焼香を行っていく。馬廻《うままわ》り以上は長裃《ながかみしも》、徒《かち》は半裃。参列した武蔵は常と変わらぬ小袖《こそで》に袴《はかま》だが、さすがに長羽織を着用していた。

参列者はまずは妙解院の位牌《いはい》に焼香する。そして、忠利のあとを追って殉死した十九人の位牌もあり、それに焼香をして下がる。

式次第は滞りなく進んでいたが、阿部権兵衛《ごんべえ》という代官職にある男が妙解院の位牌に焼香するなり、脇差の小柄《こづか》を抜き取り髻《もとどり》を押し切って位牌の前に添えたのである。

一同は一瞬息を呑《の》み、呆然《ぼうぜん》となって立ち去る権兵衛を見送ったが、さすがに無礼を黙認することはできず、数人の者があとを追いかけて別室に連れ込んだ。

小さな騒ぎはそれで終わったのだが、権兵衛はそのまま投獄され、一周忌法要をすませた天祐和尚が京都に帰ると、城下井出《いで》の口にて縛り首になった。

武蔵はそこまでのことは知っていたが、阿部家で騒動が起きていると知ったのは、月が四月に替わって間もなくのことだった。

「先生、この屋敷にやってくる阿部市太夫《いちだゆう》という弟子をご存じですか？」

惣兵衛がそんなことを聞いてきた。

「まだ若い男だな。島原で武勲をあげ二百石の知行取になっていると聞いている」

武蔵は縁側で小太刀を作るために、赤樫《あかがし》の木を削っているところだった。

「その市太夫の屋敷にて騒動が起きているのです」

惣兵衛はいつになく深刻な顔を向けてくる。

「騒動……」

「市太夫の父は昨年、先代様のあとを追って腹を召された阿部弥一右衛門《やいちえもん》様です。そして一周忌法要で無礼をはたらき、死罪になった阿部権兵衛は市太夫の兄です。権兵衛殿が死罪になったのは致し方ないとしても、権兵衛の兄弟が父弥一右衛門様の汚名を雪《すす》ごうと屋敷に立て籠《こ》もり、殿様とご家老らへ目安（訴え）を上げているそうな」

「弥一右衛門殿の汚名とはどういうことである？」

「おや、先生のお耳には入っておりませんでしたか」

惣兵衛は意外そうな顔をして話をつづけた。

「弥一右衛門様は先代様のおそばに仕えていた方でした。先代様がお亡くなりになる前に、弥一右衛門様は追い腹はならぬと止められていたそうなのですが、腹を召されました。昨年の殉死は十九人でしたが、十八人に遅れて最後に腹を召されたのが弥一右衛門様です」

「…………」

武蔵は作業の手を止めて惣兵衛を見た。

「切腹が遅れたのは、先代様に止められたからだったのですが、その間、弥一右衛門様には、やれ死に損ない、死ぬべきときに死なぬ卑怯者《ひきょうもの》、恩知らずなどという侮辱の陰口がささやかれ、またまわりから白い目で見られていたそうです。権兵衛殿が法要の席で髻を切ったのは、弥一右衛門様の潔白を証《あか》すためだったと言います。また、そのことを訴える目安も出されていました。しかし、権兵衛殿は死罪になりました」

「そのことに納得できずに、権兵衛の兄弟が藩に弓を引いていると、さようなことか」

「おっしゃるとおりです。阿部兄弟は討ち死に覚悟です。いま横目や捕り方が屋敷を囲っているらしいのです。拙者は稽古熱心な市太夫とよく話をしています。まだ歳は若うございますが、なかなかのしっかり者で気持ちのよい男です。市太夫だけでも助けてやりたいのですが、先生からご家老様に口添え願えないでしょうか」

武蔵は惣兵衛を眺めた。神経質な九左衛門と違い磊落《らいらく》な男だが、今日はいつになく深刻で、その目は必死であった。何としてでも可愛がっている市太夫という弟子を救ってやりたいという気持ちが、ひしひしと伝わってきた。

「わかった。何とか口を利いてもらうことにする」

そのまま立ちあがった武蔵に、惣兵衛は目を潤ませて頭を下げた。一番弟子であり明石にいたときからの可愛い忠僕である惣兵衛の頼みである。武蔵は意を汲《く》んで、さっそく国許に残っている興長と沢村大学に会い話をした。

しかし、権兵衛の無礼は江戸にも届いており、光利の勘気に触れているらしく命乞いの嘆願はかなわぬだろうと言われた。

「権兵衛の兄弟が藩に弓を引くような所業は見過ごせぬことだ」

武蔵の訴えを聞いた筆頭家老の興長はむなしそうに首を振った。

その日の夕餉の席は、まるでお通夜のようであった。普段冗談を言っては清を笑わせ、たびたび九左衛門に窘《たしな》められる惣兵衛だが、しゅんと黙りこくり食も進まず、さっさと自室に引き取ってしまった。

武蔵はこっそりと九左衛門に阿部家を探ってこいと命じた。阿部家の屋敷は山崎にあり、すでに討手の手配りが終わっていた。

阿部家の様子を見に行った九左衛門が戻ってきたのは、一刻（約二時間）ほどのちのことだった。

「いかがであった？」

武蔵が問うのに、九左衛門は首を横に振って阿部屋敷の様子を話した。

「表門も裏門も捕り方が固く守り、屋敷に入ることはかないませぬ。屋敷内に籠もっているのは阿部兄弟とその身内十数人のようです。すでに捕り方は討ち入りの手はずを整えています。おそらく今夜のうちに……」

九左衛門が言葉を切ったのは、さっと障子が開いたからだった。

惣兵衛が顔をふるわせて立っていた。拳《こぶし》をにぎり締めてカッと目をみはったと思うや、大小をひっつかんで玄関に向かった。

「惣兵衛！　行ってはならぬ！」

武蔵の引き止める声も聞かずに、惣兵衛は屋敷を飛び出していた。

玄関のそばに清が驚いて立っていた。

「どうなさったのです？」

武蔵は何も答えずに座敷に戻った。九左衛門もうなだれて座り込み、

「先生、連れ戻しに行きましょうか？」

と、顔を向けてきた。

「無駄であろう」

武蔵は庭先を照らしている月を眺めた。生ぬるい風が庭を吹き抜け、燭台の芯《しん》がジジッと鳴った。

惣兵衛はなかなか帰ってこなかった。武蔵は惣兵衛が捕り方の邪魔をして、阿部兄弟といっしょに捕まったのではないかと心配した。

座敷の入口に控える清も、惣兵衛の帰りはいまかいまかという顔で、たびたび玄関に視線を送っていた。

ガタンと玄関の戸が開く音がしたのは、約一刻後のことだった。武蔵が立ちあがれば、清が急いで玄関に向かった。

「惣兵衛さん」

九左衛門がのっそりと式台にあがった惣兵衛に声をかけた。

惣兵衛はそのまま座敷に入ると、がばりと両手をついてうずくまった。

「みな、討ち取られました……市太夫も果てました」

惣兵衛は息苦しそうな声を漏らすと、額を畳に押しつけて肩を震わせながら嗚咽《おえつ》を漏らした。

四

熊本藩主細川家二代光利が江戸在府中の間、武蔵は慕ってくる弟子たちを熱心に指導し、暇を見ては書や絵、あるいは細工物の制作にあたった。細工物というのは、刀の鍔や鞍《くら》や額印であった。とくに弟子たちのために作った木刀はかなりの数になった。

また、清の生まれ育った村にもたびたび足を運び、例の巨岩の上で坐禅を組み、寂静の世界に浸り、無欲無我・無念無想の境地を求めた。

武蔵が坐禅を組むようになったのは禅宗の教えであった。とくに達磨が般若《はんにゃ》皆空の理《ことわり》を重んじ、一切の経典を捨てたと聞いたときに、神仏を恃《たの》むことをよしとしない武蔵の考えに合ったのである。

また、京の南禅寺《なんぜんじ》や妙心寺《みょうしんじ》に一泊を乞うたときには、達磨の絵に直接触れる機会があった。達磨を知り、達磨の教えが「禅」であることを知った旅の武芸者武蔵は、禅寺を好んで短い逗留《とうりゅう》の場とした。

武蔵の青年時代は天下泰平にいまだほど遠い、頽廃《たいはい》した世情であったから、寺院や村では武者修行者を「守護者」と考え、快く迎え入れる風潮があった。

ある日、清に訊《たず》ねられたことがあった。

「先生は剣術だけでなく、絵もお描きになり、書にも茶にも通じておいでですが、いつどこで習われたのでしょうか？」

武蔵は初めて忠利に会ったときに聞かれたことと同じ返答をした。

「わしには師はおらぬ。何事においても……」

「へっ……」

清は目をまるくした。

「絵も書もよく見ておれば、そのうちいいものと、そうでないものの見分けがつくようになる。さすればよい絵を見、よい書を見るようになる。歌にしろ舞にしろ皆同じだ」

「すると先生は達磨の絵をよく見ていらっしゃるのですね」

清は武蔵が達磨や布袋《ほてい》を多く描くからそんなことを口にする。

「いろいろ見てきた」

いまだ満足な達磨や布袋の絵を描くことはできないが、武蔵にとって絵も書も細工物も武士の嗜みのひとつであった。武士が茶や絵を、あるいは歌や碁を楽しむのはとくにめずらしいことではない。それと同じように武蔵の余技は、あくまでも趣味の一環で「素人にしてはなかなかやる」といった程度のことであった。

しかれども武蔵には兵法指南役を疎《おろそ》かにはできないという責任感があり、弟子の指導には厳しくあたった。

もっとも藩主が江戸参府中なので、国許に残っている家臣はいつもより少ない。武蔵がとりわけ目をつけたのは、やはり寺尾孫之丞であった。

孫之丞は浪人の身であるから、藩に縛られることがない。多少耳は不自由であるが、剣術における体の動きに不足はなかった。それに誰より熱心である。

「この頃、孫之丞の上達には目をみはるものがあります」

九左衛門もときどきそう言うようになった。

「やはり、熊本の一番弟子はあの男であろう」

武蔵も孫之丞の腕を認めるようになっている。ときに、直接の指導を頼まれることもあり、そんなときには武蔵は縁側から下りて、孫之丞の相手をする。

孫之丞はいまだ両腕を使って器用に木刀を振ることはできないが、小太刀を持った左腕の使い方がよくなっている。武蔵はそのことを知っているので、

「今日は小太刀も持て」

と言ってやった。とたん、孫之丞の目が光った。

武蔵は間合い二間で立ち、木刀一本で相手をする。正面からの打ち込みを孫之丞が小太刀で受け、武蔵が一旦《いったん》下がって再び打ち込むと、左手の小太刀で払い落とし、即座に右手の木刀を武蔵の首筋につける。

武蔵は二刀中段の構えを取らせたり、二刀上段の構えを取らせたりする。武蔵が右八相から打ち込めば、やはり孫之丞は小太刀で受け、あるいは擦り落とし、あるいは擦りあげる。また、大小の小太刀を眼前で交叉《こうさ》させて武蔵の打ち込みを防ぎ、武蔵の木刀が引かれた瞬間に小手を打ったり、喉《のど》を突きにくる。

「うむ、うむ、よくできるようになった」

感心するのは惣兵衛で、

「先生、もう少し速い動きでなさったらいかがです」

と、声をかけてくる。それまでの一連の動きは型どおりのことで、ゆっくりした拍子で行われる。練度があがると動きは速くなり、また変則的になる。

「できるか……」

武蔵は孫之丞に聞く。

「お願いいたします」

孫之丞は望むところだという顔で前に出てくる。小兵であるが、普段は野良仕事で体を鍛えているので四肢の筋肉が発達していた。

打太刀の武蔵の動きが速くなると、やはり孫之丞の動きが鈍くなり隙が見えてきた。そんなとき、武蔵はちょんと、孫之丞の腹や腕を軽く打つ。ときにはかわしたり、木刀を撥《は》ね上げたり払ったりする。

それでも孫之丞は「もう一本、もう一本」と執拗《しつよう》な粘りを見せる。一連の稽古が終わったときには、孫之丞は顔中に汗を噴き出し、肩を上下させ呼吸を乱していた。激しい動きで稽古をつけた武蔵はというと、呼吸の乱れもなく汗もさほどかいていない。

「息があがるのは無駄な動きが多いからだ」

武蔵の言葉を受ける孫之丞は、「はい」と素直な返事をする。

「されど、腕をあげているのは認める。おぬしは島崎《しまさき》村で畑を耕して野菜を作っているそうだな」

「さようです。ときどき先生が隣村の岩で、坐禅をされているのを見かけます」

「ほう、そうであったか。今度見かけたら遠慮のう声をかければよい」

「お邪魔でなければお声がけいたします」

孫之丞は一礼すると、汗を拭《ふ》きながら自分の持ち物を置いている松の根方に戻った。

城のまわりに咲いていた木々の花が散り、青葉が茂り、梅雨の時季に入った。

雨が降れば武蔵は外出を控える。また、そんな日は稽古は休みである。城内の数寄屋丸で稽古はできるが、家臣の多くが江戸に行っているのでやはり休みとなる。

武蔵は木刀を作ったり絵を描いたり、あるいは城下に住む春田《はるた》又左衛門《またざえもん》という鍛冶屋を訪ねたりした。又左衛門は藩から百石を給されている具足細工師で、知己を得た武蔵は作業場を借りて刀の鍔を作った。

やがて梅雨が明け、夏がやってきた。城も屋敷も城下の町もかしましい蟬の声に包まれ、天守の上に真っ青な空が広がった。

「殿のお帰りだ。出迎えにまいるが、そなたもいっしょだ」

長岡佐渡守興長にそう言われたのは、六月十日のことだった。それから二日後に藩主光利は大勢の家臣を連れて帰国した。

このとき、光利は名を「光尚」にあらためていた。武蔵は久しぶりに光尚に対面し、無事の帰国を祝い、熱心な弟子たちの様子を報告した。

二十四歳とまだ若い光尚であるが、しばらく会わないうちに藩主としての風格が備わっていた。

「京からある僧を呼ぶことにした」

あらかたの話を終えた後で光尚がそんなことを言った。

「京から……」

武蔵は京の僧と聞き、少し興味を覚えた。

「さよう。父が立田山《たつだやま》に泰勝院《たいしょういん》を建てたのは知っておろう」

泰勝院は先代藩主忠利が、祖父の幽斎と祖母の麝香《じゃこう》、母の伽羅奢《ガラシャ》を祀《まつ》るために建立した寺院であった。

「その寺の住持になってもらうのだ。知っておるかどうかわからぬが、大淵《だいえん》と申される僧である」

武蔵はぴくりと片眉《かたまゆ》を動かした。

「ならば妙心寺のご住職ではございませんか」

「ほう存じておるか」

光尚は意外そうな顔をした。

「沢庵和尚と並ぶ高僧だというのは聞き知っております」

武蔵はそう応じたが、じつは二十代後半頃、妙心寺の世話になり愚堂東寔《ぐどうとうしょく》という僧に目をかけられたことがある。その妙心寺の高僧である大淵が熊本に来ると知った武蔵は、胸のときめきを抑えられなかった。

「そちは禅をやると父上から聞いておる。大淵殿が見えたら一度引き合わそう」

嬉《うれ》しいことを言う光尚に、武蔵はよろしく頼みますと頭を下げた。

五

大淵が熊本に下ってきたのは、薄《すすき》や彼岸花が野に咲き乱れる閏《うるう》九月のことだった。

武蔵が光尚の引き合わせにより大淵に会ったのは九月の終わりで、

「そなたのことは妙解院様からもよく聞いておった。当代様の覚えもめでたい武芸者だと聞いておる」

大淵は挨拶《あいさつ》をした武蔵ににこやかに応じ、京から連れてきた弟子の僧を紹介した。

「春山玄貞《しゅんざんげんてい》と申します」

挨拶をした春山は色白のまだ若い僧で、光尚とほぼ同年齢だった。

「宮本武蔵と申します」

武蔵は応じ返して大淵に顔を向けた。

「お許しを得ることができれば、ときどき遊びにまいりたいと思います」

「いつでもいらっしゃるがよい」

大淵は快く引き受けてくれた。

藩主光尚が帰国したことで武蔵は忙しくなった。

自宅屋敷と城内での兵法指南、そして光尚には花畑屋敷にて剣の手ほどきを行った。武蔵はその合間を縫って、立田山の麓《ふもと》にある泰勝院に足を運ぶことが多くなった。

泰勝院は城下の外れにあり、奥屋は竹林と雑木林に囲まれ、雁《かり》や鴨《かも》の飛来する池があった。竹林は青苔《せいたい》に覆われており、境内は野趣のなかに風雅さを醸していた。

武蔵は茶室で大淵と話をすることが多かった。ときに堂坊にあがり坐禅を組むこともあった。わずか一刻か半刻の間ではあるが、武蔵にとってそれは濃密な時間だった。

忠利との交流のなかで、武蔵は生まれて初めて「心の友」を持てたと思ったが、それはあまりにも短い時間であった。しかし、いまは大淵という住職と知り合い、おのれの心の奥に一筋の光明を得ていた。

大淵は禅が何であるか、人は何を求めているのか、あるいはなぜ人は煩悩を捨てきれないかということを武蔵に問い、そして間違った答えを正していった。

「剣の道とは険しきものだと思うが、その道に入るにはいかにすればよい？」

「若かりし頃は鍛錬一筋、それしかないと思っていました。されど歳を重ねるにつれ鍛錬だけでは、おのれのめざす境地には至らぬことがわかりました」

武蔵は真剣な眼差《まなざ》しを大淵に向けて答える。

「めざす境地とは？」

「難しいところですが、おのれをいじめ抜き、切磋《せっさ》琢磨《たくま》し、朝夕鍛錬しても届かぬところだと思いまする」

「その届かぬところとは？」

「一切の我欲を捨て空の心を得るところ。つまりそこには無しかないのではないかと……」

「無とは何ぞや？」

無は何もないところ、何も望まぬことだと答えたいが、武蔵には安易に答えられない。そんなとき大淵は、

「行住坐臥、風水の如し、あるいは天空の如し。寂静寂静……」

と、まるで念仏のようなことを唱える。

その意味を解しようと、武蔵は頭をひねって考えるが、すぐに答えは出ない。出ないから大淵の言葉を何度も反芻《はんすう》し考えつづける。されど、それは武蔵にとって苦痛ではなく、楽しみになっていた。

大淵に会って別れた後はいつも、心のどこかが晴れやかになっていた。悟りの境

地に至ることはないが、内心の葛藤《かっとう》や苦悶《くもん》は悪いものではなかった。

あるとき大淵はドキリとするようなことを言った。

「そなたは流浪の旅をしながら修行をされてきた。その間におのれに対して怨憎《おんぞう》の心を抱かしめたことが数多くあった。されど、そなたは罪業を犯してはいないと思い違いをしてきた。来し方の罪業はその身に降りかかりつつある。誰も知らぬことかもしれぬが、不平や恨みの心に忍従する者は少ない。またそのことを恨むべきではないが、道理をわきまえることができれば、その真なるものがわかるであろう」

武蔵は何も言えず大淵に平伏するしかなかった。

(この和尚には勝てぬ。どんな剣技をもってしても勝つことができぬ)

胸中でつぶやく武蔵は、ならばいったいどうやったら勝てるかと考える。

答えは出ない。

大淵に会えないときには若い春山と和歌に興じたり、書を書いたりした。

秋が深まったかと思ったら、もう冬に入っていた。

そんなある日、武蔵は光尚に呼ばれて花畑屋敷を訪ねた。対面の場所は幾度となく忠利と過ごした奥書院であった。

光尚は他愛もない世間話をしたあとで、ものになりそうな弟子はいるか、いるならば教えてくれと言った。

「目をつけている弟子が三人います」

武蔵はそう言ってから寺尾孫之丞、同求馬助、そして古橋惣左衛門の名を口にした。

「腕があがったと申すか」

「拙者に長く付き従っています弟子と遜色《そんしょく》なくなったのは孫之丞でしょう。そしてその弟求馬助もなかなか腕をあげています。古橋惣左衛門は少し劣りますが、見所はあります」

「頼もしきことだ。して、父妙解院が但馬守殿より『兵法家伝書』を授けられたのは聞いておろう」

「承知しております」

「読んでみるか」

武蔵はカッと鳶色《とびいろ》の目をみはった。

「差し支えございませぬなら」

光尚は背後に手をまわし、

「予には退屈な代物だ」

と言って、一冊の綴《と》じ本を武蔵に手渡した。

まさに柳生宗矩の書いた『兵法家伝書』であった。

武蔵の日々は変わることがなかった。弟子たちに稽古をつけ、暇な折を見ては泰勝院にぶらりと足を運び、大淵や春山と話をした。

光尚から預かった『兵法家伝書』は表紙を眺め、ぱらぱらとめくっただけでまだ読んでいなかった。

かつて武蔵は柳生宗矩に嫉妬《しっと》し羨望《せんぼう》の念を抱いた。将軍家の剣術指南役になり、家康・秀忠・家光に仕え惣目付職につき、ついには柳生国を立藩した。いまや幕府内でも絶大な発言力を有す。

武蔵は、武芸者としては自分のほうがすぐれている、決して劣ることはないと信じていたが、宗矩ははるか雲の上の人になっていた。

武蔵の心底には宗矩と同じような道を辿《たど》りたいという出世欲があった。されど、それはついに叶《かな》わないものになった。

宗矩が著した『兵法家伝書』には大いに興味がある。だが、安易に読む気にはなれなかった。忠利が健在なとき、武蔵は宗矩の教えを幾度となく聞かされている。

うなずけるところもあれば、逆らい反撥《はんぱつ》したい教えもあった。つまり、武蔵は宗矩への嫉妬心があるから素直に読む気になれないのだ。そのことは重々わかっていた。

しかし、封印されていたものを開くように、武蔵は『兵法家伝書』に目を通していった。

それは、木枯らしの吹く晩であった。風はゴォゴォと音を立てて空を渡り、木々は激しく揺れながら枯れ葉を舞い散らし、建付けの悪い戸板がコトコトと鳴っていた。

武蔵は奥座敷に百目蠟燭《ろうそく》と燭台を点《とも》し、文机《ふづくえ》に置いた『兵法家伝書』に目を通していった。一枚、また一枚とめくりながら読み進めてゆく。

宗矩の伝書は「進履橋《しんりきよう》」「殺人刀《せつにんとう》」「活人剣《かつにんけん》」の三巻で構成され、そのうち「活人剣」には「無刀之巻《むとうのまき》」が含まれていた。

「進履橋」は兵法の技について、その基本から心構え、修行の方法論が書かれていた。

武蔵は何度も読み返し、深く感じたり、自分とは違う教えがあると思ったりした。しかし、宗矩の言いたいことはよく理解できた。

「殺人刀」には、ひとりの技の活かし方だけでなく、その心の持ちようをうまく織り交ぜ、戦場での戦い方・足の運び・また技を出すときの心の置き方などが書かれていた。

また、文中には古人の言葉や禅僧の教えが引用されていた。

とくに「活人剣」には禅的思想が多く取り込まれている。

——心《しん》はかたちなき事は、虚空のごとくなれ共《ども》、一心《いっしん》は此身《このみ》の主人にて、よろづのわざをする事、皆《みな》心にあり。

あるいは、

——心が物にとゞまりて、本位《ほんい》にかへらねば、兵法の手前がぬくる也。此故に、心を一所にとめぬ事、兵法のみにあらず、万事にわたる事也。

武蔵は夜の更けるのも忘れ読み進めた。

やがて夜が明け、鳥たちの声が聞こえるようになり、雨戸の隙間から外の光が漏れ差してきた。

清が起き出して食事の支度にかかり、惣兵衛と九左衛門が庭の掃除や厩《うまや》に行って馬の世話をはじめる気配があった。

翌《あく》る日もまた翌る日も、武蔵は宗矩の著した『兵法家伝書』を読んだ。何度も読み、吟味し咀嚼《そしゃく》した。そして、衝撃を受けた。

（柳生但馬守……）

宙の一点を凝視する武蔵は、短くうめくような声を漏らした。おのれにはまだやるべきことがあると気づいた瞬間だった。

ここ熊本の地を終《つい》の棲家《すみか》と決めて以来、細川家の重臣から下士にいたるまでおのれがこれまで培ってきた兵法の道を、指南し尽くすのが責務と考えていた。それで命燃え尽きてもよいとさえ思っていた。

だが、それではならぬということに気づいた。

（わしにはまだやることがあった！）

カッと目を見開いた武蔵は、すっくと立ちあがった。

六

久しぶりに大淵和尚に会ったのは、年の瀬も押し迫った師走《しわす》の末だった。

千葉城址《じょうし》の屋敷から立田山の泰勝院までは一里もないが、足腰の弱った武蔵には応《こた》えるようになっていた。それでも馬を使わずに歩いた。

ただ、歩くときには脇差を帯に差しはすれど、大刀は帯びなかった。代わりに杖《つえ》を用いた。これは朱塗りの杖だが、のべ鉄《がね》で補強され、杖先と杖頭には銅金がつけられていた。また柄の部分には、紙縒《こよ》りで作った緒を通して腕貫《うでぬき》にしていた。つまり、杖でありながら大刀の代わりをなすものだった。

杖先が固い石にあたれば、金属音がするが、武蔵はそんな歩き方はしない。惣兵衛や九左衛門が供をするときもあったが、武蔵はひとりで泰勝院を訪ねることが多かった。

その歩く姿を見る町の者は、誰もがその風貌《ふうぼう》に目を留め、あるいはすれ違ったあとで振り返った。ただでさえ異相かつ伊達《だて》な身なりである。さらに霜を散らした薄い髪を両肩に垂らしてもいる。奇異な目で見られるのは仕方ないが、本人はいっこうに気にしなかった。

「和尚に正直に申します。拙者は欲を捨てきれませぬ。悟りの境地に入ろうと努めてはきましたが、いまだ空を見ることもできなければ、真の心を得ることもできませぬ。ならば、おのれの心に逆らわず、生を全うしたく思いまする。この思いは誤りでございましょうか？」

「何故さようなことを考える？」

大淵は静かな眼差しを向けてきた。

「やり残したことがあると気づいたからです」

「それは……」

「拙者は師もなく主君に仕えることもせず、まわりに流されることもなく、信念を貫きとおしてきました。否応《いやおう》なくおのれの境遇に甘んじるしかございませんでした。それゆえに、知恵と思慮深さと覚悟を身につけてまいりました」

「うむ」

「これまで生きてきた道のなかで学び、教わり、会得したすべてのことを、書き記したく思うのです。すなわち、後生に残る畢生《ひっせい》の書です」

大淵の白眉《はくび》がぴくりと動いた。武蔵はまばたきもせず言葉をつぐ。

「おのれに残された最後の道が、それだと悟ったのです」

大淵は目を閉じた。武蔵は返ってくる言葉を待った。

竹林を吹き抜ける風の音と、甲高い百舌《もず》の声が聞こえてきた。

「そなたは……」

大淵はゆっくり口を開いた。

「誰もが認める一廉《ひとかど》の武芸者。その道で究めたことを後の世に残すに値する武士であろう。さように思う心があるなら、その心の動きに従うのが道理ではなかろうか」

「誤りではございませぬか」

大淵はゆっくりと首を縦に振った。


気持ちを固めた武蔵ではあったが、すぐには取りかかれなかった。半紙に向かい筆を執っても、最初の一行が書けない。その繰り返しであった。悶々とした日々はそうやって過ぎ、新たな年を迎えた。

寛永二十（一六四三）年正月――。

武蔵は年賀の挨拶のために、熊本城内の本丸御殿に参賀した。賀詞を述べる光尚の言葉を恭しく聞き、下城の折には沢村友好と長岡寄之共々、長岡佐渡守興長の屋敷に招かれた。

興長から盃《さかずき》を受けた武蔵は、目の前の三家老の話に耳を傾けた。何か問われれば答えるが、そうでないときは端然と座っているだけだった。

興長らがもっぱら口にするのは、かねての懸案である八代の三斎隠居領の問題であった。先代忠利は熊本本藩と八代の三斎領をひとつにすべく、父三斎を懐柔してきたが、忠利の死でうやむやになっていた。

忠利の跡を襲った光尚は、八代への監視を強化し、ことが起きればすぐさま沙汰《さた》するように命じている。

三斎の狙いは四男の立孝を押し立て、自分の隠居領を譲り、熊本藩から自立した八代藩を幕府に認めさせ、別家の大名にするというものだった。しかし、その計画は難航しており、必ずしも三斎の思いどおりには進んでいない。

「妙解院様と光尚様のお取りはからいは、幕府ご老中一党に通じておる。いまは波を立てぬことだ。三斎様の勘気に触れるようなことがあれば、どんな仕打ちがあるかわからぬ。こちらから下手な手出しはせぬことが肝要であろう」

興長は若い家老をそう窘めた。このような話に武蔵は口を挟むことを慎んでいる。それに重要な問題は、筆頭家老の興長以下、米田監物、有吉頼母の三人の合議によって決定されることが多い。

「ところで武蔵、先代様の覚えはめでたかったが、光尚様もそなたにご執心の様子。兵法の手ほどきはいかがなものか？」

興長は気を遣ってか沈黙を保つ武蔵に話しかけた。

「大事な書をお預かりしたままで、殿の江戸参勤までには返さなければなりませぬが、その時宜を得られず、困っているところです」

光尚は三月には江戸に向かう予定なので、家臣のなかにはもうその支度をはじめている者がいた。

「ならば折を見てわしのほうから話をしておこう」

興長はその段取りをすぐに取ってくれた。

数日後、武蔵は花畑屋敷に呼ばれ、光尚と対面した。若き藩主は忠利同様に快く迎え入れてくれる。

「目を通したか？　それでいかがである」

武蔵が『兵法家伝書』を返すと、光尚はすぐに問うてきた。

「さすが、但馬守様だと思いました」

「予には難しゅうてよく呑み込めなかった。そちが父上へ贈った『兵法三十五箇条』のほうがまだましだと思うのだ」

「お恥ずかしいかぎりで、恐縮いたします」

「生前、父上からは何度もそちについて書簡をもらっておる。して、そちに会い、何故父上がそちのことを気に入られたか、よくわかった。武芸者としての腕前もさることながら、そちの慧眼《けいがん》は並ではない。家老衆は何かあると厳しい諫言《かんげん》をしてくるが、そちは黙して語らず、黙してよくものも言う。この領国の政事もよく見ておる。さようだな」

「恐れながら……」

武蔵には光尚の言わんとすることがわかった。光尚は余計な口出しをしない武蔵の、目の動きや小さな所作を見逃していないのだ。簡潔に言うなら心の動きを読まれている、と武蔵は感じた。

「さりながら、予はまだ若い。足りぬところも多々ある。武蔵、気づくことがあれば遠慮のう申してくれ。ところで大淵和尚とよく会うているそうだな」

「不徳のいたすところを正されています。また、未熟な心を諭してくだされます。まことによき方です」

「父上は沢庵殿と親しく付き合い敬われていた。但馬守様然《しか》り。予も沢庵殿には何度も会うているが、大淵殿のほうが心安いのだ。よく熊本に来てくれたと感謝しておる」

「拙者もお目にかかれて嬉しく思っています」

光尚は肉付きのよいふくよかな顔をゆるめた。忠利は細面のせいかひ弱さを感じるところがあったが、光尚は若いながら藩主としての風格を持ち合わせていた。

「武蔵、さきほど『兵法三十五箇条』を恥ずかしいと申したが、何故だ？」

光尚は痛いところをついてきた。

「あれは御先代様に少しばかり急がされて書いた手前、粗削りでございました」

「ふむ、たしかに不審のところは口上にて申し上げると書いておったな」

光尚はちゃんと目を通しているのだ。脇息《きょうそく》に置いた手の指を小さく動かし、短く視線を泳がせてから武蔵を見た。

「ならば、但馬守殿の『兵法家伝書』をしのぐものを書いてはどうじゃ。予は読んでみたい。それもわかりやすいものが好ましい。学問なき若い門弟らにもわかるようなものである。いかがだ」

光尚は軽い気持ちで言ったのだろうが、武蔵は胸の内に燃えるものを感じた。畢生の書を残したいと、大淵に吐露したとき以上の使命感を覚えた。

七

熊本の春は早い。梅が散ったと思ったら桜が満開になり、躑躅《つつじ》が咲きはじめ、城にも花畑屋敷にも藤の花が見られるようになった。

武蔵は新たな書に取りかかろうとしていたが、すぐに取りかかれるものではなかった。頭のなかで構想を練りつつ、弟子たちへの指南もしなければならず、ときに光尚の相手をして過去の試合の話を語って聞かせもした。

その光尚が参勤のために熊本を発《た》ったのは、燕《つばめ》の姿を見るようになった三月十九日のことだった。

武蔵は江戸に向かう光尚一行を、新一丁目御門前で見送った。参勤の一行は豊後街道を北東に向かい、豊後鶴崎から船で大坂まで行ったのち東海道を辿って江戸に入る。

その一行が江戸に到着したのは、四月十七日のことだった。

武蔵は家来衆の少なくなった熊本で、弟子の指導にあたり、ときに泰勝院へ行って大淵や春山と過ごし、また清の生まれた村にある岩の上で坐禅を組んだ。

梅雨が去り、夏が過ぎ、赤とんぼが舞い交う頃だった。

武蔵は国許に残っている家老の沢村大学と雑談しているとき、

「ご家老、どこかに行をするよいところを知りませぬか？」

と、訊ねた。

大学は足軽身分で忠興（三斎）に仕え、その後忠利の代になって一万千石の家老に出世した男で、家老三席につぐ重臣である。すでに八十を越えているが、苦労人らしく知識も経験も豊かだった。

「行と申すと、坐禅であるか。そなたが禅行をしておるのはつとに知っておったが……」

「城下の村に大きな岩がありますが、雨風をしのぐところをご存じであれば教えていただきたいのです」

大学はしわ深い顔を虚空に向けてしばらく考えたのちに、何か気づいたように白眉を動かした。

「そう言えば、先代と鷹狩《たかが》りに行った折に見つけた窟《いわや》があった。大きな窟だ」

「どこでございましょう？」

「金峰山《きんぽうざん》の向こう側だ。山を登り峠を越え、また下った先に小さな山があり、そこに雲巌寺《うんがんじ》という古い寺がある。その裏山にある窟だ」

武蔵はそこからは見えないが、金峰山のほうに目をやり、一度その窟に行ってみたいと思った。

「城下からいかほどありましょうか？」

「二里あまりであろうか。なかなか骨の折れる山を上り下りせねばならぬ」

武蔵はその場所を詳しく聞いて屋敷に戻ると、惣兵衛と九左衛門を呼び、

「天気を見て明日か明後日《あさって》、雲巌寺という寺へ行く。供をしてくれ」

と、言いつけた。

「雲巌寺なら行ったことがあります。岩戸山《いわとのやま》の麓にあるお寺です」

そう言ったのは近くにいた清だった。三人は清を見た。

「何と都合のよいことを。しかしながら険しい山道を上り下りしなければならぬらしいが、お清の足で案内できるか」

「先生、わたしはまだ若うございます。それにこう見えても足腰は丈夫なほうです」

清は笑って答える。

「ならば、お清に案内を頼もう」

二日後、武蔵は弟子の惣兵衛と九左衛門、そして清を伴って雲巌寺に向かった。

なるほど山道は険しく狭く、鬱蒼とした雑木の間道を上らなければならなかった。

途中に小さな滝があり、そこで喉を潤し、清が作った弁当を食べた。

武蔵は馬であるが、他の三人は歩きだ。太り気味の惣兵衛が弱音を吐き、ところどころで休まなければならなかった。思いの外、健脚なのが清で、ときどき道を間違えていないかと、先に駆けあがって案内をする。その顔は楽しげであった。

「若いというのはよいな」

惣兵衛がぼやくように言えば、

「惣兵衛さんとあまり歳は変わらないと思いますけれど」

と、清は屈託ない言葉を返す。当初会ったとき、清は内に暗いものを秘めている臆病《おくびょう》な顔をしていたが、いまや武蔵と二人の弟子にすっかり打ち解け、心を開いていた。

峠を越えると下り坂になり、くねくねと曲がる山道を下りた。やがて、数軒しかない百姓家のある山間の村に出た。細い小川が流れていて、その畔で立ち止まった清が、あそこがそうですと、深緑の森にのぞく寺の屋根を指さした。

「行こう」

武蔵はゆっくり馬を進める。小川を越えると上り坂になり、その先に雲巌寺があった。

留守をしているらしく寺には誰もいなかったが、出会った村の者が沢村大学の教えてくれた窟へ案内してくれた。

その窟は雲巌寺の裏にある岩戸山にあり、大きな口を開けたような洞窟《どうくつ》だった。段梯子《だんばしご》を上り、その洞内に入ると思いの外広い。腰を屈《かが》めることなく立って歩ける。洞窟の袖と上部は頑丈な岩に囲まれているので、雨露をしのぐこともできる。

「これは……」

洞内に立った武蔵は、視界を遮る木々の間に光るものを見た。有明の海が見えるのだ。

「よいところだ」

感激したようなつぶやきを漏らした武蔵は、その窟をすっかり気に入った。

城下の屋敷に戻った武蔵は、兵法指南の合間を縫って霊巌洞《れいがんどう》に通うようになった。九左衛門が供をすることもあったが、武蔵は一人で出かけることもあった。

周囲の山は紅葉に彩られ、鳥たちの声がかまびすしい。昼間はきらきらと水面《みなも》を光らせる有明の海は、日が傾くと夕日の帯を走らせる。

霊巌洞内は寂静の世界だった。坐禅を組む武蔵は、無の境地を求める。我欲を捨て、自他との境界を消し、森羅万象のなかに埋没しようと努める。

されど、心を空にしようとすればするほど、過去の思い出が甦《よみがえ》ってくるのだった。目をつむれば、まるで昨日の出来事のような記憶が脳裏に浮かんでくる。邪念である。

武蔵はカッと目を見開いて宙の一点を凝視する。だが、記憶はそのまま消えることがない。明るい日の光に包まれている林の木々を見ながらも、過去に立ち合った相手が浮かんでくるのだ。

奥蔵院《おうぞういん》――。

それは柳生石舟斎（宗厳《むねよし》）と立ち合いたいと思い、柳生の庄を訪ねた帰りだった。そのとき武蔵の心は荒れていた。なぜなら石舟斎に試合を申し込んでも「断る」の一言で取りつく島もなかったからである。その理由も聞かされないまま門前払いだった。

「おれを怖れたか。おのれ柳生、取るに足らぬ兵法なり」

悔し紛れに吐き捨てたものである。

その帰路、奈良に入ったときにあらわれたのが奥蔵院だった。

「貴公が宮本武蔵か。天下一の剣法と法螺《ほら》吹いているらしいが、その自信のほどを試させてもらおうか」

奥蔵院は不敵な笑みを浮かべて試合を申し込んできた。

「立ち合いは拒まぬが、いかほどの腕があるのでござろうか」

武蔵も負けじと相手を見下して言った。

奥蔵院は自分が槍術《そうじゅつ》の名手、宝蔵院の覚禅房法印胤栄《かくぜんぼうほういんいんえい》から秘伝の技を伝授されたと言った。武蔵は眉宇をひそめた。

覚禅房胤栄の名を知っていたからだ。胤栄は槍術だけでなく、柳生石舟斎と共に上泉伊勢守《かみいずみいせのかみ》から刀術を学んだ兵法者であった。奥蔵院はその胤栄から伝授を受けたと言うから、武蔵は相手に不足はないとみた。

「よかろう」

武蔵は受けて立った。手にしたのは小太刀（短い木刀）であった。対する奥蔵院は槍《やり》を構えて鋭く攻め立ててきた。武蔵はかわしながら相手の打間《うちま》を外し、自分の間合いに入るなり、穂先を押さえつけて勝負を決めた。だが、奥蔵院は納得がいかぬのか、もう一番と所望した。

結果は同じだった。奥蔵院は武蔵の相手ではなかった。

そのつぎに戦ったのは、鎖鎌の名手と自賛している宍戸某《ししどなにがし》という男だった。このときも宍戸から試合を申し込まれた。

宍戸は分銅鎖をつけた鎌をぶんぶん振りまわし、武蔵を近づけようとしなかった。武蔵もさすがに飛び道具を警戒し、無闇には打ち込まずに相手の隙を冷静に見ていた。このとき小刀を左手に持ち、大刀を右手一本で持った。初めて二刀流を使った試合である。

武蔵は小刀で牽制《けんせい》し、大刀で斬り込もうとするが、宍戸の分銅がうなりをあげて耳を掠《かす》め、腕に巻きつけられそうになる。さすがに往生したが、宍戸が分銅を引きつけ、つぎの攻撃に移った瞬間、それより早く武蔵は動いた。分銅が放たれるわずかの隙をついて打間に飛び込み、鎖を小刀で受け、即座に宍戸の胸を突いて倒した。

「かあッ！」

武蔵は邪念を払うように腹の底から声を発した。そのことで過去の記憶は消えた。霊巌洞内で坐禅を組み瞑想に耽ることは、武蔵にとって行であり、またこれから書こうと思っている兵法書の構想を練る重要な時間だった。

また、霊巌洞近くの野山を歩き、豊かな自然に触れることも心に寂静をもたらしてくれる。

霊巌洞のさらに上の山に上ると、そこから島原を見ることができた。すると、原城攻撃の際の記憶が呼び覚まされる。

討手に殺されるとわかっていながら、胸の前で十字を切り、死を怖れることなく受け入れた女や子供たちの姿だ。

なぜ、あの者たちは殺されることに恐怖しなかったのだ。まわりには悲鳴を上げ血を噴き出し、無残に斬り殺される者たちがいたのだ。それでも逃げずに、死を望んでいるかに見えた。

そのときの心の有り様は何だったのだ？　生も死も同じと考えていたのか。死ぬことで安住の地を得られると考えていたのか？　いまだに武蔵に解けぬ謎であった。

熊本に雪が舞いはじめた。寒い冬の到来である。

「先生、おやめになってください。あの窟は寒うございます」

例によって霊巌洞に通おうとする武蔵を惣兵衛が止めた。

「禅行に行かれるなら、春になってからにされたほうがお体のためでもあります」

九左衛門は心底心配げな顔で引き止める。

「先生、山道は険しすぎます。そればかりでなくあの窟に籠もるのは尋常ではありません」

清まで目に涙をためて武蔵の袖をつかんで放さない。

「心配無用だ。わしはまだ元気だ。元気なうちにやらねばならぬことがある。それがいまだ。この機を逃したら、二度と思いを果たすことはできぬ」

「どんな思いがおありになるのかわかりませんが、せめて年が明けてからにしてくださいませ」

清はいまにも抱きつかんばかりに武蔵に体を寄せてくる。

「先生、お清の言うとおりです。年が明けてからにしてください。お願いいたします」

惣兵衛も必死に止めようとするが、武蔵の信念は変わらない。

「ならば、拙者《かたく》がお供つかまつります」

九左衛門が頑なな武蔵に折れて身支度をはじめた。ならばおれもごいっしょすると惣兵衛も支度をはじめる。

その日、武蔵は惣兵衛と九左衛門を従えて霊巌洞に入った。

「わしはしばらくこの山に籠もる。おぬしらは屋敷に帰り、弟子たちの稽古を頼む」

武蔵を連れ帰ろうとする惣兵衛と九左衛門を突き放し、その日からしばらく洞内に逗留することにした。

それから数日後のことだった。頭のなかで練り上げていた兵法書の骨子が見えた。構想はいままで紗《しゃ》をかけたような霧の向こうにあったが、視界を遮っていた霧が風に流されるように払われたのだ。

洞内に文机を持ち込んでいた武蔵はその前に静かに座り、筆を執り、闇空に浮かぶ星の瞬きを見つめた。

柳生宗矩の書いた『兵法家伝書』には、仏法や禅道、あるいは古語《いにしえがたり》が用いられていた。しかし、武蔵はおのれの集大成とすべき兵法書は、おのれ自身の言葉をもって書きあげるべきだと覚悟を決めていた。

弱々しい星明かりしか差し込まぬ暗い洞内には、一穂《いっすい》の灯《ともしび》があるだけだ。その燭台の炎が風に揺らめき、武蔵の目を赫々《かっかく》と燃え立たせた。

武蔵はゆっくりと筆を走らせた。

――兵法の道、二天一流と号し、数年鍛錬の事、初而《はじめて》書物に顕《あら》はさんと思ひ、時に寛永二十年十月《かんなづき》上旬の比《ころ》、九州肥後の地岩戸山に上り、天を拝し、観音を礼し、仏前にむかひ、生国播磨の武士新免武蔵守藤原の玄信、年つもつて六十。

五輪書

一

寛永二十一（一六四四）年の将軍参賀の儀が滞りなく終わり、柳生十兵衛は道三《どうさん》河岸《がし》の屋敷に戻った。御書院番という役儀にあるが、年明けはさほど仕事に追われることはない。

屋敷にはいつになくのんびりとした空気があった。塀の向こうに町屋の町人らが揚げている凧《たこ》がいくつか見え、ゆらゆらと空に揺れていた。

暇な身を持て余す十兵衛だが、父宗矩のいる屋敷はどうにも落ち着かぬ。日ヶ窪の屋敷に行ってひと汗流し弟子たちと酒でも飲もうと思い立ち、刀掛けに手を伸ばした。そのとき廊下から小姓の声があった。

「失礼つかまつります。殿様がすぐに書院へ来ていただきたいとのことでございます」

十兵衛は内心で舌打ちし、いったい何の用であろうかと思ったが、

「承知した。すぐにまいる」

と、応じて宗矩のいる書院を訪ねた。

「何用でございます？」

「東海寺《とうかいじ》へまいる。沢庵殿の具合が悪いらしいのだ。見舞いを兼ねて様子を見に行く。ついてまいれ」

「具合が悪いとは……風邪でも召されましたか」

「ただの風邪ならよいが、よくはわからぬ」

支度にかかっていた宗矩はそう言って、早く着替えてこいと言葉を足した。

沢庵宗彭――。父宗矩だけでなく十兵衛自身も沢庵にはひとかたならぬ世話になっている。十兵衛が家光の勘気に触れ、宗矩に勘当されたときは、いろいろと取りなしてくれた。それでも致仕は免れず、長きにわたり浪々の身となった。

十二年後に再出仕できたのだが、そのときも沢庵が何かと忠告をしてくれた。第一の忠告は「酒はほどほどに。できれば控えることだ」であった。

しかし、十兵衛の酒好きは直っていず、ときどき東海寺に酒を持って遊びに行き、若い僧らに機嫌よく振る舞い、どんちゃん騒ぎをやっている。

酒が入ると、奔放な性格のなせるわざか自制が利かなくなるのだ。そのことは幾度となく沢庵に苦言を呈されている。

それでも沢庵は、十兵衛を見捨てることなく面倒を見てくれるので、深い恩義を感じている。

十兵衛は長い謹慎時期に『昔飛衛《ひえい》という者あり』という新陰流の剣理を説いた兵法書を書いたことがある。独自の兵法論であったが、宗矩に見せたところすぐに焼き捨てるように命じられた。

腹を立てて腐ったが、そのときも父にひどいことを言われたと沢庵に愚痴をこぼすと、

「さほどに言われたとは可哀想なこと。どれ、拙僧に一度読ませてくれぬか」

と、乞《こ》われたので、十兵衛は早速に読んでもらった。

すると沢庵は、いろいろな助言をくれ、十兵衛はそれに従って書き直し、ようやく宗矩から印可をもらうことができた。

しかし、その書には不備があると気づき、御書院番として再出仕したあとで『月《つき》之抄《のしょう》』という書物を上梓《じょうし》した。

それは新陰流の祖である上泉信綱《のぶつな》から祖父宗厳、父宗矩が編み出した技と剣法上の哲理を統合的にまとめた書であった。その書も沢庵の知恵や助言があって完成さ

せることができた。

とにかく沢庵には父宗矩共々世話になっている十兵衛である。その沢庵が床に臥《ふ》せっていると聞けばじっとしてはおれない。

馬を駆って屋敷を出た十兵衛は、父宗矩のあとを追って品川《しながわ》の東海寺に急いだ。

東海寺には先客があった。熊本藩の細川光尚である。彼の父忠利も沢庵とは昵懇《じっこん》の仲だったし、光尚も幼い頃からの付き合いだ。

「肥後殿もおいででしたか」

十兵衛は茶を飲んでいた光尚に声をかけた。

「よほど具合が悪いらしく沢庵殿には会えませぬ。医者から止められてしまいました」

光尚はそう言ったが、宗矩だけは面会がかない、沢庵の寝所に向かっていた。

「医者からどんな具合か聞いておりませぬか？」

「風邪をこじらせたのではないかと言うだけで、何も……」

光尚は首を振って茶を飲んだ。

その控えの間は日あたりがよく、障子越しに差し込む明るい外の光に満たされていた。火鉢の上に置かれた五徳の鉄瓶が白い蒸気を立ち上らせていた。ときどき若い僧がやって来て、二人の世話をする。

十兵衛は暇潰《ひまつぶ》しに世間話をしたあとで、はたと思い出したように、

「そう言えば、肥後殿の国許《くにもと》に宮本武蔵なる武芸者が、ずいぶん多くの門弟を抱えたと耳にいたしましたが、いまも盛んに稽古《けいこ》は行われているのでございましょうか？」

と、問うてみた。

「武蔵はなかなかの人物。慕う弟子は少なくありませぬ。父の見込んだ男だけあると、わたしも感心いたしております」

「肥後殿のお父上は我が父より『兵法家伝書』を授けられた方。つまり、将軍家御流儀である新陰流の印可を受けられたのに、宮本武蔵を抱えられたとはいささか面白みに欠けます」

十兵衛は遠慮のないことを言う。

「新陰流は新陰流、武蔵の二天一流はまた別と考えればよいのではありませぬか」

「鞍替《くらが》えしたのと同じでござろう」

「まあさように取られては言葉がございません」

十兵衛は光尚をにらむように見た。

この若造、何もわかっておらぬと、肚《はら》のうちで毒づく。十兵衛は御年三十九歳であるが、光尚は二十六歳とまだ若い藩主である。それに、十兵衛にはいずれ柳生藩

の二代目を襲名するという自負がある。

「そうそう武蔵も但馬守様の『兵法家伝書』を読んでしきりに感心しておりました」

光尚のこの言葉に、また十兵衛は腹を立てた。

「武蔵に読ませたのでござるか」

「いけませぬか。わたしも目を通しておりますが……」

十兵衛はくっと唇を引き結んだ。家伝書は無闇に人に見せるものではない。授かった者が重宝すべきものだ。それが常識であり道理である。

「武蔵も亡き父に兵法書を差し出しております。平明な書でありますが、武蔵はまだ書き足りないと申しております」

「何という書でござる？」

「『兵法三十五箇条』と言いますが、武蔵は後進の者たちに残す新たな兵法書に取りかかっています。国許に戻ったらその書を読むのがいまから楽しみです。わたしはどうせなら『兵法家伝書』をしのぐものを書いたらどうだと焚《た》きつけてまいりました」

十兵衛は嬉《うれ》しそうに口許をゆるめる光尚をにらんだ。何と能天気なたわけだと、胸中で毒づく。光尚と話せば話すほど腹立ちが募る。十兵衛はこのままでは暴言を吐くかもしれぬと思い、

「肥後殿、わたしは所用があるので先に帰ります」

と言って、畳を蹴《け》るようにして立ちあがった。

境内の外に繋《つな》いでいた馬に戻ると、

「おれには火急の用が出来《しゅったい》したので先に帰る。さように父上に伝えてくれ」

と、宗矩の供をしてきた近習に言付け、日ヶ窪の屋敷に馬を走らせた。

屋敷に入ると、奥座敷に籠《こ》もり、小姓を呼びつけて酒を持ってくるように言いつけた。

宮本武蔵に対する怒りもあるが、光尚の呑気面《のんきづら》にも腹が立つ。酒が運ばれてくると、立てつづけにあおって心を静めようとしたが、どうにも波立つ心を抑えることができぬ。

十兵衛は考えた。秘伝の書である『兵法家伝書』をどこの馬の骨ともわからぬ一介の浪人が読み、その書をしのぐ兵法書に取りかかっているという。

「馬鹿な」

十兵衛は吐き捨てて酒をあおった。飲んでも飲んでも酔いはまわらない。かえって頭が冴《さ》えるほどだった。

『兵法家伝書』は秀逸で希有《けう》な兵法書である。将軍家御流儀を著した偉大な書だ。

さらにおのれが書き上げた『月之抄』と併せて、後世に残さなければならない柳生家秘伝の書だ。それは永遠不滅でなければならぬ。

宮本武蔵がいかほどの武芸者であるかそれはわからぬが、まかり間違って『兵法家伝書』をなぞったものが世に残れば、柳生の恥になりかねない。さようなことは決してあってはならぬこと。

「よし」

十兵衛はぐい呑《の》みをドンと置くと、熊本の地に逼塞《ひっそく》している氏井弥四郎に、武蔵のことを探らせる書状を出すことにした。

急ぎ筆を執ったが、そこで待てよと思い直した。書状は出さなければならぬが、先に人を送り込むべきだと考えた。

「誰かおらぬか！」

胴間声を発すると、すぐに小姓がやって来た。

「小三郎と新左衛門を呼べ。すぐにだ」

小姓はいまにも癇癪《かんしゃく》を起こしそうな十兵衛の顔つきを怖れたのか、飛ぶような勢いで使いに走った。

待つほどもなく内藤小三郎と浅川新左衛門がやって来た。

「入れ」

二人を座敷に入れると、廊下に控える小姓に「人払いだ」と言って遠ざけた。

「大事なご用でしょうか？」

小三郎が身を乗り出してきた。

「熊本に行ってもらう。行って宮本武蔵を探るのだ」

「またでございますか……」

小三郎はあきれたように、新左衛門と顔を見合わせた。

「先に氏井殿に密書を送るが、熊本に入ったら氏井殿から武蔵の様子を聞き出し、詳しいことがわかったらすぐに知らせを送れ」

「いったい何故に……」

新左衛門がかたい表情で問う。

「武蔵が『兵法家伝書』に勝る兵法書を書いているらしい。さようなことは許せぬ。これまでもずいぶん堪忍してきたが、それだけは許せぬことだ。世に残すべき兵法書は家伝書とおれの『月之抄』で十分。しかも、武蔵は『兵法家伝書』を読んでいるそうだ。まやかしの兵法書を書かれては、柳生の恥になる。さようであろう」

「おっしゃることはわかります」

小三郎が神妙な顔で答える。

「もし、武蔵がほんとうに兵法書を書いているならば、やめさせるのだ」

「いかようにして……」

「……斬れ。今度こそ」

小三郎と新左衛門は息を止めた顔で黙り込んだ。

「おぬしらは間者となり熊本に入る。決して細川家の家来衆に気づかれてはならぬ。よいな」

「承知いたしました」

小三郎が答えれば、新左衛門も深くうなずいた。

「雪之丞も連れて行け。これは密命だ」

二

「雪……」

清はその朝起きて、表に出るなり空を仰いだ。綿雪が蝶《ちょう》のようにひらひらと舞っていた。そのせいで城の天守は少し霞《かす》んで見える。

ふっと両手に息を吹きかけ、薪《まき》を運んで竈《かまど》に火をつける。パチパチと爆《は》ぜる音を立てながら燃え立つ炎を見つめ、武蔵のことを考えた。

霊巌洞は山深いところにある。先生はどうされているのだろうか、寒さをどうやってしのいでいらっしゃるのだろうか、風邪など引かれないだろうか、食事はどうなさっているのだろうかと、心配事は尽きない。

朝餉《あさげ》の席についた惣兵衛と九左衛門にそのことを話すと、

「先生は雲巌寺僧堂の一間で寝起きはされているが、おれたちも気になっているのだ」

と、惣兵衛も不安げな顔で言う。

「今日あたり様子を見に行きましょうか。それに雪です。このところ冷え込みがきつくなっていますし」

九左衛門はもうその気でいるようだ。

「それならわたしも連れて行ってくださりませんか」

清は頼んだ。

「おまえは留守番を頼む。二人で行ってくる」

惣兵衛がそう言ったので、清は黙り込んだあとで言葉を足した。

「では、弁当を作ります。日持ちのよい食べ物も添えましょう」

食事の片付けが終わると、清は武蔵のために弁当を作り、干し柿と蒸かした薩摩芋、魚の干物、そして餅《もち》を風呂敷《ふろしき》に包んだ。

惣兵衛と九左衛門が差し入れの食料を持って出かけると、清は屋敷の掃除をした。庭は九左衛門がよく手入れをしてくれるので、掃除は座敷や廊下が主だ。

武蔵の寝起きする奥座敷に入った。文机《ふづくえ》があり、いろんな絵や書があった。その多くは重ねられたり、丁寧に畳まれたりしていた。

武蔵は夜遅くまで文机に向かって書き物をしたり、書物を読んだりしていた。灯《あか》りが漏れているのに気づくと、清は声をかけてよく茶を運んだ。

大まかに掃除を終えると、床の間に重ねられている絵をのぞいた。馬の絵や達磨の絵、鳥や鶏もある。頭巾《ずきん》を被《かぶ》っているのは布袋だった。

（いつこんな絵を……）

武蔵が絵を描くのは知っていたが、こんなにたくさん描いているとは知らなかった。出かけた折に描いたのだろうかと思うが、武蔵は絵筆など持って外出はしない。するとと表で見たことを、思い出して描いたのだろう。そう考えるしかなかった。

清は布袋の絵を眺めて、先生はこんな人に会ったのかしら、と不思議に思う。その絵が上手に描けているのかそうでないのかは、清にはわからない。

でも、滋味深いものが感じられる。

清は絵を元の場所に置いて台所に戻った。煙出《けむだし》を見て、この雪はいつやむのかしらと思う。岩戸山の窟《いわや》は寒くないだろうか、雪が吹き込んでいないだろうかと心配になる。

座敷にあがり縁側に立って表を見た。木々は雪に覆われていた。庭も白く塗り替えられたようになっていた。

キーイッ、キーイッ……。葉を落とした柿の木に止まっていた百舌《もず》が鳴いた。その声で南天の実を食べに来ていた目白が、慌てて逃げるように飛び去った。

昼前に寺尾孫之丞がやって来た。武蔵の弟子の中で一番熱心な男だった。弟の求馬助は小姓頭なので藩主の光尚といっしょに江戸に在府中だ。

「先生はまだお帰りではないか？」

「惣兵衛さんたちが様子を見に行かれています。ひょっとすると、今日あたり帰ってみえるかもしれません」

「さようか。いらっしゃらないなら仕方ないな。これを持ってきた。受け取ってくれ」

孫之丞は持参の大根と高菜漬けを清に手渡した。

「いつもありがとうございます」

「なに、気にすることはない。されど、先生のことが心配だな」

「はい」

孫之丞はまた来ると言って、そのまま帰っていった。

藩主以下多くの家臣が江戸に行っているので、屋敷に来る弟子は極端に少なかった。兵法指南は武蔵がいなくても、惣兵衛と九左衛門が代わって稽古をつけるので問題ないようだが、清はそのことに立ち入ってはならないので、仕事の合間に稽古ぶりを黙って眺めているだけだ。

雪は八つ（午後二時）過ぎにやんで晴れ間がのぞき、木々の枝葉に積もった雪が音を立てて落ちはじめた。

霊巌洞に行っていた惣兵衛と九左衛門が戻ってきたのは、日が翳《かげ》りはじめた時分だった。

「先生のご様子はいかがでした？」

清は真っ先に訊《たず》ねた。

「変わりはなかった。おまえに礼を言ってくれとおっしゃっていた」

惣兵衛が草臥《くたび》れたような顔で言った。

「だが、先生は少しお痩《や》せになった。あんなところで一冬過ごされたのだから無理もないだろうが……」

九左衛門がため息まじりに言う。

「それで先生はいつお帰りになるのでしょうか」

「わからぬ。近々戻るとおっしゃったが……。わしが残ると言っても、先生は帰れと拒まれる」

「頑固なところがあるからな」

惣兵衛が首を振って言う。

「いや、この頃は歳を召されたせいか、ずいぶんとまるくなられた」

九左衛門が真面目顔で言う。

「昔の先生は違ったのですか？」

清は気になって聞く。

「だいぶ違うな。おれが知り合った頃は、意気軒昂《けんこう》でみなぎる力を持て余されていた。もっと若い頃はさらに強いご気性だったようだ。なにしろ名のある兵法家をバタバタ倒してこられた方だ。ときに近寄りがたい神気を漂わせられることもあった。いまはたしかに歳のせいもあるだろうが、温順になられた」

清はそれを聞いて、いまの武蔵に出会ってよかったと思った。武蔵が若い頃だったなら逃げだしていたかもしれないと思いもする。

「今度、先生のところに行かれるときは、わたしも連れて行ってください」

清は頼んだが、惣兵衛も九左衛門も答えなかった。

三

梅の花が咲き、寒さが緩んだ。

岩戸山の周囲の草花も蕾《つぼみ》を開き、ときどき野山を歩く武蔵の目を楽しませた。小さな山間《やまあい》の村だが、武蔵は幼い頃に育った郷里を思い出す。心が落ち着くのはそのせいかと感慨に耽《ふけ》ることもある。

黄色い菜の花、足許の福寿草、山には椿や木蓮《もくれん》が見られる。雲巌寺の境内には連翹《れんぎょう》や白い雪柳が咲いていていた。

蜜蜂《みつばち》や蝶などの虫たちも長い眠りから覚めたように飛びまわっている。

それでも周囲の景色はそのときどきで違った顔を見せる。早朝の山は、薄い紗《しゃ》をかけたような霧に覆われ、まさに幽玄の世界を現出する。夕刻になると夕日が周囲の山を赤く染める。雨が降れば霧が立ち込めて水墨画のような景色を見せる。

霊巌洞に籠もって新しい兵法書を書きつづけている武蔵だが、思うように捗《はかど》っていなかった。だが、慌てはしない。熟慮しながら文章を練りつづける。安易な書物にしてはならないという使命感があるので、一行一行を丹念に書き進める。しかも、それは誰が読んでもわかりやすいものでなければならない。おのれが経験し培ってきた技を惜しむことなくあきらかにする。

と同時に、兵法の心構えとしての「心の法」も忘れてはならない。

霊巌洞のそばには湧水《ゆうすい》があり、武蔵はその水を好んで飲んでいた。食事にもその水を使う。長らく武者修行の旅をつづけてきたので、食事に窮することはない。野山には四季折々の果物も、芋などの穀物もある。肉を食いたければ、鳥や兎を狩ることもある。

そうは言っても日々の食事は窟のそばにある雲巌寺の世話になっていた。住職は僧侶《そうりょ》のわりには口数は少ないが、武蔵のことを慮《おもんぱか》ってくれ、僧堂の一間を起居の場にするようにと与えてくれた。

日中は窟に籠もるが、夜になると雲巌寺に戻って世話になった。しかし、さすがの武蔵も寒い冬をよくぞ持ちこたえたと思いもする。

ときどき村の者に出会うことがあるが、誰もが風変わりな武蔵の身なりと風貌《ふうぼう》に恐れをなしたように逃げていく。そんなとき武蔵は苦笑するしかない。

白髪交じりの髪は伸び放題で乱れ、無精髭《ぶしょうひげ》にも白いものが交じっていた。よれよれの野袴《のばかま》に着流しに袖《そで》なしの半羽織。のっそりと歩く姿は、どこから見ても妖《あや》しげであり、村の者たちは化け物と思っているのかもしれない。

だが、武蔵はいっこうに気にせず霊巌洞での暮らしを楽しんでいた。坐禅《ざぜん》を組み書き物に没頭し、ときに体が鈍《なま》ってはならぬので木刀を振っての鍛錬も忘れなかった。

そんな武蔵が山を下りたのは、四月に入ってすぐのことだった。

「先生がお帰りです。先生がお帰りですよ」

自宅屋敷に戻るなり、出迎えてくれた清がはしゃぎ声を上げて、庭にいた惣兵衛と九左衛門に告げた。

飛ぶようにしてやってきた九左衛門は、

「ご無事で何よりでした。どうなさっているのか気が気でなく、夜もろくろく眠れなかったのです」

と、いまにも泣きそうな顔で武蔵の荷物を受け取る。

「近々お迎えにあがろうかと、九左衛門と話していたのですよ。ささ、お疲れでしようから体を休めてください。これお清、茶を持て茶を……」

安堵《あんど》の表情で言う惣兵衛は清に命じて、武蔵に手を差し伸べる。

「二、三日休んだら、大淵和尚《おしょう》に会いに行く」

武蔵はそう言って自分の座敷に入った。

二日後、武蔵は久しぶりに泰勝院を訪ね、大淵と向かい合って茶を喫した。

「それで兵法書は書き上がったのであろうか？」

大淵は他愛ない話をしたあとで聞いた。

「まだまだかかります。おそらくあと一年はかかるかと思いまする」

「するとずいぶん長いものになるのであろうか？」

「無駄なところを削《そ》ぎ落とさなければなりませぬ。それには時が必要です」

「して、お題は……」

武蔵は鳶色《とびいろ》の目をキラッと光らせた。よくぞ聞いてくれたと思った。

「五輪書《ごりんのしょ》としました」

「ほう」

この日の大淵は禅問答めいたことは口にしなかった。

「地・水・火・風・空とそれぞれの巻にし、五輪書と名づけました」

「……五輪書、よい名だ。楽しみであるな。殿様も来月あたりご帰国だ。その折にはまた茶飲み話でもいたそう」

「願ってもないことでございます」

大淵は茶を飲んで、青く澄み渡った空を眺めた。

「よい季節になった」

武蔵も同じように空に目をやった。

その同じ空を見ていた者がいた。

十兵衛から密命を受けた内藤小三郎、浅川新左衛門、三枝雪之丞だった。

彼らは熊本に入ると、早速、氏井弥四郎を訪ね武蔵のことについて話を聞いた。

だが、城下に隠棲《いんせい》している弥四郎は詳しいことを知らなかった。

その弥四郎は何故、武蔵のことを気にするのかと訝《いぶか》しがった。

「細川家はいまや武蔵の流儀に染まっています。元は将軍家御流儀の柳生新陰流だったはず。それなのに、なぜ武蔵の剣法が広まっているのか、そのことを知りたいだけです」

小三郎はゴツゴツした顔にある細い目をさらに細めて答えた。

「誰の指図だ？」

「それは言えぬことです。まあ、少し探りを入れて身どもらは江戸に帰るだけではありますが……」

十兵衛からの密命は、弥四郎にも教えてはならなかった。その弥四郎は小三郎たちが熊本に入る前に十兵衛から密書を受け取っており、すでに返事をしたと話した。

「指図はおそらく十兵衛殿であろうが、さほど気にすることではなかろうに」

弥四郎は老獪《ろうかい》な目を小三郎らに向けたが、それ以上深く穿鑿《せんさく》することはなかった。

それが一月ほど前のことだった。

いま、小三郎たちは城の南西にある船場町に逗留《とうりゅう》していた。坪井川の南側で、すぐそばに船場橋が架かっている。

小さな旅人宿だが、長く留《とど》まれば不審に思われるので、そろそろ別の家を探す必要があった。三人は行商に扮《ふん》して城下の町を探り、武蔵の弟子たちの話に耳をそばだてていた。

「武蔵は金峰山という山の麓《ふもと》にある窟に籠もって書き物をしているらしい。さような話を耳にした」

宿に帰ってきたばかりの小三郎は、新左衛門と雪之丞に告げた。

「どの山です？」

雪之丞が窓の外を見る。澄み渡った空が広がっている。彼らがいる宿の北西方向にひときわ高い山が見える。小三郎はその山を指さして、

「あの山の裏側らしい」

と、教えた。

「ならば、その窟にわたしらも……」

雪之丞が目を光らせる。

「もし、そこに武蔵がおれば、役目を早く終わらせることができる。小三郎殿、これからその窟に行ってみようではありませんか」

新左衛門は気を逸《はや》らせて言う。

「もし、いなかったとしても、武蔵を討つきっかけをつかめるやもしれぬ。いなかったなら屋敷のそばを見張って、その時宜を待つしかない。よし、行こうではないか」

小三郎は差料を引き寄せて立ち上がった。

四

藩主光尚が帰国したのは五月三十日のことだった。

武蔵はその数日後に光尚に面会し、弟子たちの稽古ぶりや自分がいま書いている『五輪書』の進み具合を報告した。

「よい題をつけたな。『五輪書』であるか。但馬守様の『兵法家伝書』より重みがある。して、いつ頃書き終わるのだ？」

光尚は興味津々の顔を向けてくる。

「今年中にはと思っていますが……さて、どうなることやら」

「予は年が明ければまた参勤だ。それまでには読ませてもらいたいものだ」

「努めまする」

武蔵はそう答えただけで光尚の座敷を辞した。藩主の仕事は忙しい。留守中に城代を務めていた長岡佐渡守興長から、領内のことや八代にいる三斎の動きなどを細かく報告された光尚は、その対応に迫られていた。

ただ、先代の忠利の藩政が功を奏し、光尚の苦労は軽減されている。警戒しなければならないのは、やはり八代の隠居城で分藩化を画策している三斎の動きだった。光尚は江戸在府中に、柳生但馬以下の老中連と何度も談合を重ね、熊本藩の分藩はないと約束をしている手前、心を砕かなければならなかった。

武蔵が花畑屋敷の表玄関まで来たとき、声をかけてきた者がいた。沢村友好と長岡寄之だった。

「武蔵殿、江戸在府中は思うように稽古ができなかった。帰国したからにはその遅れを取り返したいので、よくよく指南のほうを頼みます」

友好がにこやかに言えば、寄之は少々心配顔になって、

「父上より耳にいたしましたが、武蔵殿は金峰山の裏にある窟に籠もって書き物をされているらしいですな。寒い冬もその山で過ごされたと聞きましたが、お体のほうはいかがでございましょうぞ」

と、武蔵の様子をしげしげと眺める。

「若い頃より体は鍛えています。少々の寒さはなんともありませぬ」

「さすが武蔵殿。されど、寄る年波には勝てぬと申します。どうか無理をなさらずに」

「ありがたきお言葉恐れ入ります」

「武蔵殿、稽古のほうよろしく頼みますぞ」

寄之が再度言葉を重ねた。

短い立ち話となったが、若家老の二人から声をかけられて嬉しかった。いずれ細川家の重鎮となり、片腕となって藩主を補佐する家老である。

寄之が心配してくれたように、武蔵はおのれの体力の衰えを感じていた。歳のせいだと思いもするが、それだけではないようだ。

ときどき体に変調があり、食の進まないことがある。しかし、窟に籠もって坐禅を組んだり、座っての書き物をすることが多いせいだろうと、あまり深刻には考えなかった。

城下の屋敷にいる間、武蔵は城に通い家中の上士に稽古をつけ、ときどき花畑屋敷で光尚の指導もした。屋敷に通ってくる弟子たちには、惣兵衛と九左衛門が代わって稽古をつけてくれるが、武蔵は目の届く範囲で熱心な弟子たちへ助言を与えた。

上達著しいのが、寺尾兄弟である。とくに兄の孫之丞は、二刀流兵法をかなりこなせるようになっていた。弟子のなかには、そんな孫之丞に教えてくれという者もいる。弟の求馬助は参勤のために一年ほど江戸にいたが、鍛錬を怠っていなかったらしく、これもなかなか腕を上げていた。

武蔵は自宅屋敷でも夜になると『五輪書』の草稿に手を入れながら、過去の経験を思い返した。それは自分が幾多の戦いから学び取ったものであった。鍛錬の仕方、敵と対峙《たいじ》したときの心の持ちよう。また、敵に勝つためにいかなる方法を用いたかというものだ。

鍛錬に勝るものはないが、それには心が伴っていなければならない。武蔵が慎重に丁寧に書きたい部分であった。

——心の内にごらず、広くして、ひろき所へ智恵を置くべき也。智恵も心もひたとみがく事専也。智恵をとぎ、天下の理非をわきまへ……

——観《かん》の目つよく、見《けん》の目よわく、遠き所を近く見、ちかき所を遠く見る事、兵法の専也。敵の太刀をしり、聊《いささ》かも敵の太刀を見ずといふ事、兵法の大事也。

書いては反故《ほご》にすることもあるが、また反故にしたものを探してそこに新たな発見もする。武蔵は寝食を忘れるほど書き物に没頭しつづけた。

夏の暑い盛りが過ぎ、過ごしやすくなった頃、武蔵は霊巌洞に戻る支度にかかった。そんなとき光尚から呼び出しがあった。

武蔵が花畑屋敷を訪ねると、光尚は『五輪書』のあらましを教えてくれと乞うた。

「なに大略でよいのだ」

武蔵は少し思案してから、この兵法書は「地・水・火・風・空」の五巻にして書きあらわすと話した。大淵和尚に話したことと同じであったが、光尚は突っ込んだことを聞いてきた。

「ならば地の巻の大略を、少しだけでよいから教えてくれぬか」

「地の巻は、剣術ひととおりだけでは真の道を得ることはできませぬので、兵法の道にあって我が一流の見立てでございます」

「うむ。水の巻は？」

「水はたとえ木の枝葉からこぼれる一滴でも、いずれは大海となります。水を心と見做《みな》せば、その清き心を用いて一流になるという考えでございます」

「ほう、心か。ならば、水の巻は……」

光尚は真剣な眼差《まなざ》しを武蔵に向ける。

「言葉が足りぬかもしれませぬが、将たる者の兵法は小さきことを大になすことです。畢竟《ひっきょう》、一をもってすべてを知ることこそ、兵法の利だと説いています」

「将たる者の兵法か、気になるところだ。して、火の巻には何を？」

「燃える炎は千変万化、同じように人の心も揺らめく炎のように変わります。それは戦場においても同じことが言えるはずです。つまりは、一対一の戦いも万と万の戦いも同じ道。然《しか》るによって、勝負のことを書きあらわします」

「ふむ、心がそそられる。早う読みたいものだ。それで、風の巻は？」

「世間にある兵法にこだわり、その流儀がもっともだと思うのは誤りでございます。世間の兵法をよく知ることこそ、真の流儀を究めることだと思いまする。よって、他流をよく吟味することが、いかに大切であるかをしたためているところです」

「おのれの流儀を信じるのは間違いであると」

「吟味すべきことです」

「いかさま、な。して、空の巻には何を書くのだ？　いや書いているのか？」

「いずれの巻も途中でございますが、人は道理を得ては、道理を失うことがあります。兵法の道も同じ。おのれの手に刀のあることを忘れ、刀が手にあることを忘れることがございます。まさにそこが空の境地。真の道に入ることを空だと考えまする。まことに言葉足らずではありますが、概《おおむ》ねさようなことを書いています」

聞き終えた光尚は長々と武蔵を眺めた。

「武蔵、その兵法書、書き終えたら是が非でも予に読ませてくれ」

「口伝無用の書に仕上げるために、心血をそそぐのみです」

「うむ、楽しみにしている」

光尚との面会を終えた翌日、武蔵は惣兵衛と九左衛門を従えて再び霊巌洞に向かった。岩戸山には夏の終わりを告げる蜩《ひぐらし》の声がこだましていた。

五

十兵衛の間者であり刺客となっている内藤小三郎らは、身の置き場所に苦心しなければならなかった。城下の旅人宿にたびたび出入りすれば、あやしまれるし、近郊の村をうろつけば、手永という惣庄屋《そうじようや》の目を気にしなければならなかった。惣庄屋は郡奉行《こおりぶぎよう》と繋がっており、もし村に異変があればすぐに上申される。また村の者は、不審な者の出入りに敏感で、すぐ庄屋にそのことを告げ、庄屋はすぐに惣庄屋に報告する。

そのことを知った小三郎らは、近郊の村を歩くのにも神経を遣わなければならなかった。

たびたび同じ三人組が何度も見られると、細川家の目付が動くと考えられる。もし、捕縛されるようなことがあったら一大事である。

そのために小三郎らは、行商に扮したり旅の浪人になったり、あるいは百姓に化けて人の目を欺きつづけていた。

氏井弥四郎の庇護《ひご》を受けることも考えたが、それは江戸にいる十兵衛よりかたく禁じられていた。十兵衛は弥四郎が細川家から過分な扶持《ふち》をもらいつづけているので、内通する恐れがあるし、また弥四郎の屋敷に目を光らせている目付がいると危惧《きぐ》したのだ。

しかし、救いの神はいた。祇園山《ぎおんやま》（花岡山）の近くに戸坂《とさか》という小さな村があり、そこに老夫婦だけで住んでいる百姓がいた。又蔵《またぞう》とよねという夫婦で、子はなく親戚《しんせき》縁が薄かった。大根と茄子《なす》を作って城下へ行って売り、それが生計となっていた。

小三郎は小さな土地しか持っていないこの夫婦に、些少《さしょう》の金を与えて取り入り、しばらく身を置かせてくれと頼んでいた。さいわい、又蔵は目が悪く耳も遠いし、女房のよねも似たり寄ったりの老婆だった。

親切を施せば、老夫婦は喜び、また畑の手伝いをすればありがたがった。母屋とは別に農具や収穫した野菜を入れる納屋があり、小三郎たちはそこで寝起きしていた。

ときに様子を見に来る村の者がいたが、耳の遠い又蔵とは話がかみ合わず、面倒くさそうな顔をして帰って行くのが常だった。

また小三郎たちのことも聞かれたが、又蔵の遠い親戚で親に言いつけられて手伝いに来ているのだと説明すると、納得顔をし怪しむこともなかった。

とは言ってもめったに又蔵の家に来る者はいない。そして、小三郎たちは百姓に化けて、茄子や大根、あるいは南瓜《カボチャ》や芋を城下の町に売りに行くついでに武蔵の様子を探っていた。

その日、城下の町に行っていた新左衛門が戻ってくるなり、

「おかしい、ここ二、三日、武蔵の姿が見えません」

と、小三郎に報告した。

「城に行っているのではないか」

「いえ、その様子もないのです」

「するとまた霊巌洞に行ったのでは……」

畑の畝を作っていた雪之丞が作業の手を止めてやって来た。

「もし、そうなら今度こそ討つときだ」

小三郎は金峰山を見やって畑の畦《あぜ》に腰を下ろした。

「いかがします？」

新左衛門は真顔で小三郎を見る。

「霊巌洞に行ったというはっきりしたことがわからなければ、また無駄足に終わる。あそこは近いようで遠い場所だ」

一度、小三郎たちは霊巌洞に足を運んでいたが、そのとき武蔵は城下の屋敷に戻っていた。まったく間の悪いことに歯嚙《はが》みをしたが、屋敷にいる武蔵に近づくことはできない。二人の下僕がいつもいるし、弟子の出入りも多い。武蔵が城や花畑屋敷に通う途中を狙ったこともあるが、供連れがあってうまくいかなかった。

江戸の十兵衛からは、武蔵がほんとうに兵法書を書いているのかどうか調べろと言ってきているが、そのこともわからずじまいである。

「もう二、三日、武蔵の屋敷を探ってみましょう。それが賢明でしょう。ただし、拙者は近所の侍と何度か顔を合わせているので、ここは用心をして雪之丞にやってもらいたい」

新左衛門はそう言って雪之丞を見た。

「合点承知です。早速明日にでも武蔵の屋敷を見張りましょう」

「それからもうひとつ考えがある。武蔵の屋敷に出入りする弟子は、若い足軽風情が多い。そやつらにそれとなく近づき話を聞いてみたいと思うのだ」

小三郎はそう言って、どうだろうと、雪之丞と新左衛門を見た。

「うまくやれますか？」

朴訥《ぼくとつ》で人付き合いの下手な新左衛門は心許ない顔をする。

「おぬしは苦手だろうが、わしならうまくやれそうな気がする」

「それじゃわたしが武蔵の屋敷を、小三郎さんが弟子に探りを入れるということで」

雪之丞が話をまとめると、

「そうしよう」

と、小三郎も同意した。

翌日から二人はそれぞれの探索をし、三日後に大まかなことがわかった。

小三郎は町屋の飯屋で、武蔵の弟子から話を聞いていた。雪之丞と新左衛門はその話に耳を傾ける。

「武蔵が屋敷で稽古をつけているのは、足軽などの下士身分の者たちだ。家老などの重臣は城内にある数寄屋丸にて稽古をしている。藩主の肥後守様は、先代の妙解院様が花畑屋敷にて武蔵の指南を受けておられたらしく、それに倣っていらっしゃるそうだ」

「して、武蔵はいまも指南役に励んでいるのですか？　ここしばらく姿を見ませんが……」

新左衛門は身を乗り出すようにして訊ねる。

三人がいるのはいつもの納屋の外だった。

「武蔵には古い弟子がいる。増田惣兵衛と岡部九左衛門という者だ」

小三郎はその二人の特徴を話した。

「すると見るからに頑丈そうな体をしているのが増田ですな。腕のほどはどうなのです？」

雪之丞が目を光らせて聞く。

「武蔵の代稽古をまかせられていると聞いた。それなりの腕がなければ、務まらぬだろう。岡部という男は小柄で細身ながら、武蔵の兵法をしっかり身につけているという」

「武蔵が出かける折には、その二人のいずれかが供をしているので、無闇には近づけぬということか……」

新左衛門はうなるような声を漏らした。

「そうは言うが、武蔵はずいぶん老け込んでいるではないか。腰も曲がり、前屈《まえかが》みで歩いている。若い頃の動きはできぬだろう。その機がくればひと思いに斬り捨て、わしらはさっさと江戸に戻るだけだ」

小三郎は早くそのときが来ないかと思っている。

「十兵衛様もやきもきと気を揉《も》んでいらっしゃるようですからね」

新左衛門は暗鬱《あんうつ》な顔で言う。

十兵衛から何度か密書を受け取っているが、たしかに急《せ》かされていた。ぐずぐずしている暇はないのだが、武蔵に近づける機会はなかなかやってこない。

「雪之丞、それでおぬしの調べはどうなっているのだ」

小三郎は雪之丞を見た。

「武蔵の姿がないのです」

「ない……どういうことだ？」

「わかりませぬ。昨日は朝から夜遅くまで見張っていましたが、武蔵の姿を見ることはできませんでした」

「屋敷にはいないということか……」

「おそらくそうではないかと思います」

小三郎は遠くに視線を向け、小さくつぶやいた。

「霊巌洞に行っているのではないか」

「そのこと、明日にでも探りを入れることにいたします」

雪之丞は小三郎に答えた。

六

翌朝早く、雪之丞は戸坂村の又蔵夫婦の家を出た。野良仕事をはじめた百姓の姿が幾人か見られたが、井芹川をわたり古町《ふるまち》に入ると、店の表戸を開ける商人たちが目立つようになった。天秤棒《てんびんぼう》を担いだ行商人ともすれ違う。

山崎町に入ると今度は細川家の家来の姿を見ることが多くなった。あたりは武家屋敷が多いので、塀の上に枝振りのよい松がのぞき、母屋の甍《いらか》は夏の光を照り返していた。

雪之丞は昨日と同じように百姓姿だ。背中に菰《こも》を背負い傍目《はため》にわからないように刀を隠していた。

山崎町から坪井川に出ると、川沿いを辿った。そのまま進めば武蔵の屋敷に行きつく。途中、藩主が執務の場としている花畑屋敷を横目に通り過ぎる。

そのあたりから急に侍の姿が目立ってくる。細川家の家来衆だ。雪之丞は視線を足許に向け、なるべく顔を合わせないようにして歩くが、どうしても緊張する。

目付が動いているのはとうにわかっていたが、侍の姿を見ると誰もが目付に見えてしまう。武蔵の命を狙う刺客となっているせいである。

武蔵の屋敷近くまで来ると、坪井川の対岸から様子を窺《うかが》い、少し先に行って橋をわたる。朝が早すぎたせいか、人通りは普段より少ない。

武蔵の屋敷前まで来ると、いかにも行商らしい足取りでゆっくり坂を上り、城のほうへ歩く。欅《けやき》や楠《くすのき》がすでに高く昇った日の光を遮り、影を作っている。石垣でできた城壁の下まで来ると、今度は坪井川までのなだらかな坂道を下る。

川の手前でしゃがみ込み、草鞋《わらじ》の紐《ひも》を結び直した。草臥《くたび》れた菅笠《すげがさ》を被っているが、人の視線を感じた。目だけを動かして警戒すると、半町（約五五メートル）ほど離れたところに立っている二人の侍が、雪之丞を不審そうな顔で見ていた。

（何をしてやがるんだ……）

雪之丞は様子を見るために、そのまま地面に尻《しり》を下ろし、煙草入れを出して煙管《キセル》に火をつけて吹かした。

二人の侍は近づいては来ないが、自分のほうを見ている。目付か……。そう思って横目を使って二人の侍を見た。着流しに羽織をつけただけで、浅い編笠を被っている。紺足袋《たび》に雪駄《せった》である。

雪之丞の胸にいやな予感が走った。無闇に接触することは避けなければならない。ゆっくり立ち上がると、尻を払って一旦《いったん》その場を離れることにした。

だが、しばらく行ったところで背後に人の気配を感じた。声をかけられたのは、坪井川を渡ってすぐのところだった。

「おぬし、どこの者だ？」

細身で背の高い男だった。探るような目を向けてくる。

「へえ、戸坂村の百姓です」

「きさま、昨日もこの辺をうろついていたな」

中肉中背の男だ。鰓《えら》が張っており、右頬に半寸（約一・七センチ）ほどの古傷があった。見るからに悪人顔で雪之丞を威嚇してくる。

「青物を売るためです。今日も持ってきてるんですけど、まだ早いようなので、他の町をまわってこようと思ってるんです」

雪之丞はそう言って背負っている籠《かご》を見せた。茄子と胡瓜《きゅうり》を入れている。

「そうか……。行け」

悪人顔は表情ひとつ変えず顎《あご》をしゃくった。

雪之丞は背中に二人の視線を感じながら歩いた。一旦遠くへ離れたほうがいい。

あの二人は昨日もこの近くにいたのだ。いったい何者だと思いつつも、関わってはならないという思いが足を急がせた。

気がついたときは、花畑屋敷の東側に広がっている百姓地まで来ていた。水田が広がっており、風を受ける青い稲穂が風に吹かれて波打っている。田の水はまばゆく光り、泥鰌《どじょう》の泳ぐ水辺で蛙《かえる》が鳴いていた。

「しばらく」

ふいの声に振り返ると、さっきの二人の侍だった。雪之丞はハッと顔をこわばらせた。

二人の侍はずかずかと近づいてきて、間合い一間半ほどのところで立ち止まった。

「きさまどこから来た？」

剣呑な目を向けてくるのは悪人顔だった。

近くにある竹林がざざっと風の音を立てながら一方になびいた。

「さっきも言ったはずです。戸坂村です」

「戸坂村のどこだ？」

「どこと言われても……」

雪之丞は村の名を口にしたのはまずかったと悔いたが、もはや遅い。

「村のどこに住んでおる？」

悪人顔が近づいてくる。そして、細身の男が雪之丞の退路を阻むように動き、背後に立った。雪之丞は危機を感じた。こやつらは、おそらく目付だ。そうに違いない。

「言わぬか」

悪人顔は刀の柄《つか》に手を添えて詰め寄ってくる。

「川のそばです」

又蔵の家のすぐそばを小さな川が流れていた。雪之丞はそれを思い出して口にしたが、

「堰之元《せきのもと》か畑中《はたなか》か……」

悪人顔は小名を口にしてたたみかける。この二人は戸坂村に詳しいのだ。

「きさまは怪しい。奉行所で話を聞かせてもらう」

雪之丞は万事休すだと思った。あたりに視線をめぐらすが人の姿はない。表通りにつづく畦道があり、右側は竹林、左は蛙の鳴いている稲田だ。

「来い」

悪人顔が足を一歩踏み出すのと、雪之丞が背負っている籠を払い落とし、菰に包んでいた刀を抜いたのは同時だった。

「やッ！」

悪人顔は跳びのきざまに抜刀し、雪之丞の一撃を跳ね返した。キーンと鋼の音が耳朶《じだ》にひびき、竹林がひときわ大きく音を立てて揺れた。

雪之丞は右八相に構え、背後にいる細身の男の攻撃をも警戒した。

「さてはきさま間者であるな」

悪人顔が目をぎらつかせた。雪之丞は無言のまま間合いを詰め、悪人顔が中段から右八相に構え直した瞬間に地を蹴って、袈裟《けさ》懸《が》けに刀を振り下ろした。

ビシュッ！　肉を断つ音がして、悪人顔の首筋から鮮血が噴出した。

「ああ……」

悪人顔は驚愕《きょうがく》したように目を見開き、数歩よろけ、そのまま稲田のなかに突っ伏したが、雪之丞はたしかめる間もなく、背後から打ちかかってきた細身の男の一撃を跳ね返した。

相手はよろけて下がった。雪之丞は間髪を容《い》れず踏み込んで突きを送り込んだ。

相手は身を翻してかわしたが、雪之丞のつぎの斬り込みが左肩口を掠《かす》め斬っていた。

「く、くっ……」

細身の男は悔しそうに口を引き結ぶと、大きく下がった。雪之丞は仕留めなければならなかった。だが、相手はさらに足を速めて遠ざかり、口に呼び子をくわえて吹き鳴らした。

ピーィ！　ピーィ！　ピーィ！

その音は澄み渡った空にひびいた。近くにはたくさんの侍が詰めている花畑屋敷がある。雪之丞は呼び子の音に恐怖した。逃げるしかない。そう判断するやいなや、竹藪《たけやぶ》のなかに飛び込み後ろも見ずに逃げに転じた。

雪之丞が戸坂村の又蔵夫婦の家に逃げ帰ったのは、昼下がりのことだった。

「いかがした？」

息を切らし汗だくで帰ってきた雪之丞に、小三郎が聞いた。

「き、斬りました。相手は、おそらく目付です」

喘《あえ》ぎ喘ぎ言う雪之丞を、小三郎は信じられないといった顔で見た。

「何故さようなことを？」

雪之丞は早口でかいつまんで話した。

「この村のことを口にしたのか」

「この村のどこかまでは話していません」

「しくじりおって……」

小三郎は怒気に顔を赤くしてまわりを忙しく眺め、

「もはやここにはおれぬ。すぐ去《い》ぬるしかない」

と言って、新左衛門を見た。

「聞いてのとおりだ。目付ならまずい。長居は無用だ」

三人は少ない持ち物をつかみ取るなり、慌ただしく又蔵の家を離れた。

「それでどこへ行くのです？」

少し行ったところで雪之丞は、小三郎に訊ねた。

小三郎は周囲の景色をしばらく眺めたあとで、雪之丞に顔を戻した。

「おぬしは目付に顔を覚えられている。熊本に留まっておれば、いつ何時どうなるかわからぬ。かくなる上は、ほとぼりが冷めるまで熊本を離れるしかない」

七

霊巌洞に籠もって一月《ひとつき》がたった。武蔵の筆は進んでいたが、考えがまとまらずはたと止まることがある。そんなとき武蔵は近所の山を歩くのが常だが、金峰山西側から下ってくる小川を眺め、さらに足を延ばして坂を上っていったところに滝を見つけた。

数少ない村の者たちは「鼓《つづみ》が滝」と呼んでいる。その滝の近くまで来ると、光る有明の海が見え、はるか遠くに雲仙岳を望むことができた。

紅葉に染まる山の上では鷹《たか》や鳶がゆっくり舞っていた。

（おかしい）

内心でつぶやく武蔵に不安が兆していた。ときどき食べたものが胃の腑《ふ》から逆流し、咳《せ》き込むことがある。食べながら喉《のど》につかえることもたびたびだ。食は日毎に細くなり、弱った足腰にも以前のような力が入らない。

（やはり老いには勝てぬか……）

独白する武蔵だが生来が強気な男なので、精神力で克服しようと坐禅を組み滝に打たれた。頭上から落ちてくる清涼な水を受けながら、ひたすらの只管打坐《しかんたざ》。

すべての煩悩を滝で洗い流し、無我無欲の境地を求めることで武蔵はおのれの奥深いところに空を得、力を甦《よみがえ》らせた。気力である。

滝行のあとで寝食を与えてくれる雲巌寺の住職に会った。無駄口をたたかない寡黙な坊主だが、そのとき気になることを言った。

「二月《ふたつき》ほど前にも武蔵殿を訪ねてきた者がいましたが、今日もその者と思われる男が上の窟に足を踏み入れていました。武蔵殿のお弟子ではない人でした」

「いかような者で？」

「行商人のようにも見えましたが、刀を腰に差していました」

武蔵にはぴんと来なかった。

「ひとりでございましたか？」

「訪ねてきたのはひとりでしたが、立ち去る姿を見送っていますと、途中で仲間らしき二人の男があらわれ連れ添って山を登って行きました」

やはり武蔵には心あたりがない。ひょっとすると、自分のことを心配している長岡興長あたりが差し向けた使いの者か、自分の噂を聞いて訪ねてきた者だろうぐらいにしか考えなかった。

しかし、城下にも妙な噂が流れていた。

「似たような男が何度も見かけられています。それもここ半年の間に、城下をうろついている得体の知れない者です」

長岡佐渡守興長に報告するのは目付だった。

「この夏には目付が何者かに斬られたことがあったが、その仲間であろうか……」

「斬られて命を落としたのは小泉《こいずみ》という目付でしたが、もう一人の目付は軽い怪我をしただけでございます」

「相手のことはどこまでわかっておるのだ?」

「残念ながらわかっていませんが、怪我をした黒崎という目付は相手を見ています。相手の男は二十歳ぐらいで、大まかな人相がわかっています。手前ども目付は黒崎の話をもとに、その男を捜しているところです」

「もしや、八代から放たれた回し者かもしれぬ」

興長はつぶやくような声を漏らした。

八代の三斎と本藩熊本にある溝はまだ埋まっていない。三斎は依怙地《いこじ》なほど分藩化にこだわっているが、その企《たくら》みどおりにことは運んでいない。

「油断はならぬな。その者たちを見つけて探りを入れるのだ」

興長は目付に命じた。

それから数日後にまたもや、別の目付からの報告を受けた。

「隠棲されています氏井弥四郎様の屋敷に、出入りしていた三人組ではないかという話があります」

「三人組……」

「はい、城下をうろつく不審な男たちも三人です」

興長はまたもや考えをめぐらした。氏井弥四郎は先代忠利が召し抱えた剣術指南役だが、忠利亡き後も、遺言に従って扶持を与えている。

しかし、弥四郎は柳生但馬守宗矩の弟子である。いまや将軍の側近として絶大な発言力を持つ但馬守は、かつては惣目付の職にあり、諸国大名家に目を光らせ、情報を収集していた。それはいまも変わることなく、諸国に間者を放っている。

氏井弥四郎は但馬守の息のかかった男で、細川家の動きを逐一江戸に沙汰《さた》している懸念があった。それ故に弥四郎の屋敷にはひそかに見張りをつけてあった。

興長は不審な三人の男は江戸から放たれた間者かもしれないと考えもしたが、はっきりしたことはわからない。

「とにかくその三人を見つけ正体を暴くのだ」

興長はそう命じて、探索の目付の数を増やすように指図した。

熊本は冬を迎えた。寒さは厳しさを増し、いまにも雪を降らしそうな雲が空を覆い、早朝の川には氷が張り、野や畑には霜柱が立った。

清は霊巌洞に籠もっている武蔵の体を心配していたが、惣兵衛と九左衛門がときどき様子を見に行って帰ってくる。

その度に清は、武蔵のことを聞くのが常になっていた。

「先生は見かけは元気でいらっしゃるが、だいぶ弱られたご様子。どこか悪いのではないかと思うほどだ」

と、惣兵衛が言えば、

「たしかにそう見える。体もひとまわり小さくなられた気がする」

と、九左衛門も言葉を添える。

「おぬしもそう思うか……」

「これから寒さは厳しくなるばかりです。この屋敷に戻ってこられたほうがよい気がします。なにより体が大切だと思うのですけれど……」

清が言葉を挟むと、二人はそうしたいところだが、そのように説得をしても聞き入れてもらえないと、ため息をついた。

その夜のことだった。玄関に訪《おとな》いの声があり、清が対応に出ると、沢村友好と長岡寄之という藩の家老だった。

二人は惣兵衛と九左衛門に、大事な話があると言って座敷にあがった。

清が茶を運んで行こうとすると、人払いをされた。清は一旦台所に下がったが、緊張した面持ちの二人の家老が何を話しに来たのか気になり、座敷に近い廊下に座って耳を澄ました。

「刺客かもしれないと……まことでございますか?」

驚きの声を漏らすのは九左衛門だった。

清は息を詰めて耳を澄ましつづける。

「たしかなことではないが、そう考えてもよさそうだ。話を聞いてわたしも耳を疑ったが、間者の狙いは武蔵殿にあるようだ」

「なぜ先生が……」

震える声は九左衛門だった。

「この夏、この屋敷のそばをうろついていた百姓がいた。怪しいとにらんだ二人の目付がその百姓を問い詰めたところ、小泉という目付を斬り、もう一人の目付黒崎にも斬りかかって逃げている。目付は人数を増やして目を光らせているが、いまだ捜し出せぬ」

「目付殺しをしたその男も先生を狙っているとおっしゃるので……」

これは惣兵衛だった。

「わからぬが、そやつはこの屋敷のそばで何度も見かけられている。そのことが気になるのだ。武蔵殿への意趣かもしれぬが、ひょっとすると柳生家の仕打ちかもしれぬ。当家はご先代様の頃より将軍家御流儀である新陰流を本道としていた。ところが武蔵殿を客分として迎えて以来、円明流……いや、いまは二天一流と号しているが、その流儀が広く行きわたっている。ご先代様ももとは新陰流であった。それも長く但馬守様から手ほどきを受けておられた。それなのに、細川家は武蔵殿の流儀に乗り替えた。柳生家の側に立って考えれば、許しがたきことかもしれぬ」

どちらの家老の声かわからないが、言葉には緊迫したひびきがあった。清は身を竦《すく》め顔をこわばらせた。

「しかしながらわかったことがある。目付小泉を殺して逃げた男は、この夏まで城下の西にある、戸坂村の又蔵という百姓の家にいたことがわかった。そこに二人の仲間がいたこともあきらかになった。いまはどこにいるかわからぬが、目付らが足取りを追っているところだ」

別の家老がすぐに言葉を足した。

「わたしらの推量が外れておればよいが、ここは用心が大事。明日から武蔵殿のいる窟の近くに見張りを立てる。峠道にも人を配ることにした。ついてはそのほうらは明日にでも武蔵殿を訪ね、この屋敷に戻るよう説得してもらいたい」

「先生の命が狙われているかもしれないということを、伝えたほうがよろしいでしょうか？」

九左衛門の声だった。短い間があって、家老のひとりが答えた。

「それは言わぬほうがよかろう。されど、武蔵殿をしっかり守らなければならぬ。これは殿のお指図でもある」

「承知いたしました」

惣兵衛が応じて短い間があった。

清の心の臓は早鐘のように脈打っていた。

（先生が命を狙われている。まさか、ほんとうだろうか……）

凝然と目をみはっていると、畳を摺《す》る足音が聞こえたので、清は慌てながらも注意深く台所に下がった。

孤高の剣

一

　惣兵衛と九左衛門は翌早朝、霊巌洞へ向けて出立した。二人は歩くたびにしゃりしゃりと鳴る霜柱を踏みしめ、険阻で狭隘《きょうあい》な山道を白い息を吐きながら歩いた。

「惣兵衛さん、先生をどうやって説得します。ご家老らは連れて帰れとおっしゃいましたが、先生は首を縦には振ってくれませぬよ」

　九左衛門は歩きながら惣兵衛に話しかける。

「難しいことだな。屋敷に帰ろうと言っても、素直に聞く方でないというのはおれたちが一番よく知っておるからな」

「しかし、先生の命が狙われているとなると放っておけることではありません」

「うむ、そうではあるが……」

　惣兵衛はいつになく難しい顔つきで黙り込んだ。

九左衛門も黙って歩きつづけた。心底にはほんとうに武蔵の命を狙う柳生家の間者がいるのかという疑念があった。

たしかに細川家は新陰流から二天一流に鞍替《くらが》えをした。いまや藩主から足軽にいたるまで、武蔵の流儀を身につけようと熱心になっている。しかし、それだけのことで命まで狙われることがあるのだろうかと考える。

「ご家老らは心配し過ぎておられるのではないでしょうか」

しばらくして九左衛門は口を開いた。

「万が一のことを考えていらっしゃるのだろう」

九左衛門はまた黙った。万が一のことなど決してあってはならない。しかし、そんなことがあるのだろうかと思いもする。

金峰山の上り口に来たとき、九左衛門は足を止めた。惣兵衛も立ち止まって一方を見た。槍《やり》を持った五人ほどの足軽が立っていたのだ。しかも具足姿である。

その者たちと目が合った。と、ひとりの足軽が進み出てきた。

「岡部様と増田様ですね」

九左衛門が目を凝らすと、相手は菅笠《すげがさ》を少しあげて顔を見せた。屋敷にやってくる弟子のひとりだった。

「何をしておるのだ？」

惣兵衛が問うた。

「城下をうろついてる怪しい三人組がいるので捕まえるためです。目付殺しもその三人の仕業ではないかと言われています」

九左衛門は惣兵衛と顔を見合わせた。家老らが手配しているのだとわかった。

「もし、そんな男たちを見つけたら、お気をつけくだされませ」

九左衛門はわかったとうなずいて山道に入った。

日が徐々に高くなっていくにつれ、草木を覆っていた白い霜が消えていった。甲高い鵯《ひよどり》の声や、かまびすしい目白の鳴き声が聞こえるようになった。

峠を越えるとそこから下り坂になるが、その峠の近くにも見張りについている者たちがいた。そんな男たちを見ると、いかに武蔵が藩に重宝されているかというのをあらためて思い知らされる。

河内川《かわちがわ》沿いに坂道を下る途中で、雲巌寺の屋根と霊巌洞を囲む雑木林が見えてきた。二人は坂道を下り岩戸山へ向かう。そこまでくればあとは造作ない距離である。

まず武蔵が寝起きしている雲巌寺の庫裏を訪ねたが、すでに武蔵は窟《いわや》に籠《こ》もっているのがわかった。運んできた荷物を寺男に渡して二人は窟を訪ねた。

「先生、先生……」

九左衛門は窟の下から声をかけた。短い間があって、武蔵が顔をのぞかせた。

「二人揃って何をしに来た？　代稽古《だいげいこ》を頼んでいるはずだ」

「お願いがあってまいったのです」

惣兵衛が言葉を返して、そこへあがってよいかと訊《たず》ねた。

「かまわぬ」

九左衛門と惣兵衛は窟のなかに入った。武蔵は蒲《がま》の敷物に座って書き物をしていたようだ。文机《ふづくえ》には束になった料紙が置かれ、そのまわりにも草稿らしき紙が散らばっていた。

「食べ物をお持ちいたしました」

惣兵衛は剝《む》き出しの岩の上に座って言う。九左衛門も腰を下ろすが、しんしんとした岩の冷たさが体を這《は》い上ってくる。

「かたじけない。願いがあると言ったが何だ？」

惣兵衛が九左衛門を見た。おまえが話せという顔だ。

「先生、もう寒さが身に沁《し》みる季節です。ここはとくに寒いではありませぬか。こんなところで一冬過ごすのはいかがなものかと思いまする」

「わしにはいっこうに応《こた》えぬ。風の冷たさでますます身が引き締まり、頭が冴《さ》え渡るのだ。心配はいらぬ」

「そうはおっしゃっても、お歳をお考えくださいませぬと……。十年前ならまだしも、還暦を過ぎていらっしゃるのですよ。若いときのように体は持たないと思います」

「そんなやわなわしではない」

「それは重々承知していますが、やはり体に応えるはずです。どうか無理をなさらず、わたしらと屋敷に戻っていただけませんか」

「わしにはやらねばならぬことがある。ここでやり遂げると決めたからには、それを曲げることはできぬ」

やはり武蔵は強情であった。いくら説得しても無駄だった。

結句、九左衛門は惣兵衛と相談し、しばらく雲巌寺に逗留《とうりゅう》し、武蔵に付き合うことにした。武蔵は帰れ帰れとうるさかったが、そこは九左衛門も惣兵衛も折れなかった。

その間、九左衛門に気になることがあった。ときどき武蔵が激しく咳《せ》き込んだり、よろけたりするのだ。

「惣兵衛さん、先生はどこか体が悪いのではないでしょうか。顔色もすぐれません」

「おぬしもそう思うか。おれもそのことを心配しているのだ」

九左衛門と惣兵衛がそんな言葉を交わした夕暮れのことだった。そろそろ武蔵が窟から戻ってくる刻限なのに、いっこうにその気配がない。心配になって九左衛門が見に行くと、窟にかけられた段梯子《だんはしご》の前に武蔵が倒れていた。血を吐いたらしく、口許《くちもと》が赤く濡《ぬ》れてもいた。

「先生、先生、大丈夫でございますか？」

九左衛門が驚いて声をかけると、武蔵はすぐに正気を取り戻し、手を貸そうとするのを振り切って僧堂に戻った。しかし、そのまま食事も取らずに横になった。

「九左衛門、おれは明日山を下りてこのことをご家老に伝える。おぬしは先生の介抱を頼む」

そう言った惣兵衛は、翌朝早く雲巌寺をあとにした。

その翌々日、惣兵衛は藩医を連れて雲巌寺に戻り、武蔵の体を診てもらった。藩医は薬を調合し、無理はしないほうがよい、屋敷に戻って養生しなければ命を縮めるばかりだと武蔵に言ったが、

「懸念に及ばず」

と、武蔵に一蹴《いっしゅう》された。

これには九左衛門も惣兵衛も困り果てた。かくなるうえは家老に相談し、藩主光尚から下知を賜るしかないと考えた。

二

その日、馬を飛ばして霊巌洞から帰ってきた惣兵衛は暗鬱《あんうつ》な顔をしていた。玄関に入って来、清の顔をちらりと見ただけで、上がり口にへたり込むように腰を下ろした。

清はいやな胸騒ぎを覚え、

「先生はいかがされました？」

と、訊ねる声は我知らずかすれていた。

惣兵衛はゆっくり顔を上げると、小さなため息を漏らし、

「先生はもう長くないかもしれぬ」

そう言ってから、あきらかに武蔵が体を壊していることを口にした。

黙って話を聞いていた清の心の臓が騒がしく脈打った。

「血を吐かれたのですか？」

「心配するなと言われたが、心配せずにはおれぬだろう。医者もこの屋敷に戻るように勧めたが、先生は聞く耳をお持ちではない。さっき、家老の長岡様にその旨の話をしてきたところだ」

「それで……」

清は惣兵衛に近づいた。

「連れ戻す算段をするとおっしゃった」

「それはいつのことです？」

「わからぬ。明日なのか、三日後なのか、それとも十日後なのか……ご家老らにまかせるしかない」

清は家のなかに視線をめぐらした。すぐにでも霊巌洞に飛んでいきたい心境だった。

「惣兵衛さんは、これから窟に戻られるのですか？」

「そうしたいが、明日もう一度花畑屋敷に行って他のご家老らに詳しい話をしなければならぬ。困ったものだ」

惣兵衛は深いため息をついて肩を落とした。

清は眠れぬ夜を過ごした。武蔵のことが気になってしかたがない。とても眠れそうになかった。目をつむれば、苦悶《くもん》しながら病魔と戦っている武蔵の顔が瞼《まぶた》の裏に浮かぶのだ。それはいままで見たことのない顔だが、清は武蔵の痛みを想像することができた。

結局、眠れぬまま夜明け前に起き出し、台所に立った。気持ちは決まっていた。なにかうまいものを作って武蔵に届けようと考えた。

竈《かまど》に火を入れ、煮物を作り、飯が炊けるとにぎり飯を作った。武蔵の部屋に入り着替えも用意し、まだ暗いうちに屋敷を出た。惣兵衛に断らなければならないが、そんなことをしたら止められるのはわかっている。あとで叱られてもかまわないと肚《はら》を括《くく》っていた。

城下を抜け井芹川をわたった頃に、白々と夜が明けてきた。霜の降りた周囲の野や畑には薄い霧が立ちこめており、歩くたびにしゃりしゃりと霜柱を踏む音がした。

金峰山の上り口に来たとき、森のなかで鳴く鳥の声が聞こえるようになった。足を進めるたびに、鳥の声が多くなり、あたりも次第に明るくなっていった。

「待て、どこへ行く」

叱責《しっせき》するような声を聞いたのは、山道に入ってすぐのところだった。清は心の臓が止まるほど驚いて立ち止まった。声のほうを見ると具足姿に槍を持った足軽風情の侍が、林のなかからあらわれた。林のなかには他にもいくつかの人影があった。

「霊巌洞に行くところです」

清は正直に答えた。侍は訝《いぶか》しげな顔をして近づいてきた。

「何をしに行くのだ？」

「わたしは宮本武蔵様のお屋敷の女中です。食べ物を届けにまいるところです。決して怪しいものではありません」

「宮本武蔵殿の……」

相手が眉宇《びう》をひそめ首をかしげたとき、新たな侍が出てきて、清をためつすがめつ見た。

「嘘ではない。この女は武蔵先生の屋敷女中だ。おれは知っておる」

清はその侍を見た。ときどき屋敷に稽古に来る武蔵の弟子だった。

「食べ物を届けると言うが、一人で行くのか？」

「はい。急がなければならないのです」

侍は少し考え、仲間を見てから通してやれと言った。

清はほっと胸を撫《な》で下ろして山道を上った。急ぐあまり息が切れそうになったが、清は休まずに歩きつづけた。息は白い筒になり、額に汗が浮かんできた。峠に来たときまた侍に声をかけられた。やはり具足姿で槍を持っていた。そこには十人ほどの男たちが詰めていた。清は霊巌洞にいる武蔵に食べ物を届けるのだと、さっきと同じことを話し許しを得て通してもらった。

二度も呼び止められた清は、武蔵の命を守るために見張りについている足軽だというのを知った。それだけ武蔵が藩に重宝されているのだと、いまさらながら思い知らされた。

「お清、お清ではないか」

清に気づいて山門脇の小川の畔《ほとり》から立ち上がったのは九左衛門だった。

「先生は、先生はどちらです？　お体は大丈夫なのでしょうか？」

清は息を切らしながら聞いた。

「さては惣兵衛さんから話を聞いたのだな。先生はいつもとお変わりないが、だいぶ弱られている。それで惣兵衛さんはいかがした？」

「今日は花畑屋敷に行って、ご家老様たちに先生のことを話さなければならないとおっしゃっていました。そのご用が終わったら、またこちらへ見えるはずです。それで、先生は？」

「寺のほうだ。もう起きてらっしゃる。どれ、案内しよう。荷物を」

九左衛門が清の荷物を持って、武蔵が仮寓《かぐう》している部屋に案内した。その部屋は障子越しのあかりに満たされていたが、狭い板の間で足裏から冷たさが這い上ってきた。

「お清……」

文机の前に座っていた武蔵が、顔を振り向けてきた。少し驚き顔をしているが、あきらかに顔が細くなりしわが深くなっているのがわかった。清はその顔を見ただけで、胸が締めつけられ、思わず泣きそうになった。

「一人で来たのか？」

清はうなずいて武蔵の前に座り、

「先生が少しでもお元気になるように食べ物を作ってきました」

と、風呂敷《ふろしき》で包んだ持参の食べ物を武蔵の前に置き、食べてくださいと勧めた。

武蔵は風呂敷を解き、食べ物を眺めて、清に視線を戻した。

「かたじけない。お清の気持ちだ。喜んでいただこう」

武蔵は嬉《うれ》しそうに口許をゆるめた。

「先生、いつもここにいらっしゃるんですか？」

を向けた。

「昼間は窟で過ごしておる」

「お体が大事です。無理をなさらずに屋敷に戻ってくださいませんか」

清は祈るような気持ちで言った。隣に座っている九左衛門が、そうだそうだと言わんばかりの顔でうなずいている。

「いずれ戻るが、わしにはやらなければならぬことがある。わかっておるだろう。それにしてもあの山道を一人で来るとは……」

武蔵はあきれたような顔をして首を振り、清の手に視線を向け、眉宇をひそめた。

それから一方に手を伸ばして、小さな壺《つぼ》をつかみ、清の手を取った。

「あかぎれがひどいではないか」

武蔵はそう言って、清の小さな手をつかんだまま、膏薬《こうやく》を丁寧に塗っていった。

「これは馬油だ。あかぎれによく効くのだ」

清は一心に馬油を塗ってくれる武蔵を眺めていた。慈愛に満ちた顔をしていた。近寄りがたい面相だが、武蔵はほんとうにやさしい。そのやさしさが清の胸を熱くした。

清は丁寧に塗ってもらった手を大事そうに胸にあて、もう一度屋敷に戻ってほしいと懇願した。武蔵は口の端に微笑を浮かべただけで、心配いらぬと言うだけだった。

いっそ武蔵の命を狙っている間者がいることを白状しようかと思ったが、喉元《のどもと》で抑えるしかなかった。家老らも口止めしているので、宮本家の下女が口にすることではなかった。また間者の存在を知った武蔵が不安がり、体調を悪化させはしないかと心配もした。

武蔵は霊巌洞での暮らしは悪くない、仕事も捗《はかど》っている、寺の住職は寡黙だが面倒見のよい人だと話した。

「どれ、そろそろ窟に行かねばならぬ」

他愛もない話をしたあとで、武蔵はゆっくり立ち上がり窟に向かった。清もあとをついていった。

「清の手作り、あとで存分に楽しみながら食べることにいたす。大儀であったな。気をつけて帰れ」

武蔵は窟の前で立ち止まって清を振り返った。清が唇を引き結んでうなずくと、

「これはいかぬ」

と、武蔵は清の足許にしゃがみ、草鞋《わらじ》を脱げと言った。

「これでは途中で鼻緒が切れてしまう」

武蔵は草鞋の紐《ひも》を器用にほぐし、そしてしっかり縒《よ》り直して結んだ。

「屋敷までは持つはずだ。戻ったら新しいものに履き替えなさい」

武蔵は立ち上がって、清の肩にやさしく手を置き、そして窟に上っていった。その姿が見えなくなってから清は声をかけた。

「先生、早く戻ってきてください」

返事はなかった。九左衛門を見ると、日のあるうちに早く帰れと言われた。

清は仕方なく霊巌洞を離れた。とぼとぼと山道を上り、何度も霊巌洞を振り返った。林が邪魔をして窟を見ることはできなかったが、清は胸の前で手を合わせて、

「先生、無理をなさらずに。体を大事にしてください」

と、祈るようにつぶやいた。

それから自分の手をじっと眺めた。武蔵に馬油を塗られた感触がまだ残っていた。武蔵の手は大きくて、かさついて節くれ立っていた。それでもその手にはぬくもりと、清を思いやるやさしさがあった。

(先生……先生……)

山道を下りながら武蔵を慕う気持ちがだんだん膨らんでいく。清には父があった。しかし、早くこの世を去った父の面影は清の頭から消えていた。思い出そうにも思

い出せない。代わりに脳裏に浮かんでくるのは武蔵の顔である。

（先生……父様……父様……。先生はわたしの父なのですね。そう思えとおっしゃいましたね。父様……）

武蔵を慕う気持ちが胸を熱くし、清はいつしか涙をこぼしていた。どうしてこうも武蔵のことを思うのかと、清自身にもわからなくなっていた。

三

年が明け、正保二（一六四五）年の正月――。

武蔵は光尚の命令を受け、城下の屋敷に戻っていた。藩医は日を置かず診察にやって来て武蔵の体の具合を診、その都度薬を調合して帰った。

武蔵は藩主年賀の儀にも出席できず、養生に努めていたが、その間も『五輪書』の執筆は怠らなかった。

光尚は参勤のための支度に入り、桃の花が開きはじめた二月十五日に熊本を発《た》った。その折、光尚は若家老の長岡寄之と沢村友好を武蔵の面倒を見させるために熊本に残した。

「殿様を見送ることもできなかった。情けないことだ」

武蔵は悲嘆したが、周囲は自分の体を第一に考えてくれと説得した。武蔵も自分の体が弱っているのを強く自覚しているらしく、周囲の説得に異を唱えることはなかった。

そんな武蔵の介抱を務めるのは清である。武蔵も清の世話をありがたがり、

「そなたがいてわしの体もだいぶよくなってきた。恩に着る」

と、清には物わかりのよいことを言った。

「先生あってのわたしですから、そんなことおっしゃらないでください」

清は武蔵の髪を梳《す》いたり、髭《ひげ》を剃《そ》ったりもした。暖かい日には体を拭《ふ》いてやった。武蔵は素直にその世話を受ける。

そんなある日のことだった。清が台所仕事をしていると、背後に人の気配を感じて振り返った。そこに武蔵が立っていたので、清は驚き顔をしたあとで、

「何だ先生でしたか。何かご用でしょうか？」

と、頬をゆるめた。

「驚かしてすまなんだ。そなたは何故、わしの面倒を見るのだ」

武蔵はそう言って上がり框《がまち》に腰を下ろした。春の日が煙出から差し込み、土間に

縞目《しまめ》を作っていた。表からは鶯《うぐいす》の清らかな鳴き声が聞こえてくる。

「先生はいつかわたしにおっしゃいました。わたしを父と思えと……だからわたしは先生を父と思っています。ほんとうです」

「嬉しいかぎりだ」

その短い言葉に、清は胸を熱くした。

「お清がいて助かる。そなたはいい女だ。辛《つら》い思いをし、こんな老いぼれの面倒を見ることになるとは不憫《ふびん》なことよ」

「そんなことはありません」

本心だった。すべての思いをぶつけたくなった。目が潤みそうにもなった。

「正直なことを話してもよいでしょうか」

「申せ」

清は大きく息を吸ってから口を開いた。

「わたしは貧しい家に生まれ、両親とも早く死に別れ、運にも恵まれず、そして人の女房になりました。でもひどい亭主で何ひとつい思い出はありません。やさしくされたことさえありませんでした。その亭主が先立って自由の身になりましたが、声をかけられて武家奉公に出ました。でも、そこにもひどい仕打ちが待っていました。女中奉公のはずなのに、無理矢理夜の伽《とぎ》をさせられました。思い出しても身の毛のよだつほどいやなことでした。いつも逃げたい、いっそのこと死にたいとさえ思うほど苦しみ喘《あえ》いでいました。そんなとき、加藤家が改易になり、その奉公先から逃れることができました。つぎに細川のお殿様が熊本入りをされて、また奉行職にある浅山の殿様に仕えました。それまで辛い思いばかりしていたので、またひどい仕打ちが待っているのではないかとビクビクしていましたが、その思いに反し、浅山の殿様はよくしてくださる方だったのでほっと胸を撫で下ろしました。ところが、ある日突然、宮本武蔵という武芸者の屋敷に行けと命じられました。それが先生でした」

「なぜ断らなかった?」

「……それは、わかりません。断れなかったのです。でも、先生に初めてお目にかかったとき、これはとんでもないところに来たと思いました。先生にじっと見つめられたとき、わたしは蛇ににらまれた蛙《かえる》の心持ちがわかったような気までしました。怖くて仕方ありませんでした。また地獄のような毎日が来るのではないかとビクビクしていました。でも、それはわたしの思い過ごしでした。先生は見た目ほど厳しくはなく、それ以上に思いやりのある方でした。強い人ほどやさしいのだと思いました。先生はおっしゃいました、自分のことを父親だと思え、先生はわたしを娘と思うと……あのときほど嬉しいことはありませんでした。涙が出そうになるほど嬉しゅうございました」

そう言う清の目から涙が溢《あふ》れていた。

「わたしは先生のおそばにいてお世話をするのが楽しくなりました。弟子たちに稽古をつけられる先生、書き物や細工物を作られる先生、岩の上で坐禅《ざぜん》を組まれる先生を、ずっとわたしは眺めて、心のなかでほんとうの父がここにいらっしゃると思いました。硬かった心がほぐれるのを感じ、わたしはやっと安らかな心持ちになっていることに気づきました。そうなれたのは先生のおかげです。だから、無理をなさらずもっと長生きをしてください。お願いいたします」

清はぽろぽろと涙を流しながら頭を下げた。

「お清」

泣き濡れた顔をあげると、腕を引かれて武蔵の前に立たされた。そして、帯に挟んでいた手拭《てぬぐ》いを使って涙を押さえてもらった。

「嬉しいことを言うやつだ。ありがたいことよ」

武蔵は無表情に言ったが、清は感謝の言葉を受けたことでまたどっと涙を溢れさ

せ、

（先生、長生きしてください）

と、泣きながら心中で祈った。


春の陽気につれ、武蔵の病状に快復の兆しがあった。藩医の処方した薬が効いたのか、あるいは大事を取って養生していたおかげかもしれない。

蜜蜂《みつばち》が花のまわりを飛び交い、鶯が清らかに鳴き、葉を落としきっていた木々の芽が葉を広げて青く茂りはじめた。

武蔵は稽古にやってくる弟子たちを縁側に座って見守り、ときどき、構えがなっていない、太刀はそう動かすのではないなどと注意を与えるようにもなった。

それからしばらくして武蔵は、また霊巌洞に行くと言い出した。これには周囲も驚き、家老の長岡寄之と沢村友好が引き止めにやって来た。二人の止めに武蔵が応じないと、長老の沢村大学もやって来て説得にあたった。

清は座敷のやり取りを聞きながら、どうかここに留《とど》まっていてください、行かないでくださいと胸の前で手を合わせ祈るような気持ちでいた。

しかし、武蔵の意志はかたかった。

「ご家老、この春以来は養生と薬が効いたらしく、体の具合はすこぶるよくなりました。そうは申しましても、若い頃のようにいかぬことは我が身が知ること。もはや御知行の望みなどはございませぬ。先代様が兵法をお好みなされましたから、一流の見立てを申し上げ、手筋のあらましを御合点いただきましたが、是非なく逝去せられ、おのれは本意を達することができぬままです。後の世に拙者の名は残っても、身を以て奥義を伝えることはできませぬ。命はかり難くなったいまは、一日でも早く山に籠もり、道半ばの書を仕上げなければなりませぬ。どうぞお取りなし願いまする」

その言葉には武蔵の覚悟がひしひしと込められていた。

聞き耳を立てていた清は、武蔵が死を覚悟していることを知り、胸が締めつけられた。沢村大学も武蔵の決意を聞かされては言葉を返せなかった。

四

武蔵は霊巌洞に向かう朝、弟子の寺尾孫之丞を屋敷に呼んで、

「おぬしに頼まれてもらいたいことがある」

と、跪《ひざまず》いている孫之丞を見た。

「何でございましょう」

「わしがこれまで書いてきたものを清書してもらいたい。読み書きはできるな」

「むろんできますが、きれいな字は書けませぬ」

「かまわぬ。頼まれてもらう」

孫之丞は仕官していないし、熊本での一番弟子である。二天一流の技もかなり会得しているので、武蔵の書いた草稿も理解できる。武蔵はそう考えて頼んだのである。

屋敷を出る際、武蔵は清を振り返った。もう会えぬかもしれぬという決別の思いが胸のうちに広がっていた。

「お清、達者でな」

そう言おうとしたが、喉元で呑《の》み込み、いまにも泣きそうな顔をしている清に背を向けて馬にまたがると、轡《くつわ》を持つ九左衛門に「まいる」と指図した。

馬は蹄《ひづめ》の音をさせて霊巌洞に向かった。

内藤小三郎、浅川新左衛門、そして三枝雪之丞の三人は、自分たちが監視されていることを察知し、白川に架かる長六橋を渡った春竹村《はるたけむら》に潜伏していた。

　昨年、三人は戸坂村の老百姓又蔵夫婦の家を出てから熊本を一旦《いったん》離れ、豊前小倉藩領に入り、身をひそめていた。熊本に行けば、目付の監視が厳しいのはわかっていたので、その監視の目が緩くなるのをじっと待つしかなかった。

　小倉にいる間は不安はなく、暇を持て余しながらものびのびと過ごすことができた。しかし昨年の暮れ、そろそろ使命を果たすべく再度熊本に入った。

　ところが、三人の思惑どおりにはならなかった。目付殺しのほとぼりが冷めていないのか、三人は藩目付が自分たちを捜していることに気づき、城下を転々としなければならなかった。

　さらに城下の屋敷にいた武蔵が霊巌洞に籠もっているのを知り、金峰山に足を運んだが、そこには具足姿で槍を持った藩士の姿があった。二、三人なら斬り合ってでも峠を越えられるが、見張りをしている藩士は十人あまりいた。もし斬り合い、ひとりでも逃すことになれば、自分たちの身が危なくなるし、また怪我でもしたら役目を果たせなくなる。

　年長の小三郎は慎重になり、

「ここまで忍従してきたのだ。必ずやその機は訪れる。それまで待つしかない」

と、新左衛門と雪之丞を説得していた。

隠れ住んでいる春竹村の家は、具合よく空き家だった。屋根がかしぎ、壁が崩れ、戸板も建付けが悪くなっていたが、雨露はかろうじてしのぐことができた。昨年の秋の長雨で白川の水が溢れて被害を蒙《こうむ》ったので、住人は家を捨て離れた別の集落に引っ越しをしていたのだ。

その日小三郎は、春竹村のあばら家で留守番をしていた。新左衛門と雪之丞は城下に行って、ひそかに武蔵の動向を探っていた。

小三郎は武蔵が兵法書を書いていることを知っていた。それは武蔵の屋敷に通う弟子からうまく聞き出したことで、たしかなことだった。即座に江戸の十兵衛に書簡を送ると、しばらくして返書が届いた。

――武蔵を生かしておいてはならぬ。

さらに、

――兵法書を奪うことができれば、焼き捨てよ。

という指図も受けていた。

熊本に舞い戻って武蔵の動きを探りつづけているが、こうも近寄りにくい相手だとは思わなかった。

当初は、さっさと武蔵に接近して受けた役目を果たし、そのまま江戸に戻る予定だったが、ことは小三郎らの思惑どおりには運んでいない。そのことに小三郎は切《せっ》歯扼腕《しやくわん》し、忸怩《じくじ》たる気持ちを抑えつづけている。

近くに十兵衛がいれば、顔面を紅潮させて「ぐずぐずと何をやっておるんだ、このうつけ者らめ！」と、雷を落とされそうである。

いや、きっとそうに違いないと思う。しかし、江戸と熊本は離れている。それが小三郎らにさいわいしていた。

（なれど、役目は果たさなければならぬ）

小三郎だけでなく、新左衛門も雪之丞も、武蔵の命をもらうことに執念を燃やしている。それが彼らの使命ではあるが、小三郎らの頭には「武蔵を必ず斬り捨てる」という強い思いが痼《しこ》りのように固まっていた。

春の野には菜の花や蓮華草《れんげそう》や蒲公英《たんぽぽ》が、暖かい日の光を受けてほころんでいる。東のほうに目を向ければ阿蘇の噴煙を見ることができた。

庭に置いた切り株に座っている小三郎は、目を転じて金峰山に目を注いだ。

「武蔵め……」

独り言が口をついたが、武蔵が屋敷にいるのはわかっていた。しかし、武蔵はいっこうに外出をせず、屋敷に籠もったきりである。

夜半に押し入り寝込みを襲うことも考えたが、武蔵には二人の従僕がついている。その二人が、弟子たちに代稽古をつけるほどの腕があるというのもわかっている。

屋敷に押し入るのは断念するしかなかった。

「しかし、これ以上手間取っているわけにはいかぬ」

小三郎は足許に転がっている枝を拾ってボキッと折った。

城下に行っていた新左衛門と雪之丞が戻ってきたのは、日が西にまわりはじめた頃だった。

「小三郎さん、武蔵はまた霊巌洞に行っています」

雪之丞が真っ先に報告した。

「いつのことだ？」

「三日ほど前です」

「見逃したのはしくじりですが、今日やっとそのことがわかりました」

新左衛門が自分の失態だという顔をして言った。

「それで見張りは？」

「峠にも山の上り口にもついています」

雪之丞はそのことも調べてきたと言った。

「いかがします？　もうこれ以上長引かせるわけにはいきませぬよ。これまで延ばし延ばしにしているのです」

新左衛門は朴訥《ぼくとつ》で辛抱強い男だが、さすがに痺《しび》れを切らしているようだ。

小三郎は沈思黙考したあとで、さっと二人の仲間を見た。

「見張りの目を盗んで霊巌洞に向かおう。もはや猶予はならぬ」


霊巌洞に籠もった武蔵は、昨年同様に『五輪書』の執筆に取りかかった。冬場と違い過ごしやすい陽気がつづき、武蔵の体調は悪くなかった。

気晴らしに木刀を振ることもあれば、野山を散策することもあった。野山は花に彩られていた。木蓮、小手毬《こでまり》、雪柳などなど。霊巌洞で坐禅を組んでいると、どこからともなく甘い沈丁花《じんちょうげ》の匂いが漂ってもきた。

武蔵はある程度書き進んだものを、そばについている惣兵衛と九左衛門に渡し、清書をしている孫之丞に届けさせた。

古くから付き従っている二人は、そばを離れずにいた。屋敷に帰れ、おぬしたちの世話などもういらぬと言っても二人は聞かなかった。叱っても離れようとしない。

武蔵はあきらめることにした。

しかし、一月《ひとつき》もするとそれまでよかった体調がすぐれなくなった。喀血《かっけつ》したのだ。惣兵衛は慌てて、武蔵の馬を駆って城下に戻り、急ぎ藩医を連れてきた。医者の診立ては以前と変わらず、同じ薬を処方するのみだが、

「武蔵殿、ここにいてはいつどうなるかわからぬ。わたしの手の届く屋敷にお戻りなさい。そうしなければ体が持ちませぬよ」

藩医は諭すが、武蔵はこの地で『五輪書』を書きあげなければならぬ、それが本望だと言って聞く耳を持たない。

藩医は半ばあきれ、あきらめて帰って行ったが、その代わりに長岡寄之と沢村友好の二人が代わる代わるにやって来て、屋敷に戻るよう説得にかかった。

それでも武蔵は聞かなかった。頑として二人の若家老の心配をはねつけるのだ。

しかし、武蔵にも限界があった。たびたび喀血をするようになり、咳《せき》もひどくなった。

そんな武蔵を見た惣兵衛と九左衛門は、いよいよこれはいけぬと思い、花畑屋敷に駆けつけてその次第を告げた。

急報を受けてやって来たのは長岡寄之だった。このとき寄之は父興長の心配も口

にし、我慢強く説得にあたった。

武蔵は憮然《ぶぜん》たる顔つきで話を聞いていたが、ついに折れた。

「ご家老らのご懸念、身に余る光栄。これ以上拙者の我《わ》が儘《まま》をとおせば、ご家老らを煩わせるだけでございましょう。ご迷惑お許し願いますれば、二日後に山を下りるとお約束いたします」

寄之もそばについている惣兵衛と九左衛門も、ほっと胸を撫で下ろした。

「ただひとつお願いがあります」

武蔵は付け加えた。

「ここへ来るときに、槍を持った足軽の姿を見ました。山の上り口にも峠にも、あれは何のためでございましょう。我が身を案じてのことであれば、無用のこと」

武蔵は知っていたのだ。すぐに解散させてくれと言った。柳生の間者に命を狙われているかもしれないということは知らないが、寄之もその間者の動静をつかみ切れていないらしく、

「承知いたした。なれど、必ず二日後には屋敷に戻ってもらう」

と、いつになく厳しく念を押した。

「武士に二言はありませぬ」

五

二日後、霊巌洞と雲巌寺の荷物をまとめた武蔵は、惣兵衛と九左衛門の供を連れ岩戸山をあとにした。

二日の間、体を休めることに専念したせいか、その日はわりと体調がよかった。咳も常よりひどくなく、その朝は食事もよく喉をとおった。

馬上の武蔵は何度か霊巌洞のある方角に目を向けた。後ろ髪を引かれる思いではあったが、『五輪書』の大半は出来上がっていた。屋敷に戻ったら孫之丞にその草稿を渡して清書させるだけである。

「今日はいつになく気分がよい」

「それはようございます。この二日は無理をされなかったので、それがよかったのでございましょう」

馬を引く九左衛門が笑顔を向けてくる。

「先生、屋敷に戻っても無理はいけませぬよ」

惣兵衛が口を添えれば、

「うるさいことを言うやつだ。いつからさような生意気を言うようになった。小《こ》舅《じゅうと》ではあるまいに……」

武蔵はめずらしく冗談交じりの言葉を返した。

峠に差しかかったところで一休みして、湧き水を飲んだ。馬にも水をやり、それからまた城下に向かった。

空はよく晴れていた。気持ちよさそうに舞う鳶《とび》が、長閑《のどか》な鳴き声を落としてきた。周囲の山には清らな目白と鶯のさえずりがあった。

「あれは……」

峠を越えて下り坂に差しかかったときだった。惣兵衛が目の前にあらわれた三人の侍を見て立ち止まった。武蔵も馬を止めて三人を見た。

手甲脚絆《きゃはん》に打裂羽織《ぶっさきばおり》に野袴《のばかま》。その双眸《そうぼう》には異様な光があった。

「何者?」

惣兵衛が問うたが、相手は答えずに間合いを詰めてきた。すでに腰の刀に手をやり、鯉口を切っていた。

「何やつだ!」

九左衛門が剣呑《けんのん》な声を張りあげた。

「宮本武蔵殿であるな」

三人のなかで一番年長と思われる男が口を開いた。

「いかにもさようである」

武蔵は静かに答えた。

「主命によりお命頂戴《ちょうだい》仕《つかまつ》る」

男はそう言うなり抜刀して、立ち塞《ふさ》がった惣兵衛に斬りかかった。惣兵衛は菅笠を飛ばしながら刀を抜き払い、相手の一撃をかわして下がった。

「九左衛門、先生をお守りするのだ」

言われた九左衛門は馬を返そうとした。

「ならぬ」

武蔵は止めた。その間にも惣兵衛はひとりの男と刃《やいば》を交えていた。三人のなかでは若い色の白い男だ。鋼の打ち合わさる音が山にこだました。

さらに武蔵を守る九左衛門にもひとりの男が斬りかかった。九左衛門は脇差で跳ね返し、大刀を抜き払うなり、相手の腕を斬った。ぴっと鮮血が飛び散ったが、傷は浅いらしく、気を取り直して九左衛門に斬りかかる。

その間にもうひとりが馬上の武蔵を斬りにきた。武蔵は抜き様の一刀で、相手の刀を打ち払った。キーンと金音がしたと同時に、馬が前脚を上げてヒヒーンと鳴いた。

その瞬間、武蔵は病人とは思えぬ俊敏さで馬から飛び下り、斬り込んできたひとりの刀を脇差で払いのけ、右の大刀を一直線に突き出した。その切っ先は相手の胸を貫いていた。

「うぎゃあー」

相手は悲鳴をあげながら後ずさった。胸のあたりが鮮血に染まると、そのままバタリと山道に倒れた。

「惣兵衛、九左衛門、下がれ」

武蔵は苦戦している二人に声をかけた。

二人はそれはできないという顔を向けてきたが、

「よいから下がるのだ！」

と、山にこだまするほどの大音声を発した。武蔵の鳶色の双眸が光り、眦《まなじり》は吊《つ》りあがっていた。その顔貌《がんぼう》にはさすがの二人も従うしかない。

武蔵は前に出た。

「こやつらわしの命を取りに来た。ならばわしが相手するしかない」

正面右に若い男。同じく左に年長の男が脇構えで立っていた。

武蔵は両刀をだらりと下げ、二人がかかってくる間合いをはかる。若い男がじりじりと詰めてくる。武蔵は静かに息を吐き、吸う。

若い男が右足を踏み込みながら脳天を斬りにきた。武蔵は脇差でちょんと払いかわすなり、右手の刀を素早く引きつけ水車のように大きく振った。

「ぎゃあー!」

若い男の悲鳴と同時に、首の付け根から鮮血が噴き出した。武蔵はそのことにはかまわずに、左から突きを送り込んできた男の刀を擦り落とした。相手は即座に下がって構え直すなりつぎの攻撃を仕掛けてきた。

下方からの袈裟懸《けさが》けであったが、武蔵の動きが一瞬早かった。振りあげられる刀を押さえ、刹那《せつな》、右手の大刀で脳天に見事な一撃を与えたのだ。

「ぐぐっ……」

相手は一歩二歩と後ずさった。噴き出る血で顔面が赤く染まったと思うや、そのまま大の字に倒れて動かなくなった。

「先生……」

惣兵衛が駆け寄ってきた。

「こやつら主命と言った。持ちものを探れ」

武蔵はそう命じて刀に血ぶるいをかけて鞘《さや》に納めた。

惣兵衛と九左衛門は三人の男たちの着衣をあらためたが、持ち物は少なかった。

「あ、先生」

九左衛門がひとりの男の印籠《いんろう》をつかんで武蔵に見せた。

「それは……」

武蔵は眉宇をひそめ、主に薬を入れるのに使われる印籠に彫られている紋を凝視した。

地楡《ちゆ》に向かい雀。別称、吾亦紅《われもこう》に雀という家紋だった。

(柳生家の家紋)

武蔵はまさかと思った。だが、斬り倒した三人は柳生家からの使者と考えてよかった。

「いかがされます」

武蔵は九左衛門の手にある印籠をつかみ取ると、そのまま谷底に放り投げた。惣兵衛と九左衛門が「あッ」と驚きの声を漏らした。

「この一件、他言ならぬ。かまえて他言ならぬ」

武蔵は強く釘《くぎ》を刺した。このことが明るみに出れば、細川家と将軍家に少なからず支障が生まれると危惧《きぐ》したのだ。悪くすれば災いの火種になるやもしれぬ。それは避けなければならなかった。

「さ、まいろう」

武蔵は何事もなかったかのように馬にまたがったが、とたん激しく咳き込んだ。

六

城下の屋敷に戻った武蔵は、『五輪書』の仕上げにかかった。病状は決してよくなかったが、それは鬼のような執念の作業だった。

寺尾孫之丞は泊まり込みで武蔵の草稿の清書にあたり、清はまめまめしく世話を焼いた。

城代を務める長岡佐渡守興長以下、沢村大学、そして将来の細川家を支える若い家老長岡寄之と沢村友好らが日替わりで見舞いにやって来た。

武蔵は病を押して『五輪書』を書きあげると、さらに『独行道』を書き足した。

そのことに安堵《あんど》したのか、武蔵は床に臥《ふ》せるようになった。

「天気はよいか」

清が水を運んで行くと、武蔵は明るい障子に目をやって聞いた。

「ようございます。お加減はいかがでございましょう」

武蔵は「うむ」と小さな返事をしただけで、日差しを受ける障子を見やった。

清は乱れた武蔵の髪を梳《と》かし、濡らした手拭いで顔や首筋を拭いてやる。表から鳥たちの長閑《のどか》な声が聞こえてくる。

「もう夏であるか……外を見たい」

武蔵に乞《こ》われた清は障子を開けてやった。爽《さわ》やかな風が吹き込んできた。空には動かない真っ白い雲が浮かんでいた。

「惣兵衛か九左衛門を呼んでくれ」

清はすぐに二人を呼んだ。枕許に座った二人に武蔵は、

「宇右衛門様と式部様を呼んでもらいたい」

と頼んだ。宇右衛門とは沢村友好のことで、式部は長岡寄之のことだった。

その二人は昼過ぎにやってきて、武蔵の枕許に座った。

「式部様、そなたのお父上にはひとかたならぬ世話になり申した。粗雑なものではありますが、拙者が丹精込めて作った鞍をお受け取りください」

そう言ってから、お願いがありますと言葉を足し、

「拙者に長く仕えてくれた惣兵衛と九左衛門を、家中で召し抱えていただけませぬか。たっての願いでございます」

そう言ったとたん、座敷の隅に控えていた惣兵衛と九左衛門が「先生」と、声を漏らすなり、肩をふるわせて落涙した。

清も思わずもらい泣きをせずにはおれなかった。

さらに武蔵は、友好と寄之に、自分が死んだら具足をつけてくれと頼み、

「お世話になった殿様には会えずに、今生のお暇《いとま》をしなければなりませぬ。拙者の亡骸《なきがら》は参勤に向かう豊後街道のそばに埋めてください。そこで眠っておれば、いつでも参勤交代の行列を見守ることができます」

「相わかった」

友好は涙を堪《こら》えてうなずいた。

その夜、寺尾兄弟が見舞いに訪れ、清書をしてくれた孫之丞に『五輪書』を授けた。

さらに求馬助には忠利のために書いた『兵法三十五箇条』を授けた。

「求馬助、頼みがある」

「はは、何でございましょう」

枕許に座る求馬助は、武蔵の声を拾うために腰を折った。

「お清のことだ」

廊下に控える清はハッとなって顔を上げた。

「そなたは細川家のよき家臣であり、高禄《こうろく》を得ておる。わしがいなくなったら清の面倒を見る者がおらぬ。あれは主人によく仕えるいい女だ。わしがじつの娘のように思うておる女だ。どうか頼まれてくれぬか」

求馬助は畏《かしこ》まりましたと答えたが、清はその声を聞く前にどっと涙を溢れさせていた。そこまで武蔵が自分のことを心配し、気遣ってくれるとは思っていなかっただけに、その感激と感謝の念は一入《ひとしお》どころではなかった。

その日から二日後、正保二年五月十九日、武蔵は静かに息を引き取った。

清は泣きながら武蔵の死に装束を調え、茶毘《だび》に付された泰勝院の末席にも立ち会った。葬儀葬列には多数の家中の諸士が参加し、武蔵との別れを惜しんだ。

武蔵の遺骨は立田山の麓《ふもと》を通る豊後街道の路傍の墓に埋められた。

それは埋葬が終わったときだった。突如、東の空を覆っていた黒い雲が割れたように動き、ピカピカッと稲妻が走り雷鳴が轟《とどろ》いた。誰もが啞然《あぜん》となってその空を眺めやった。そして、誰かがつぶやいた。

「武蔵殿がいま天に昇られた」

さらに、長岡興長がうめくような声で、

「さらばだ武蔵……」

と言って、口を引き結んだ。

清は稲妻の走った空を涙ながらに眺め、心中で祈るようなつぶやきを漏らした。

(父上……父様……)

宮本武蔵、行年六十二――。

*

現在、熊本には武蔵の墓が三つある。

ひとつは泰勝寺跡に造られた立田自然公園。もうひとつは「東の武蔵塚」と呼ばれる龍田弓削《たつだゆげ》の墓。

もうひとつは「西の武蔵塚」と称され、熊本市西区島崎の寺尾家墓所内の一角にある。その墓に寄り添うように自然石で作られた小さな墓塔は、武蔵の死から二十年後に建てられている。

それには「花月清円信女」と刻まれている。

読者へのお断り――

一、宮本武蔵の生年については諸説あるが、本書は天正十二（一五八四）年を採用した。

一、その他細かな点で歴史的資料と異なる記述もあるが、それも物語の便宜上である。

以上、読者のご理解を賜りたく存じます。

稲葉　稔

解説

秋《あき》山《やま》香《か》乃《の》（作家）

宮本武蔵《みやもとむさし》といえば、四白眼の持ち主です。四白眼の人は珍しく、頭脳明晰《めいせき》で傑出した才を持つものの、それだけに孤高を持する人が多いのだとか。まさに一般的な武蔵のイメージそのものです。

六十余度の生死を懸けた剣戟《けんげき》において、一度も負けたことがないという稀有《けう》な剣豪が武蔵です。それだけに、剣に生き、道を究めるためにはどんな犠牲も厭《いと》わない、偏ったところのある鬼才。こういう印象が強く、これまでも多くの作家によってそんなふうに捉《とら》えられがちでした。

ところが、本作で描かれた武蔵は、一味も二味も違います。

武蔵は五十歳のとき、「兵法至極を得た」と信じ、『円明《えんみよう》三十五ヶ条』を記しました。最初の命のやり取りが十三歳のときですから、四十年弱の長きにわたり「血を見」続けて、到達した境地があったのでしょう。いったんは道を究めたと思ったようです。

稲葉《いなば》氏は、これに異を唱えたのです。

物語は、この四年後。寛永《かんえい》十五年、武蔵五十四歳のときから始まります。老境に差し掛かった剣聖が、島原《しまばら》の乱に参戦し、生き方を揺るがす衝撃的な光景を目の当たりにします。そして、初めて「負けたのではないか」と思うのです。

武蔵の人生のクライマックスは、もっと前にあったと考える人が多いのではないでしょうか。吉岡一門との戦いや巌流島《がんりゅうじま》の決闘のような、歴史に残る名勝負は晩年の武蔵にはありません。このため、平凡な私などは、武蔵の老後は余生くらいにしか捉えていなかったのですから、目から鱗《うろこ》の書き出しです。

しかし稲葉氏は、これ以降の死ぬまでの七年間にこそ、この男の人生の山場を見出し、連戦連勝の男が「負けた」と感じることによって、武蔵の新たなステージをスタートさせるのです。

もちろん、物理的に負けたわけではありません。しかし、「喜んで殺され死んでいく」弱者であるはずの「百姓や女子供たち」の「心」に、敗北感を覚えます。

それまでの武蔵は「稚拙」でした。なぜなら、武蔵が「至極を得た」のは「あくまでも剣の道における術理論」――形にすぎなかったからです。武蔵は、『円明三十五ヶ条』に足りなかったものを、島原の乱で「微笑さえ浮か」べて死んでいった弱者の中に見たのです。

このときから武蔵は「心」というものを強く意識し始めます。そして、「おのれの生き方をあらためて考えるときが来たのではないか」と思うようになります。「心」はこの物語のキーワードの一つです。最初に読むときは、エンターテインメントとしてのストーリーを楽しんでいただきたいのですが、ぜひとも再読して、二度目には「心」という文字が出てきた前後をじっくりと読み込んでみてください。武蔵が命を削って挑んだ、これまで誰も描き得なかった最後の名勝負が見えてくるはずです。

挑んだものは人ではありません。それはやはり、「心」なのです。

本書は武蔵が「後生に残る畢生《ひっせい》の書」である『五輪書』を生み出す物語です。『五輪書』は今なお日本で愛読者が多いだけでなく、世界中で読まれています。

それは奇《く》しくも作家の抱く最大級の夢でもあります。自分の著書が後世に残り、世界中の人々から読まれたら、これほどの幸せはありません。しかしまた、それがどれほど至難の業か、作家であればだれでも知っています。どれほど人気を博した著作でも、時の流れと共に消えていきます。それでも残るのは、ノーベル文学賞をとるより難しいのではないでしょうか。

武蔵の『五輪書』は、今でも貪《むさぼ》るように読む人がいます。なぜなら、どんな時代でも、どこの国の人にも、そしてどんな職業の人にも通じる普遍の教えが、武蔵「自身の言葉をもって」記されているからです。人はそこに前途への希望を見出すのです。

稲葉氏はこの普遍とは如何《いかん》という問いに、真正面からまさに全身全霊、主人公の武蔵に憑依《ひょうい》する勢いで挑んだのだと思います。文章から懊悩《おうのう》と情熱が立ち上がってくるようです。

物語の中で、武蔵も懊悩します。そして、終焉《しゅうえん》の地となった熊本で「心の友」と「まことによき方」を得ます。一人は藩主で、一人は僧侶《そうりょ》です。そこで各々との禅問答のような会話が繰り広げられます。それはまさに真剣勝負さながら。武蔵は「これまで生きてきた道のなかで学び、教わり、会得したすべてのことを」かけて、答え、問うのです。

この問答が武蔵の懊悩を助け、また、さらに新たな懊悩を生みます。そうして武蔵の中に眠る考えが輪郭を持ち、この世の万物に通じる普遍性が「おのれで知るもの」となるのです。

つまり、武蔵の最後の戦いは孤高なだけでは成し得ず、人との温かな縁の中、「鬼のような執念の作業」を行うことで実を結ぶのです。

稲葉氏が探り出した、この晩年の知られざる新たな武蔵像でなければ結実しない、この男の真の偉業を見せられたとき、読者は大きな感動に胸を熱くすることでしょう。

本書には、稲葉氏「自身の言葉をもって」次のように書かれています。

「人は百人百様。先達の教えがいかに正しかろうが、間違っていようが、そこに新しき工夫が必要になるのではないか」

これもまた、すべてのことに通じる教えではないでしょうか。稲葉氏も本書に、武蔵の『五輪書』同様、普遍を打ち出しているのです。敬愛する作家の教えとして、私は自分の小説を生み出すときは、これからは「新しき工夫」を座右の銘として襟を正すつもりです。

ところで、本書には私の大好きな清《きよ》という女中が出てきます。この清と「憐《あわ》れみ深い」武蔵とのやりとりは、胸がじんとなります。何度も二人の会話に涙が滲《にじ》み、心が癒《いや》されました。とても重要なキャラで、「先生も弱い心をお持ちなのだ」と気付く清の目からでなければ描けぬ武蔵像が、物語に温かくも深い色を添えています。

武蔵は清に語ります。

「人は後悔しながら生きるものだ」

武蔵が言うからこそ深い意味を持つ、作中の大好きな言葉です。後悔してもよいのだと、何か救われた気がするのです。

清との場面はどれも良いのですが、ことにラスト三行を読んだ後は、感動でしばらく本を閉じることができませんでした。

読み終えるころには、稲葉氏の故郷でもある、本書で描かれた素朴で美しい熊本が好きになります。武蔵の命日に文庫を携え、ひとり熊本を歩いてみるつもりです。

本書は、二〇二二年八月に小社より刊行された単行本『武蔵残日の剣』を改題し、加筆修正のうえ、文庫化したものです。

さらば武蔵《むさし》

稲葉《いなば》 稔《みのる》

令和6年 9月25日　初版発行

発行者●山下直久

発行●株式会社KADOKAWA
〒102-8177　東京都千代田区富士見2-13-3
電話　0570-002-301（ナビダイヤル）

角川文庫 24329

印刷所●株式会社暁印刷
製本所●本間製本株式会社

表紙画●和田三造

ISBN 978-4-04-115139-6　C0193

◇◇◇

角川文庫発刊に際して

角川源義

第二次世界大戦の敗北は、軍事力の敗北であった以上に、私たちの若い文化力の敗退であった。私たちの文化が戦争に対して如何に無力であり、単なるあだ花に過ぎなかったかを、私たちは身を以て体験し痛感した。西洋近代文化の摂取にとって、明治以後八十年の歳月は決して短かすぎたとは言えない。にもかかわらず、近代文化の伝統を確立し、自由な批判と柔軟な良識に富む文化層として自らを形成することに私たちは失敗して来た。そしてこれは、各層への文化の普及滲透を任務とする出版人の責任でもあった。

一九四五年以来、私たちは再び振出しに戻り、第一歩から踏み出すことを余儀なくされた。これは大きな不幸ではあるが、反面、これまでの混沌・未熟・歪曲の中にあった我が国の文化に秩序と確たる基礎を齎らすためには絶好の機会でもある。角川書店は、このような祖国の文化的危機にあたり、微力をも顧みず再建の礎石たるべき抱負と決意とをもって出発したが、ここに創立以来の念願を果すべく角川文庫を発刊する。これまで刊行されたあらゆる全集叢書文庫類の長所と短所とを検討し、古今東西の不朽の典籍を、良心的編集のもとに、廉価に、そして書架にふさわしい美本として、多くのひとびとに提供しようとする。しかし私たちは徒らに百科全書的な知識のジレッタントを作ることを目的とせず、あくまで祖国の文化に秩序と再建への道を示し、この文庫を角川書店の栄ある事業として、今後永久に継続発展せしめ、学芸と教養との殿堂として大成せんことを期したい。多くの読書子の愛情ある忠言と支持とによって、この希望と抱負とを完遂せしめられんことを願う。

一九四九年五月三日